NF文庫
ノンフィクション

伊号潜水艦

深海に展開された見えざる戦闘の実相

荒木浅吉ほか

伊号潜水艦——目次

写真提供／各関係者・遺家族・『丸』編集部・米国立公文書館

伊号潜水艦

深海に展開された見えざる戦闘の実相

日本潜水艦戦法の成功と失敗

元「伊四一潜」艦長・海軍少佐　板倉光馬

開戦劈頭《へきとう》、日本海軍としては、太平洋とインド洋の両面作戦が考えられていた。アメリカ一国を相手としても、兵力の劣勢はおおうべくもなかったが、南方資源、とくに燃料を確保するためには、どうしてもイギリス、オランダ、オーストラリアの連合軍との激突は避けられない情勢にあった。

しかし、主作戦はあくまで米太平洋艦隊である。それも、従来考えられてきた迎撃作戦ではない。緒戦の一撃でアメリカの戦意を粉砕する態《てい》のものでなければならぬ。ここに作戦のむずかしさがあった。

いな、この一戦に国運が賭けられていたのである。そして、作戦のすべては連合艦隊司令長官の手にゆだねられた。「一年はもつ。ただし一年以上のびれば勝算はおぼつかない」と

板倉光馬少佐

断言した山本五十六長官である。すでに胸中深く期するところがあった。それが、あの空前絶後の奇襲作戦を敢行せしめたのである。

ここで注目すべき点は、五隻の特殊潜航艇を真珠湾口に突入せしめたことである。もとより日本海軍の伝統としては、生還の望みなき特攻作戦は採らざるところである。それをあえて許した理由はなにか。岩佐直治中佐（当時大尉）以下の必死の嘆願にもよるが、太平洋艦隊撃滅のためには、打つべき手は打ちつくす。この決意があったからである。

さて、機動部隊の先制奇襲により、開戦の火ぶたは切って落とされた。このとき、第一、第二、第三潜水戦隊よりなる二十八隻の先遣部隊は真珠湾の周辺に肉薄し、鉄桶《てっとう》の陣をしいていた。航空部隊によって打ちもらされた獲物を、手ぐすねひいて待ち伏せていたのである。ところが、機動部隊の戦果があまりにも大きく、戦艦をはじめ、めぼしい獲物はあらかた片付いてしまった。潜水部隊にはまわってくるお鉢がなかったのである。これでは、伝家の宝刀も抜きようがなかった。ただ、不運にも——敵にとっては好運であったが——たまたま出動していた空母をうちもらしたことは、九仞《きゅうじん》の功を一簣《いっき》にかくうらみがあった。

そのため、潜水部隊はハワイ海域にあって監視、哨戒をつづけねばならなかった。当初には、敵にも油断があったが、いきなりパンチをくらったあとの警戒は厳重をきわめた。対潜艦艇や哨戒機をくり出して、徹底した潜水艦狩りをはじめたからたまったものではない。しかも、監視は長期にわたってつづけられた。そのため、日を追って被害が続出した。伊七〇潜、伊七三潜、伊二三潜が消息を絶ち、伊六八潜、伊六九潜が命からがら基地に帰投する被害をうけた。

この間、伊六潜が一月十二日、空母サラトガに雷撃をくわえる好運にめぐまれたが、撃沈にいたらず、真珠湾に逸したことはかえすがえすも残念だった。

いわゆる、労多くして功なし、とはこのことである。潜水艦の特色は、その隠密性にある。だが、ひとたび所在を曝露《ばくろ》すれば、攻撃の機会はもとより身を守ることもおぼつかない。それを長期にわたって警戒厳重な海域に釘づけにしたことは、あきらかに失敗だった。太平洋戦争アメリカ海軍作戦史の著者モリソン博士が、「実際にはなんらの功績もたてず、大きな犠牲をはらっただけで、先遣部隊は完全に失敗した」と述べているが、まさに至言というべきであろう。

活気を呈した通商破壊戦

真珠湾攻撃と機を一にして、第六潜水戦隊はフィリピンの上陸作戦に協力し、第四、第五潜水戦隊はマレー半島の上陸作戦を掩護《えんご》した。

上陸作戦は各地点とも第一次上陸に成功したが、このときまで英極東艦隊を中核とする連合軍は無傷であった。とくに、プリンス・オブ・ウェールズとレパルスの二大戦艦の存在が不気味である。近藤信竹中将のひきいる戦艦金剛、榛名以下の重巡部隊必死の捜索にもかかわらず、十二月八日以後の行動は杳《よう》として不明であった。

ところが、九日午後三時十九分、第五潜水戦隊所属の伊一六五潜の潜望鏡に、二戦艦の巨

そこから艦橋へ向かって防潜網乗り切り用のジャンピングワイヤーが見える

波しぶきをあげて高速航走中の伊153潜。艦首には防潜網切断器が装備され、

影が映った。位置はシンガポール北方約三〇〇浬《かいり》。わが上陸地点めざして驀進中である。だが、残念ながら距離が遠すぎて魚雷がとどかない。ただちに『英戦艦二隻、針路北、地点〇〇』の作戦緊急信を打った。

スワッ！　とばかり全軍に攻撃命令が下り、十日の午後、中攻隊の雷撃によってこの二戦艦を海底深く葬りさることができた。潜水部隊が直接手を下したわけではないが、敵発見の報告は、秘められた潜水艦の偉功というべきであろう。

さて、所期の目的を達成した潜水部隊は、インド洋を舞台として本格的な通商破壊戦に乗り出すこととなった。第六潜水戦隊はポートダーウィンを中心とする豪州北部海域で、第四潜水戦隊はジャワ近海で英残存極東艦隊と蘭印艦隊の掃蕩戦をかねて、海上交通破壊戦に任じた。

また第五潜水戦隊はペナンを基地として、ベンガル湾、スマトラ南西岸からインドの西岸にわたる広海域で通商破壊戦を展開した。さらに、昭和十七年二月以降、機動部隊の露払いとして、ハワイ方面から転戦してきた第二潜水戦隊がくわわり、南西方面の潜水艦戦は急に活気を呈してきた。

ところが、インド洋方面の潜水艦はいずれも旧式で、稼働率はけっしていいとはいえなかった。二十四隻中、六隻以上の潜水艦が行動していることは稀である。それでも、四ヵ月あまりの間に約四十隻、二〇万トンの商船を撃沈している。これは大西洋でドイツが実施した大量殺戮戦にくらべると、ものの数ではないが、一隻あたりの戦果は勝るとも劣らないものがあった。

また、先遣部隊の一部が、真珠湾攻撃の直後、米西岸で通商破壊戦をこころみ、約半月であげた十隻の戦果を合計すると、当時、米潜水艦によって喪失した日本船舶の総計とほぼ同程度であった。

要は、戦果の多寡《たか》よりも、作戦に使用する兵力量が問題であったのである。もし、はじめから通商破壊戦にふみきっていたならば、有形無形の戦果はもとより、戦局の推移も大きく変わっていたであろう。ここらあたりに、第二次大戦における日本潜水艦の功罪を解くカギが秘められていそうである。

では、なぜに、精鋭潜水艦の大部分を艦隊決戦兵力として拘置したか、それには戦前における潜水艦の基本的用法にふれる必要がある。

金科玉条の用兵思想

潜水艦をもって敵艦隊の漸減を策するこの着想は、遠くワシントンでひらかれた軍縮会議で、日本の主力艦保有量が米・英の六割に制限されたときに端を発している。すなわち、劣勢艦隊はいかにして有力艦隊に立ちむかうべきか。寡をもって衆を破る方策——これが、わが作戦首脳部の悩みのタネであった。その結果、編み出されたのが、潜水艦による漸減作戦である。

そのやり方は、あらかじめ潜水部隊（先遣部隊と称していた）を敵の作戦基地に進出させ、

区分			部隊
連合艦隊	第六艦隊		香取
		第一潜水戦隊	第一潜水隊（イ15、イ16、イ17） 第二潜水隊（イ18、イ19、イ20） 第三潜水隊（イ21、イ22、イ23） 第四潜水隊（イ24、イ25、イ26） イ9・靖国丸
		第二潜水戦隊	第七潜水隊（イ1、イ2、イ3） 第八潜水隊（イ4、イ5、イ6） イ7・イ10・さんとす丸
		第三潜水戦隊	第一一潜水隊（イ74、イ75） 第一二潜水隊（イ68、イ69、イ70） 第二〇潜水隊（イ71、イ72、イ73） イ8　大鯨
	第三艦隊	第六潜水戦隊	長鯨 第九潜水隊（イ123、イ124） 第一三潜水隊（イ121、イ122）
	第四艦隊	第七潜水戦隊	迅鯨 第二六潜水隊（ロ60、ロ61、ロ62） 第二七潜水隊（ロ65、ロ66、ロ67） 第三三潜水隊（ロ63、ロ64、ロ68）
	第四潜水戦隊		鬼怒・名古屋丸 第一八潜水隊（イ53、イ54、イ55） 第一九潜水隊（イ56、イ57、イ58） 第二一潜水隊（ロ33、ロ34）
	第五潜水戦隊		由良・りおでじゃねいろ丸 第二八潜水隊（イ59、イ60） 第二九潜水隊（イ62、イ64） 第三〇潜水隊（イ65、イ66）
呉鎮守府部隊			第六潜水隊（ロ57、ロ58、ロ59）イ52
備考			昭和十五年五月以降、イ53〜イ75の潜水艦はイ153〜イ157と改名

開戦当初における潜水部隊の編成

敵艦隊出撃の好機に乗じて一撃をくわえる方法である。そのあと、一部の潜水艦は敵の後方に触接し、刻々動静を通報する。他の潜水部隊は、この情報にもとづいて敵の前線に進出待機し、チャンスをみて攻撃に転ずる。攻撃後は追躡《ついじょう》触接部隊と入れかわる。

　これを反復して、敵艦隊が決戦海域に到達するまでに、できるだけ兵力を減殺《げんさい》し、少なくともわれと互角の勢力で雌雄を決しようというのである。まことにムシのよい着想であるが、作戦首脳部は、この作戦を金科玉条として、十年一日のごとく演練してきた。

　ところが、実戦場面は戦前の予想とはまったく異なったかたちで展開した。そして、戦艦にかわって機動部隊が海戦の主導権をにぎるにいたったので、潜水艦の用法も当然変えるべきであった。だが、わが作戦首脳部は依然として潜水艦を決戦兵力とみなし、その用兵思想は終戦の時まで尾をひいたのである。

ミッドウェーの敗因にも関係か

真珠湾の奇襲は一方的勝利をおさめ、第一段作戦はきわめて順調に終了した。しかし、潜水艦戦に関するかぎり評判はよくなかった。むしろ、非難の声が高かった。とくに前線で苦杯をなめた司令や潜水艦長から、警戒厳重なる艦隊にたいする奇襲攻撃は至難であり、結局、潜水艦は通商破壊戦に専念する以外、その力を発揮する道はないことが強く進言され、司令部をうごかしたようである。

時あたかも、西部戦線の膠着《こうちゃく》に業《ごう》をにやしたドイツが、戦局の打開策として、日本海軍の通商破壊戦を強化するよう要請してきた。アフリカの南端をまわって、カイロ、中近東をへて流れこむ戦争物資のため、北アフリカ戦線も対ソ作戦も押されぎみであったからである。

ついに、作戦首脳部も不本意ながら、潜水艦による通商破壊戦に力をそそぐことになり、昭和十七年四月以降の第二段作戦実施要綱に折りこまれたが、それでも連合艦隊の作戦命令では『対米英交通破壊戦を強化する』という微温的なものであった。つまり潜水艦作戦の根本方針は、依然として、米英艦隊の撃滅に重点がおかれていたことに変わりがなかったのである。

さて、第二段作戦における潜水部隊の任務は、おおむね次のようなものであった。

一、第一、第二潜水戦隊はアリューシャン群島要地攻略作戦に協力したのち、インド洋に進出して交通破壊戦をおこなう。

二、第三、第五潜水戦隊はミッドウェー攻略作戦に協力したのち、第三潜水戦隊は南太平洋に、第五潜水戦隊はインド洋に進出する。

三、第八潜水戦隊は二隊にわかれ、一隊はアフリカ東岸、一隊は豪州東岸、ニュージーランド方面の要地にある敵艦隊を甲標的（特殊潜航艇）で奇襲したのち、前者はインド洋で、後者は南太平洋で交通破壊戦をおこなう。

（注、昭和十七年三月末、第四、第六潜水戦隊は解隊され、あらたに大型潜水艦よりなる第八潜水戦隊が編入された）

この作戦計画に接したとき、潜水部隊は欣喜雀躍《きんきじゃくやく》たるものがあった。これでこそ、汚名をそそぐ好機至れり、と腕を撫《ぶ》したものである。ところが思いがけないことから、潜水艦作戦は全面的に変更を余儀なくされるハメに立ちいたった。

ミッドウェー海戦は、ミッドウェー島を攻略することによって米残存艦隊を誘い出し、これを一挙に撃滅するのが連合艦隊のねらいであった。慎重を期する軍令部はまっこうから反対したが、速戦即決を堅持する山本長官の構想は微動だにしなかった。

ここに、一歩つまずくと取りかえしのつかない危機が胚胎《はいたい》していたのである。くわえて、作戦の内容がすっかり筒抜けになっていたことは致命的でさえあった。そんなこととはツユ知らず、十五隻の潜水艦は、ミッドウェーと真珠湾をむすぶほぼ中間の地点に、南北方向に散開待敵していた。

計画では攻略予定日の五日前（六月二日）までに配備につくことになっていたが、内地における整備の都合で予定より二日遅れてしまった。この二日の遅れが、命とりの直接原因になろうとは……。

潜水艦が散開線につく前に、敵の機動部隊はすでにここを通過していたのだ。たとえ攻撃しなくても、敵発見の報告だけでも、戦況は大きく変わっていたであろう。そして、最後まで敵影を見ることなく、悲劇の幕をとじねばならなかった。

修理のため出撃の遅れた伊一六八潜が、傷ついた空母ヨークタウンと護衛駆逐艦を撃沈して気を吐いたにすぎない。またしても、潜水艦は大きな黒星を重ねたのである。虎の子ともいうべき空母四隻を失ったことは致命的な打撃で、全軍におよぼした影響も少なくなかった。そして、ミッドウェー作戦を転機として、運命の歯車は徐々にくるいはじめていた。潜水部隊にとって、待望ひさしかった全面的通商破壊戦もユメと消え去ったのである。いな、さらに厳しい試練がその前途に大きな口をあけていたといえる。

海中トラックに挺身

ミッドウェーの敗北は、たしかに日本の運命を決したといえる。しかし、攻勢移転のチャンスはまだ残されていた。

昭和十七年五月、ソロモン群島の一角をしめるガダルカナル島を攻略するや、ただちに航空基地の設営がはじめられた。南太平洋に不敗の態勢を確立する、これが軍令部の宿願であった。基地完成のあかつきには、この不沈空母を跳躍台として、米・豪をむすぶ補給線を寸断し、おもむろに自主的作戦を進めようという構想である。それだけに、飛行場完成の日が一日千秋の思いで待たれた。

ところが、基地完成直後の八月七日、米攻略部隊によってガ島が奪取されたのである。まさしく青天の霹靂《へきれき》だった。ただちに、三川軍一中将麾下《きか》の第八艦隊に作戦緊急信が発せられ、潜水部隊の集結が命じられた。それから半年にわたって、ガ島の攻防をめぐる死闘が展開され、おびただしい消耗戦がくりかえされた。世の史家が、太平洋戦争を通じて最大の山場であり、天王山と見なしたゆえんである。

この間、潜水部隊の奮戦はめざましいものがあった。正規空母サラトガを大破させ、ワスプを撃沈している。また戦艦一、重巡一を大破し、軽巡一、駆逐艦二を撃沈したほか、商船五隻を葬る偉功をたてた。艦隊戦闘で潜水艦があげた最大の戦果といえるであろう。しかし、この輝やかしい戦果のかげには、悲運にも五隻の潜水艦が消息を絶っている。

さて、このような激闘の間隙をぬって、十一月上旬、陸軍の大部隊をガ島に送りこむことに成功はしたが、物資を満載した船団は全滅してしまっていた。このときから世につたえられるガダルカナルの惨劇がはじまっている。

三万の将兵をささえる糧食や弾薬だけでも大変な量にのぼった。問題は補給である。あらゆる手段を講じて輸送をはかったが、思うようにゆかない。なにしろ、遠隔の離島であり、敵は航空基地を手中におさめているので、輸送の途中で片っ端から沈められてしまった。

ついに、駆逐艦をもってする強行輸送をはじめたが、これもそう長くはつづかなかった。被害が続出するようになったからである。しかし、ガダルカナルの将兵を見殺しにすることは、冷厳非情なる統率の上からみてできることではなかった。一方、東部ニューギニア方面においても、友軍の敗退にともない転進の必要にせまられていた。

ついに、大命をもって、潜水艦による輸送作戦の断がくだされた。ときに、十一月下旬である。

明くる昭和十八年一月上旬、ガダルカナル島の撤退作戦が発令され、二月上旬に実施にうつされるまで、三十隻の潜水艦——ガ島に二十四隻、東部ニューギニアに六隻——は黙々として〝海中トラック〟に身を落としていった。しかし、潜水艦といえども安全ではない。この作戦輸送で四隻の潜水艦が、その乗員とともに失われた。

あ号作戦でも戦果なし

アリューシャン作戦に呼応するかのように、南太平洋の動きは予断を許さぬものがあった。昭和十八年十一月十九日、米機動部隊はマーシャル群島の東南方に位置するギルバート諸島を襲い、マキン・タラワの両島にたいして果敢なる上陸作戦をはじめた。

当時、この機動部隊に対抗し得るのは、基地航空部隊（数次にわたるブーゲンビル沖航空戦により、戦力はいちじるしく低下していた）と潜水艦だけであった。第六艦隊司令長官は、マーシャル群島の東方海域で作戦中の潜水艦を急遽、移動させるとともに、トラック在泊中の可動潜水艦を急派して、敵機動部隊の攻撃を命じた。

両島の周辺に集中した潜水艦は九隻であったが、対潜掃蕩は苛烈をきわめ、月末までの短期間に六隻が消息不明となり、帰還した三隻も数十発の爆雷攻撃によって損傷をうけるという悲惨な結末をみた。この戦闘で、伊一七五潜が護衛空母リスカムベイを撃沈したのがただ一つの戦果であった。

この結果を深く検討した第六艦隊司令部は、次のように告白している。
一、敵の対潜警戒がとくに厳重な局地攻防戦において、狭小海域に多数の潜水艦を集中した傾向がある。
二、可動潜水艦が少ないため、練度が十分でない新就役艦や、行動日数が切れかかり疲労しきっている潜水艦を無理に作戦させた。
三、局地における潜水艦にたいして無駄な移動を命じて、敵にわが伏在面を曝露《ばくろ》した。
四、敵の対潜兵器は格段に進歩し、掃蕩法も巧妙かつ執拗《しつよう》であった。
こうした反省は当然であろう。しかし、時と場合によっては、背に腹をかえざるをえない場面もある。しかし、貴重な犠牲を払ってあがなわれた戦訓は生かされなければならない。

ところが、あ号作戦（マリアナ沖海戦）において、潜水部隊はまたもやおなじ轍《てつ》を踏まされたのである。あ号作戦は事実上、太平洋戦争を通じ両軍艦隊の最後の決戦場面であり、わ

伊171潜の艦橋前方。手前の丸みの内部が電信室、12cm砲と右舷に格納された無線檣

が方に残されたただ一つの反撃の好機ですらあった。おそらく、潜水部隊の各艦は出撃にあたり、生還は期していなかったのであろう。

敵潜水艦は、あらかじめわが機動部隊の所在をたしかめて、その行動海面に集中したのに反し、わが潜水艦は航空兵力の欠をおぎなうため、遠く敵情の偵知に任じて分散し、両軍主力が衝突したときに、戦場に到達することができなかったのである。

急を知って戦場に馳せつけたとき、大勢はすでに決し、いたずらに敵掃蕩部隊の渦中に身を投ずるハメとなった。この作戦に二十一隻の潜水艦が参加し、そのうち十二隻を失っている。しかも、見るべき戦果はついに得られなかったのである。

いや、この時のみならず、日本潜水部隊に栄光の日は、遂にやって来なかったといえるのである。

「大和魂」に敗れた伊号潜水艦

レーダーが何だ、精神力で補え。暴言に抗した潜水艦長の告白

当時「伊一七七潜」艦長・海軍少佐　**折田善次**

第十二回目の隠密輸送を果たしてラバウルに帰港し、丘の中腹にある潜水艦長宿舎に寝ていると、けたたましい電話で、私は潜水部隊司令部に呼び出された。昭和十八年十一月二十五日午前三時すぎのことである。

『今夜半、ブカ島とセントジョージ岬の中間で海戦があり、わが方は駆逐艦大波・巻波・夕霧が沈没、卯月と天霧だけが帰港する。海戦現場には多数の生存者が漂流しつつある見込み。伊一七七潜は全急出港して現場に急行、これを救助収容せよ』

折田善次少佐

『漂流者の正確な状況は、夜が明けてから偵察機を出すので、その報告を待って知らせる。漂流者のなかには、ブーゲンビル島から内地へ移動する、多数の航空要員がふくまれている

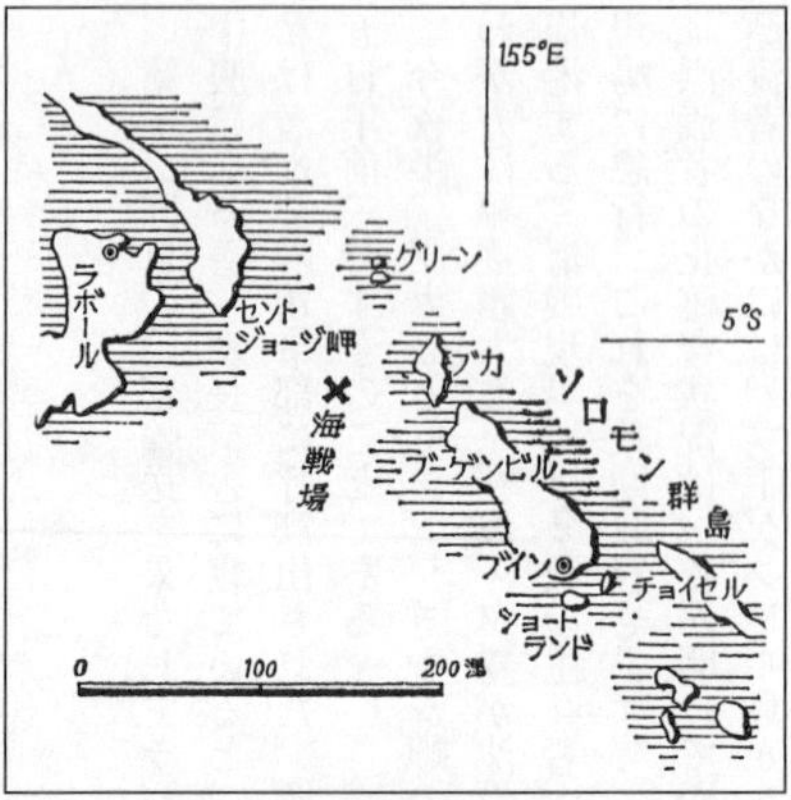

はずである。現場上空には敵機が待ち伏せしているであろうから、十分に警戒して急行せよ』という作戦命令と補足説明をうけると、私は急いで帰艦し、救急薬品を積むと、夜明けも待たずに出港した。現場はラバウルから約一二〇浬《かいり》、その中間のセントジョージ岬をすぎると、ここからは潜航進撃が常だが、救助は急を要する。現場到着までの時間がたつほど溺《でき》死者はふえ、漂流者の群れはバラバラになるおそれがある。対空見張りと急速潜航には自信があるので、水上全速力で強行進撃をつづけた。

しかし、岬をかわって（越えて）十五分もたたぬころ〝右四〇度、飛行機一機、七千〟の報告だ。雲間から突如、出現した哨戒機である。

この哨戒機のために爆弾の洗礼をうけたり、水中進撃をしなければならなかったりの三時間を、冷や汗をかきながらすごして午後三時、潜望鏡をあげて哨戒機がいないのをたしかめ、急速浮上してみておどろいた。

水上進撃をするまでもなく、漂流者群の真ん中に浮上したのである。一見しただけでも、前後左右に約百名はあろう。幸運にも上空は雲一つないので、レーダーがなくとも見張りがきくから、不意打ちをくらう心配はないので急速潜航部署はそのままにして、まず手近なところから収容にかかった。

目も耳もない伊号潜水艦

収容人員は二二七名であった。本艦の定員七十四名、せまい艦内に約三百名がつめこまれたわけである。

収容は一応、成功した。問題は、ハチきれんばかりの乗員を、いかにぶじ帰還させるかであった。まして逢魔《おうま》が刻《とき》の日没後一時間ごろからが、哨戒機跳梁のころだ。厳重見張りと絶対低速だけが救われる道だ。見張員は手を耳にあて、原始以来の〝本能的な対空聴音機?〟を使うという、苦心の低速航行だったが、それも二十分とつづかなかった。なんの前ぶれもなく、艦をはさんだ両舷側すれすれに弾着したと思うと、二本の水柱が上がった。

砲撃か、爆撃かといぶかる私をあざけるかのように、爆音が頭上をかすめた。それからはまた、潜航避退をするのだが、なにしろ定員の三倍がひしめいているのだ。二時間もするとガスの含有量がふえ、バルブ全開で酸素を放出し、空気清浄剤を総動員しても、呼吸が苦しくなってきた。

そのため、安全圏まで水中航走のつもりだったが、意を決して浮上、十分間ほど水上航走し、その間に艦内換気をして潜航、一時間ごとにこれを三回くりかえすという、苦しまぎれの脱出行をして、やっとのこと、セントジョージ岬にたどりついた。夜明け前にラバウル着、素っ裸の生存者を根拠地隊に引き渡した。

かくして一応の任務は達成したものの、もっとも苦しかったのは、自分が目も耳も持たなかったことだ。近代戦に欠かすことのできない、飛行機とレーダー探知なき海上戦の悲劇は、すでに大詰《おおづ》めにきていたのだ。

読みのあさい司令部

ところで、海軍戦術の基本をしめす軍機の海戦要務令には〝視界の利かない夜間こそ、潜水艦は水上機動力を発揮して敵中を神出鬼没、戦果を拡張する好機なり〟とうたってある。

この思想を根本としての、強制的な作戦命令が、第一線の潜水艦に天下《あまくだ》ってくるので、敵がレーダーを装備しはじめた昭和十七年後半から、わが潜水艦の被害喪失は、急増の一途にあった。生き残っている潜水艦長が、亡き戦友の戦訓を代弁しなければならない。

昭和十九年一月、伊一七七潜（新海大型）がラバウルの任務を解かれ、トラック島基地に復帰したとき、旗艦香取《かとり》の第六艦隊司令部に出頭した私は、任務報告のあと、ソロモン、ニューギニアで敵の対潜部隊と鎬《しのぎ》をけずって戦った一年間の体験から、

『敵側だけがレーダーを装備している現時点では、潜水艦は夜間こそ水中に潜航、充電のための浮上は、むしろ見張りのきく昼間の少時間を選ぶべきであり、したがって敵前の水上機動のごときは期待すべきでない』

と、なまなましい昭和十八年十一月末の、タラワ・マキン方面潜水艦戦の惨敗（出撃潜水

伊177潜と同じ新海大型の伊180潜。両艦は共にラバウルを基地に輸送任務に従事

艦九隻のうち、帰還したものわずかに三隻）までを例にあげて、参謀連中が金科玉条としている海戦要務令に反論し、司令部の作戦指揮に進取の気性のないことを指摘した。

艦隊長官は顔色を変えずにきいていたが、参謀長はたいへん怒って、敵のレーダー能力を過大に評価するものである、と私を叱りつけた。私も負けずに応答した。

「過大評価と罵《ののし》る参謀長のご意見こそ、敵のレーダー能力を過小に評価するものです」

「兵器の能力のおよばぬところは、精神力でいくんだ」

「失礼ですが、偉い方は若いものに向かって、すぐ精神力といわれますが、精神力で暗夜の中の遠くの敵が見えるでしょうか。水中の敵を透視できるでしょうか」

と、私は憤然として席を立った。

運命の岐路・七月七日

昭和十九年六月、マリアナ攻防戦の幕が上がったとき、私は伊四七潜の艤装員長として佐世保にあった。中部太平洋艦隊司令長官は「皇国の興廃、まさにこの一戦にあり」

と、あ号作戦を発動と同時に、Z信号を全軍に発し、潜水艦隊司令部もサイパンに進出し、二十隻以上の潜水艦を集中し指揮したが、サイパンが激戦となるや、めまぐるしい局地戦投入や、散開線移動のため指揮混乱、司令部救出を命ぜられた二隻の麾下潜水艦をふくめ、十二隻を喪失した。

そしてついに七月七日、「われいまより第六艦隊職員および特潜要員をひきい、敵陣に突入する。万歳」の電報を最後に、長官以下、消息を断った。

潜水艦隊の再建と、潜水艦の用法をどうするか。また生き残った潜水艦乗りの心痛がきわまったかに思われたこのとき、悲壮きわまる新兵器、人間魚雷「回天」が出現するのである。

かくして、わが伊号潜水艦部隊の運命の日は、刻一刻と近づいてくるのである。

わが「ドン亀」にみる艦内特殊事情

危険で居住性の悪い潜水艦生活とはどんなものか

元「伊四一潜」艦長・海軍少佐　板倉光馬

私は戦中戦後をつうじて幾度も、なぜ潜水艦を志望したのかと問われ、返事に窮したものである。この質問にはふた通りのねらいがある。

すなわち、潜水艦を志望するのは、よほどの変わり者か、ほかに行き場のない落ちこぼれか、それを確かめようとするもの。また、だれもが敬遠する潜水艦を志望するからには、それなりの理由があるのを確かめようとするものだ。したがって、迂闊に返事はできなかった。事実、いわく言いがたいものである。そこで、「タデ食う虫も好きずきですよ」と逃げたものである。

戦国時代の忍者が重宝がられた反面、蔑《さげす》まれたことから、われわれの先輩も進んで潜水艦を志望する者は少なく、大部分の者が天下りであった。

なぜ潜水艦が毛嫌いされたかは、それなりの理由がないでもない。まず、潜水艦は危険である、という先入感が海軍では常識になっており、国民の間にもひろく浸透していた。「潜水艦には乗るなよ」と言った肉親は、少なくなかったと思われる。

私たちの若い頃は、スマートで身嗜《みだしな》みがよい、これがネイビーと言われたものであるが、それを裏返すと、そのままが潜水艦乗りにあてはまる。そのうえ栄進がおそい。戦前は少将が頂点とされた。

その他にもあるが、帰するところ居住性が悪い。すなわち生活環境が非人間的である、ということが最大の理由であった。このことを踏まえて、大型潜水艦の長期作戦行動について概説してみたい。

合理的な物品搭載法

潜水艦の出撃準備作業を大別すると、物品の搭載、船体・機関の修理ならびに改造、人員の補充であるが、ここでは物品搭載だけにしぼって説明することにしたい。

大型潜水艦の行動は三ヵ月を前提としているため、搭載量は膨大になる。私が艦長をつとめたことのある伊四一潜と同じ乙型潜水艦を例にとると、常備状態で排水量は二六五〇トン、それが満載にすると三七〇〇トンになる。すなわち一千トン近いものを搭載するのである。

搭載場所も大筋ではきまっている。武器弾薬は定所。各科の備品・予備品・消耗品はそれぞれ所掌区画。水雷科は発射管室、機関科は機械室・モーター室・補機室。所掌区画をもたない航海科・通信科・医療品は士官室。そして、いちばん量の多い糧食は居住区と各通路。

敵を求めて長期行動に。激励の帽振れに見送られて基地を出撃する伊号潜水艦

防寒具とか防暑服などは、はじめから各人に配布しておく。

　搭載のときは、一品ごとに重量を計測する。集計の結果によっては移動することがある。そうでないと、潜航できなくなるからである。潜水艦の水中重量は、つねに一定にたもつことが原則になっている。では、一千トン近い搭載量はどうなるのか、と疑問に思われるであろうが、そこはうまくできている。

　搭載量の約七〇パーセントは燃料である。これは満載にして燃料タンクに積む。したがって潜航すると、海水と燃料の比重差だけ艦は軽くなるわけである。これに見合うものが艦内に搭載されるので、水中重量そのものはあまり変わらない。もちろん、多少の差はできるが、これは、中央の補助タンクと前後の釣合タンクの注排水、移水で修正することができる。

したがって、燃料を消費すると水中重量は重くなるが、いっぽうで糧食や真水が減るので、つねに重量のバランスはとれているわけである。水上状態は搭載した量が生《なま》にかかるが、これは吃水が深くなるだけで、潜航性能には影響しない。

悩み多きトイレット

潜水艦は便所なしで発足したため、長足の進歩をとげたが、ひとり取り残されて乗員は苦労したものである。

最初は手動ポンプを使用したが、潜航すると排出できないばかりか、逆流して便所が海水漬けになるので、潜航と同時に使用止めの札が吊るされたものである。海中型になって、高圧空気で排出する方法が試行されたが、バルブの操作が複雑で、まちがえると全身が〝金メッキ〟というハプニングが頻発したため、取り止めになった。

海大型になって特殊な電動機を開発、電動ポンプと手動とを併用するようになったが、これも潜航深度三〇メートルまでが使用限度で、それ以上になるとやはり使用止めの札が吊るされる。

しかも高温多湿な艦内ではモーターが故障して、始終修理に追われていた。それに便所の数が、大型でも三ヵ所、うち一ヵ所は士官用のため、百名近い兵員は二ヵ所で処理しなければならなかった。

深々度にはいるときは前もって「まもなく深深度潜航にうつる」と、艦内に放送したものである。これは、いまのうちに用便をすましておけ、という督促であった。したがって長時間にわたって深々度潜航をつづけるときは、各区ごとに空缶を用意しなければならなかった。潜水艦乗りに痔疾の多かったのは、便所のせいである。

潜航深度が浅くなるか、または浮上すると、それこそ便所の前には門前市をなしたものである。なかには地団駄ふんでこらえている者もいた。

真偽は別として、これにちなんだ話がつたえられている。水上航走中に、どうしても我慢できなくなった兵隊が、無断で艦外便所で用をたしていたところ、いつのまにか潜航しはじめていた。あわてて艦橋に上がったが、すでにハッチは閉まっていた。そのうちしだいに深度が深くなり、艦橋にもいられなくなった。そこで伸びてきた潜望鏡に抱きつき、沈むにつれて上にのぼり、先端まできてしまった。おどろいたのは艦長である。急に潜望鏡が見えなくなったので浮上したところ、潜望鏡の先端に兵隊がぶらさがっていた、というわけである。

艦外便所は艦橋の真下にあって、停泊中と、水上航走中に使用したものであるが、それ以来、水上航走中の便所の使用には当直将校の許可がいるようになった、という笑えないエピソードである。

私は艦長のとき、作戦行動中は兵員にも士官便所を開放したのであるが、便所の内外での押し問答は絶えることがなく、頭の痛い問題のひとつであった。

水と空気のよろこび

海軍では戦前から、油の一滴は血の一滴にあたるとまで言われ、節約したものであるが、潜水艦の水は油以上に貴重なものとみなされていた。いささかオーバーになるが、水は飲むものであって、使うものではない、とさえ言われたものである。

「一日一人一リットル」というのが、潜水艦建造時における真水タンクの設計基準であった。もとより、飲料用をふくめてのことである。したがって、洗面はおろか、口をすすぐ水すら配給されなかった。もちろん、海水を真水にかえる造水装置はあったが、油の節約と低能力だったため、主蓄電池の補充にまわすので精いっぱいであった。艦長室には水の入ったフラスコがそなえられていたが、出港してから入港するまで、この水を使用した艦長は、おそらく一人もいなかったであろう。

しかし、人間もたくましい順応性を身につけているとみえる。いつしか習性となって、顔を洗わなくても平気で食事ができるようになるからおかしいものである。それも、艦内だけならまだしも、家庭にまでこの習性をもちこみ、家族のひんしゅくを買った者もいた。私もその一人である。

潜水艦で、非人間性を強いるひとつに、空気の汚濁がある。潜航すると炭酸ガスがふえる。はじめは眠気をさそい、三パーセントを越えると頭の芯がズキズキしはじめる。やがて呼吸が困難になる。炭酸ガスの増加にともない酸素が欠乏するからである。

伊156潜の右舷より見た艦尾。56の数字部内部に司令塔、右手丸み内部に電信室

このため、空気洗浄装置があるが、その機能を発揮したためしがない。気休めというか、はじめからサジを投げたようなしろものである。酸素の欠乏にそなえてボンベも備えてあるが、とても追いつかない。あまり放出すると、気圧が上昇して耳の鼓膜がいたくなる。

高温多湿も耐えがたい苦痛である。艦内ではショートパンツ一丁であるが、汗が止めどもなく流れる。寝ていても耳に汗が流れこんで、目をさますことさえある。冷房装置がないでもないが、これがまたお粗末ときている。おまけに室温が三十度を越えないと、使用できない。これはフレオンガスが少ないからである。南方行動中は蒸し風呂につかっているようなものであった。

机の引き出しをあけて、新鮮な空気に舌鼓をうったというのも、まんざら嘘ではない。浮上したときに接する自然の大気は、おいしいなどというものではない。そこには人間性をとりもどした喜びがある。

ストレスと戦力低下のバロメーター

艦内の食事も悩みのタネであった。出撃して一ヵ月をすぎると、そろそろ胃袋があやしくなってくる。そのうちに、砂をかむような味気なさをおぼえるようになる。

食品そのものにも要因はあるであろうが、むしろ精神的ストレス、せまい艦内での運動不足、さらに空気の汚濁や高温多湿が集約されて、食欲不振を助成したとみるべきである。人間の消化機能は、精神状態によって大きく影響されることは周知の事実である。

また、缶詰のにおいが、食欲不振に拍車をかけていることは否定できない。五目飯や赤飯、沢庵にいたるまで、すべて缶詰である。おしんこで茶漬け飯をかきこむ夢をみるようになるのが、この間の消息をものがたっている。

すなわち日本人は貧富の差はあっても、それなりに食生活の幅をもち、多様化している。缶詰だけという画一された食事には向いていないようである。また、においによって好き嫌いがはっきりしているのも、日本人だけのようである。そうしてみると、食欲を減退させた真犯人は、案外、缶詰のにおいであったかもしれない。

ところで、潜水艦が入港するところ娘子軍（いわゆる慰安婦）あり——といわれたくらい、外南洋からインド洋にかけて、辺境の地にいたるまで彼女たちは進出していた。その雄飛ぶりは、鎌倉・室町時代の倭寇《わこう》を想起させるものがあった。

内地ではあまりもてなかった潜水艦乗りも、この娘子軍にはきぬぎぬの別れを惜しまれたようである。それも道理で、懐《ふとこ》ろがあたたかかったうえに、気前がよかったからである。当時の潜水艦長は階級にもよるが、おしなべて六百円以上の給料をもらっていた。大将の月給が五百五十円のときである。下士官兵でも士官なみであったとおもわれる。

そのような彼らが明日をもしれぬ命の洗濯に、けちけちするわけがない。しかし、行動が二ヵ月近くになると、投錨を待ちきれないように飛びだしていった連中の足が、しだいに遠のいてくる。すなわち生理が要求しなくなるからである。

さきに食欲の減退をのべたが、性欲もまた、あとを追うように衰退するのは事実である。

この両者に相関関係があるのか、それともほかに要因があるのかわからない。というのは、食欲不振は上陸して一日か二日たつと回復するが、性欲は――個人差もあるが、はやくて五日、ふつう一週間前後というのが定説となっていた。

性欲の衰退そのものは生理的現象にすぎないが、問題は、性欲が衰退しはじめると、判断力がにぶってくることである。戦場においては、とっさの判断や反射的な処置が、明暗をわけることがある。その意味で、性欲の盛衰は戦力の消長をはかるバロメーターと言ってもよいであろう。

長期作戦行動を終えて、母港に帰ってきた潜水艦乗員の疲労を回復させるため、当局は温泉旅館を指定して休養にあたらせた。期間は一週間前後だったように記憶している。横須賀所属の艦は熱海と伊東、呉は山口県の湯田温泉、佐世保は海軍病院のある嬉野に、それぞれ設けられていた。

しかし、これも戦局の悪化にともない、しだいに先ぼそりとなり、昭和十八年以降は、有名無実に終わったようである。

これに反し、ドイツやアメリカは二チームをもうけ、行動が終わり次第そっくり交替していた。休養期間も十分にあり、陸上施設を利用し教育することにより、戦力の維持向上がはかられた。

深慮遠謀、合理的な施策というべきである。

少数精鋭主義に徹したあまり、消耗がはげしくなるにつれ、艦や飛行機はできても、人員の補充に日本海軍は苦慮しなければならなかったのである。第二次世界大戦をつうじて、日本軍の作戦が竜頭蛇尾に終わった要因は、このようなところに伏在していたのではあるまいか――。

潜水艦はこのように操縦する

潜水艦で水中を自由自在に走りまわるには

元「伊二五潜」水雷長・海軍大尉　筑土龍男

潜水艦は港を出て航行をはじめると、かならず「合戦準備」をやる。合戦というと川中島や関ヶ原を連想する古めかしい言葉であるが、伝統をとうとぶ海上では、旧海軍以来この号令を使っている。それにしても、潜水艦がどんな「合戦」をやるのかと疑問を持たれるむきもあるかも知れないが、潜水艦の「合戦準備」とは、じつは潜航準備のことなのである。

停泊中やふつうの航海のときの状態から、艦内のすべてを潜航にそなえ、艦の外部に通ずる上甲板ハッチも閉め、艦橋のだけは開いておく。そのほかの開口部といえば、エンジン運転のための給気口と艦尾の排気口ぐらいのものである。

これらはすべて発令所の表示盤に特殊なかたちの赤ランプで開閉がしめされている。流線型の艦橋の頂部では、哨戒長と二名の見張員が上半身を波風にさらしながら四周を見張り、操艦している。

諸計器類が所せましとならぶ伊号潜水艦(丙型)司令塔内部の発令所の乗員たち

突如、目標が見つかった。哨戒長はただちに「潜航急げ」を令する。

見張員はたちまち狭いハッチから身をおどらせて艦内に飛び込み、垂直の梯子《はしご》を降りる。そのときは梯子の横桟に足など掛けるのではない。消防車の車庫に跳び下りる消防士のように、手すりに足先をそわせて十メートルほど下の発令所まで、一気にすべり降りるのだ。

艦内では潜航を知らせるブザーがけたたましく鳴りひびく。機械員はただちにエンジンを止め、いそいで排気口と給気口のバルブを閉める。それらをしめす発令所の表示灯は、一つずつ開から閉に変わっていく。艦首の両舷にそってたたんであった潜舵《せんだ》が、飛魚《とびうお》の羽根をひろげるように開く。

最後に艦橋から突入した者が、中からハッチを閉めて報告する。そのときは表示灯もすべて閉になり、すでに潜舵も出終わっている。艦内の各部は整備し、いつ潜ってもよい。

「ベント開け」と、哨戒長の号令がかかる。油圧手がテキパキと油圧レバーをたおすと、各メインバラストタンクの頂部にあるベント弁がいっせいに開いて表示盤が変わる。ザァーという注水音が腹をゆさぶり、艦は上甲板を水面に浸す。

「深さ十五、ダウン三度」、操舵員がジョイスティック（操縦桿）を一杯前へたおすと、艦はたちまち前にのめって俯角がかかり、急速に水面の下に没する。前後傾斜計は正しく三度をしめし、深度計の示度は刻々と下がっていく。

「ネガティブブロー」、空気手がサッとハンドルをまわすと、ゴーッとするどい音がして、艦に重味をあたえて潜入しやすくしていたネガティブタンクが圧縮空気で排水される。これでだいたい艦の重量は浮力ゼロに近くなったはずだ。

指定された深度に近づくと操舵員は舵をもどし、艦を水平に保って、「深さ十五、前後水平」と報ずる。潜水艦の深度は艦の最下面から水面までをいう。だから十五メートルでは艦橋の上端は水面下数メートルであり、潜望鏡を上げれば外部が見える。哨戒長は潜望鏡について四周を見まわす。

艦は水平になったが、舵の角度からみて、艦全体が少し重すぎ、前後の関係では艦首の方がやや軽いようだ。「補助排水用意」「一トン排水」「前部へ移水用意」「七〇〇（キロ）移水」、潜航指揮官は艦の潜入具合や舵の取り加減から、即座に艦の状態を判断してテキパキと修正を命ずる。

するとツリム手はあちこちの弁を手ぎわよく開閉して、排水、移水の完了を報告する。舵の角度はほとんどゼロになり、艦は前後水平にピタリと十五メートルの深度でセットしている。「ツリムよし」、潜航指揮官が哨戒長に報告する。これで潜入の手続きがいちおう終わったわけだ。

ここに紹介したのはごくあらましの操作だけで、まだまだ細かいものがいくらでもある。しかもその一つ一つも順序や方法を誤ったら、艦全体が非常に危険な状態になる。潜入と浮上は飛行機の離着陸に相当する、もっとも慎重な注意を要する作業だ。

各員には艦の運命を背負った重大な責任が課せられ、また乗員はそれを十分に果たし得るよう厳密な選抜と徹底した訓練が行なわれるのである。

潜水艦を動かす三つの要素

潜水艦を水中で操縦するのは、自動車や飛行機のように一人でやるわけにはいかず、何人かのチームワークによらなければならない。大別するとツリム調整、操舵、運転の三つの機能にわけられる。

ツリム調整とは、一口に言えば艦の重さを調節することである。浮いている潜水艦がもぐるには、まず浮力をゼロかマイナスにしなければならない。それには内殻《ないこく》（水の入らない、人間や機械のある部分）の外側にあるメインバラストタンクに海水を入れる。ゆっくり注水していたのでは間にあわないから、このタンクは底に大きな穴が常時あけてあり、注水する

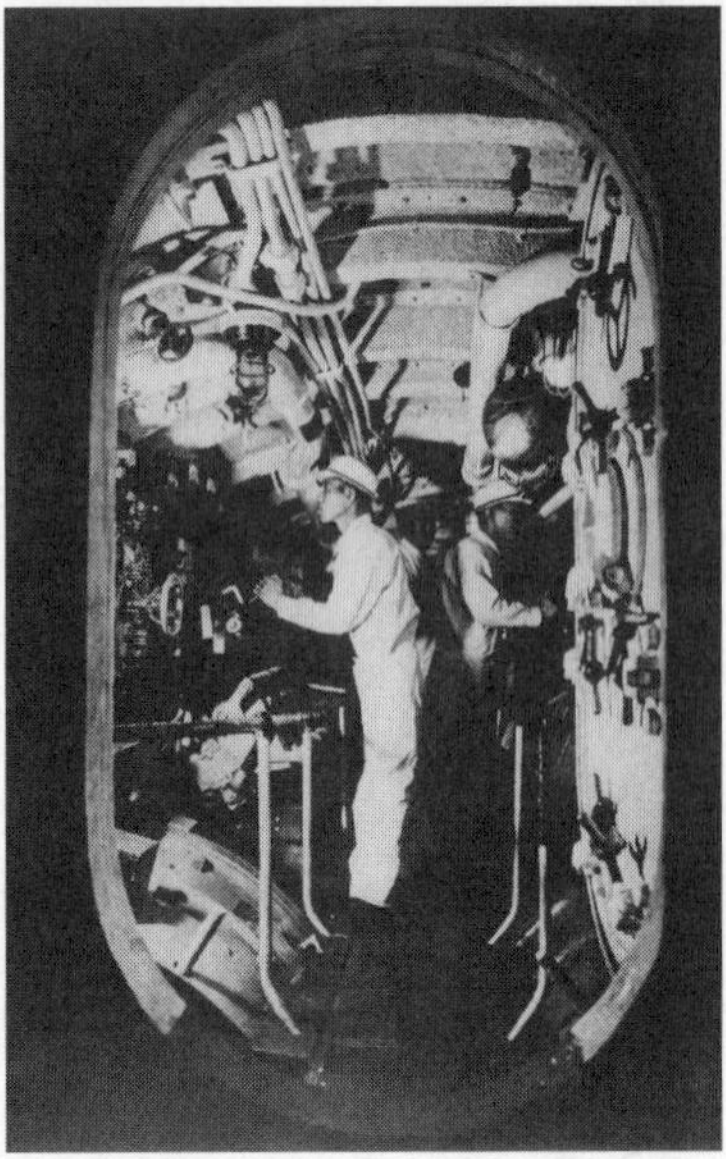

配管や諸機械にうまる伊号潜水艦内の機関部

ときは頂部にあるベント弁を油圧装置よって開いて、底の穴から一挙に満水するようにできている。

しかし、メインバラストタンクに水を入れただけで、すぐに潜れるものではない。千トン以上もある艦内には数十人から百人以上が生活し、各種の機械が動いているので、重量が絶えず変化する。たとえば燃料を使って走れば、それだけ重量が変わる。魚雷をつんだり、それを発射したりすればもちろん変わる。百人の乗組員が食べて寝て排泄《はいせつ》すれば、その分だけ変わってくる。

内部の要因だけでなく、外部の海水の比重が一・〇二五から一・〇二四に変わっても、千トンの艦なら一トンだけ重くなる（浮力が減る）。これらを潜航指揮官が厳密に計算して重量の修正をしないと艦が軽すぎて、ベント弁を開いても水面から下へ艦がなかなか入らなかったり、逆に重すぎてどんどん沈下し、舵では保ちきれないといったことになる。

そこでメインバラストタンクのほかに、自由に海水を出入できる補助バラストタンクというものがあって、ポンプ排水と外圧による注水とで細かい重量の調節ができるようになっている。

重量の調節はそれだけでない。前後左右のバランスをとらねばならぬ。左右の方はわりあい簡単だが、前後の方は艦が細長いため艦首尾付近に少し重量の変化があっても、大きなモーメントとなって艦を前後にかたむける要因になる。これを調節するためにあるのが前後部の釣合タンクで、たがいにパイプで結ばれ、ポンプで移水してモーメントの変化を打ち消せる。

これらの仕事をふつうは三人で分担する。ベント弁の開閉とその他の艦外への開口部を開閉したり確認したりする「油圧手」、圧縮空気を管制する「空気手」、そして補助バラストタンクや釣合タンクの注排水移水の操作をやる「ツリム手」である。最近では、これらをすべて押ボタンでリモートコントロールするようになり、バラストコントロールパネルに集中して、一人でも扱えるようになっている。

舵は潜水艦では三組からなる。一つは艦の向きを変えるもので、これはどの船にもあるもので、潜水艦ではこれを縦舵《じゅうだ》と呼ぶ。艦を垂直に動かす舵を水平舵といい、艦首または艦橋構造物に取り付けられた潜舵《せんだ》と、艦尾にある横舵《おうだ》とにわかれる。この両者をうまく関連させて動かすことによって、艦の前後傾斜や浮沈を行なう。深度の変換は、ふつうは艦を前後にかたむけて行なうが、潜舵、横舵のとり方によっては艦を水平に保ったままでも浮沈させることができる。

このように舵は三人でべつべつでとるのが今までのやり方であり、操舵手は前向き、潜舵手と横舵手は、左舷側向き（ドイツ潜水艦は右舷向き）に二人ならんで操舵をしていた。しかし、最近では潜舵、横舵も前向きになり、飛行機の操縦桿のようなジョイスティック式になった。そして潜舵と縦舵を一人でとったり、潜横縦舵全部を一人でやれるように切りかえられる。海上自衛隊でも「はやしお」型からこの方式を採用している。また潜横舵を自動的にとらすやり方にも成功している。

このように最近では潜航指揮官の下に舵を一人、バラストコントロールを一人と、最小限二人だけで水中操縦ができるようになった。しかし潜水艦は軍用のものであり、能力の最高発揮のため、また被害や故障にも対処し得るため、つねにオートメーションやリモートコントロールにだけ頼るわけにもいかず、かなりの配員を必要とされている。

舵を利《き》かすには艦の推進力がなければならず、したがって運転も水中操縦上、必要な機能であるが、つぎのシュノーケル（水中充電用の吸排気装置）のところで述べよう。また潜望鏡やレーダーによる見張り、ソナーによる水中捜索なども潜航にはなくてはならぬ機能であるが、直接操縦そのものでないので省略する。

〝深く静かに〟潜る

「シュノーケル用意」の号令がかかると、シュノーケルマストが上げられ、グロテスクな頭部が水面に顔を出す。これが給気筒になるわけだ。潜望鏡でこれをにらみながら、頭部にあるバルブの開閉試験を数回行なって確認する。艦内に海水を入れないための唯一の頼りになるのが、このバルブだ。

テストがすみエンジンの用意がととのうと、「シュノーケル始め」が下令される。所定のバルブが開閉され、エンジンが起動されるが、発令所にいたのではほとんど気がつかない。防振装置をほどこされたエンジンはおとなしく動く。すると新鮮な空気が艦内に流れてくるので、それとわかるだけだ。

排気は水面下にある艦橋頂部の後端から水中に放出される。そこまでの部分にたまっていた海水がまず押し出されるので、それに相当する量だけ補助バラストタンクへ注水される。潜水艦ではつねにキメの細かいツリム調整が必要なのだ。

シュノーケルでも水上運転でもおなじだ

艦の心蔵部たる司令塔の潜望鏡にとりついて戦況をにらむ潜水艦長

が、わが潜水艦のエンジンは発電機専用である。エンジンで直接スクリューをまわすのではなく、直結された発電機で直流電力を起こし、これをメインモーターへ送ってスクリューをまわしたり、電池へ送って充電したりする。両方いっしょにもできる。メインモーターは二本の推進軸に各二基がタンデム（前後縦列）に取り付けられ、計四基ある。速力に応じて電流をシリーズ（直列）に通したり、パラ（並列）に通したりする。エンジンの発停もふくめて、これらのコントロールをするのが艦尾近くにある制御盤室だ。艦内で一番暑くなるこの運転中枢室では、二名の電機員が数多いメーターをにらみながら、注意ぶかくハンドルを操作する。

ときどき高い波がシュノーケルマストを洗うと、ただちに頭部のバルブが水を入れまいと閉まる。エンジンはまわりつづけるので、艦内気圧はしだいに下がる。やがて波が去ってバルブが開くと気圧はいっきょに回復し、耳がチーンとする。バルブがいつまでも閉まりつづけると、気圧がある程度下がったところで、エンジンが自停するようになっていて、身体におよぼす危険を防止する。

このシュノーケルのおかげで、何日でも十何日でも潜航がつづけられる。しかし、シュノーケルマストを水上に出すと、エンジンの音は遠くまで水中をつたわり、被探知の原因になりやすい。「深く静かに」しかも「高速で」という潜水艦の本質的要望にかなうものは、いまのところ原子力推進しかない。

事故はこんなときに起こる

「潜航止め、浮き上がれ」の号令とともに、ブザーが艦内にひびく。と同時に「メンタンクブロー」が令せられ、空気手は待ってましたとばかり力一杯バルブをまわす。するとたちまちゴーッと腹にひびく高圧空気のブロー音は、メインバラストタンク内の水を底の穴から追い出す。そして浮力のついた船体はグッと浮き上がる。やがてエンジンが起動され、その排気がメインバラストタンクへ送られて、残った水を排除する。

潜望鏡で艦首上甲板のあらわれ具合を確認した艦長が「ハッチ開け」を令すると、哨戒長と見張員はぬれた艦橋におどり上がって配置につく。しかし、浮上作業はとくに注意を要する。艦内大浸水や、沈没事故を起こすのは、潜入時についで浮上のときが少なくない。ながい潜航でつかれた心身が外気に接し、やれやれという気のゆるみも恐ろしい。そこで浮上のときは、かならず艦長が直接指揮して慎重を期している。

潜水艦の平時の沈没事故は、潜航してしまってからのものは比較的少なく、近年では米国のスレッシャーぐらいのものである。潜入、浮上のほかに水上航行中の衝突や浸水といった危険もある。

やはり潜水艦の活動場面は水中であり、潜航した潜水艦は強い。近代の潜水艦は水上性能を大幅に犠牲にしてまで、水中能力の向上をはかっているのである。

水中こそ潜水艦の活躍舞台であり、能力を最大に発揮すべき場所である。そのためすべての装備はこれに適するものでなければならないが、とくに活動の根源をなす推進動力が、水中活動にもっとも適したものであることが重要な要件であり、これが不十分なうちは真の「潜水艦」ということはできないであろう。

造船官がみた驚異の潜水艦事件史

開戦時の旧型潜改造から終戦直前の水中高速潜まで

元 艦政本部第四部員・海軍技術少佐　寺田　明

昭和十六年十二月八日の呉軍港は、軍艦らしい軍艦はすべて出はらってしまい、ひろびろとした海面は静まりかえっていた。戦争がはじまれば損傷艦の帰港で、工廠は忙しくなるであろうが、いまはちょうど嵐の前のような静けさにつつまれている。

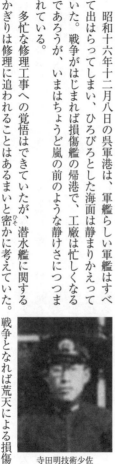

多忙な修理工事への覚悟はできていたが、潜水艦に関するかぎりは修理に追われることはあるまいと密《ひそ》かに考えていた。戦争となれば荒天による損傷とちがって、相手は砲弾か爆弾あるいは爆雷、魚雷である。潜水艦はその構造からみて、被害があれば全損となるはずである。

寺田明技術少佐

そんなとき、真珠湾攻撃隊に参加した潜水隊が帰港した。この隊は真珠湾から脱出する米艦を待ち伏せして攻撃するため、湾口からの航路上に配備されていた。攻撃日の前夜には、ハワイの放送局が流す、おいしそうな料理の日本語コマーシャルも聞かれたが、翌日からは水上艦の爆雷攻撃にさらされ、九死に一生を得て帰還したのであった。

古い型の海大型の一艦が、耐圧構造部の内殻《ないこく》には被害がないのに、その内側の燃料タンクに損害をうけ、重油が漏れていたばかりでなく、タンク壁がとびだして、これに接していた蓄電池を破壊していた。これによって、爆雷攻撃をうけた場合、液体があるかぎりその圧力が艦内にまで浸透することがわかった。満載の燃料タンクならばこのようなことも予想できるが、上部に空気がある真水タンクまで、水のある部分から膨出していたのには驚かされた。

さっそく対策を講じなければ、おなじ構造の各艦は電池破壊をさけられず、電液が漏れることは電力の不足はもとより、艦内に悪ガスが発生してきわめて危険である。そこで燃料タンク、真水タンクと電池槽とのあいだに十分な隙間をもうけるためにタンクを縮小し、膨出しても電池槽に当たらないようにした。

電池槽の維持は、タンクの肋材に厚いゴム板をはって横移動をおさえ、電池槽の底からの突き上げにたいしては、電池槽の下に厚いゴム板をはった。終戦後になって見学した米潜水艦の電池槽は、エボナイトの中にゴム板をいれて、槽がやぶれてもゴム板で電液の流出をくいとめるようになっていた。いつ頃からこうなったかわからないが、わが方の応急対策よりはましである。

この損傷一艦は、それまでにも問題となっていた鋲構造艦の重油漏洩の重大さをしめした。

艦外タンクからの漏洩はいくら潜航したところで、海面にうかぶ重油で敵に存在をおしえて、敵の爆雷攻撃をまねく。艦外タンクは耐圧船体（内殻）と外板（外殻《がいこく》）のあいだにあり、鋲がゆるめば油がにじみ出る。溶接構造でも機銃弾で穴が開けばおなじである。

この対策も急いでたてなければならない。艦外燃料タンクは、燃料を使っただけ海水を補充する。こうしておけばタンクは、つねに上部に重油、下部に海水がはいって一杯に満たされているので、いくら外圧がくわわっても、タンク内も同圧となり、外板には圧力がくわわらない。

ところで、タンク内の圧力を水柱一〇〇ミリていど下げても、外板はつぶれることはない。そこでタンク内の圧力を下げて、外板に穴を開けると、外の海水が中にはいるだけで、中の油は絶対に外に漏れない。この状態をつづけるには、小型ポンプで圧力を下げればよい。タンク内にはいった水は、比重の関係から重油の下に沈み、底にあるポンプの吸込口から艦外にはきだされる。

この装置は「重油漏洩防止装置」と名づけられ、全潜水艦に装備された。だが、案じていたように、ハワイ攻撃以後は大きい損傷の艦は帰ってこず、沈没の報告が多くなっていった。

水中空母の大いなる夢

開戦いらいの海軍航空隊の戦果がみごとであったので、潜水艦も航空作戦に協力せざるを得なかったのか、あるいは航空機時代となって水上艦の行動が不自由になったためか、伊一

左より舞鶴に繋留中の伊121潜(機雷潜)、水中高速潜(潜高大)伊201型2隻、呂500潜

二一潜型(機雷潜)のガソリン輸送潜への改造工事がはじまった。

この型は四隻あり、すべて機雷敷設艦である。潜水艦でまく機雷数はわずかであるが、隠密裏に敷設できるので、相手にとっては不気味である。実効より、こうした心理的な効果に意義があるものであったが、開戦当初にスラバヤ沖に出動して、敷設をおえて帰るやいなやの改造工事であった。

超遠距離、たとえばハワイを内地から出発して偵察するには、大型飛行艇を使えばよかったが、洋上で給油する必要がある。このような任務には、潜水艦が最適であった。工事は後部の機雷格納所と敷設筒の中に、ガソリンタンクを新設するもので、後者は問題ないが、前者は兵員室もかねていたので難工事となった。

すこしでも油が漏れたら、爆発の危険がある。全溶接の二重構造をとりいれ、パイプも二重にして、万が一、漏洩があっても艦内には漏れないようにした。中間のスペースは、水上航走時に通風機で換気できるようにした。

しかし、内部構造の改造は、ハッチから入る大きさの板を艦内へ入れて組み立てて溶接しなければならず、漏洩の原因となる溶接部が多く、苦労の多い工事であった。この改造工事は二隻におこなわれた。

だが、この低速老齢艦だけでは不足だったのか、新造艦も計画され、昭和十八年五月に伊三五一潜（潜補）が起工された。本艦はガソリン五〇〇トンを搭載するほかに爆弾も積み、搭乗員交代者も運べる三五〇〇トンの新鋭艦であったが、昭和二十年に完成したときには、補給相手の飛行機はもうなくなっていた。

伊三五一潜より早く、昭和十八年一月には伊四〇〇潜（特型）が起工された。本艦は真珠湾の興奮がさめぬうちに計画されたが、夢よもう一度の観があった。水上偵察機三機は甲板上の耐圧格納庫におさめ、カタパルトで打ちだされ、爆装も可能であった。搭載機は「晴嵐」と名称まできまっていたがなかなか完成せず、当時、世界一の満載排水量六五六〇トンのマンモス潜水艦は、終戦前年の暮れまで登場しなかった。

悲しきネズミ輸送作戦

このように開戦から一年間は、戦訓に学ぶよりも戦果に学んだ時期であった。

海の彼方ではミッドウェーの敗戦があり、ソロモン群島では死闘がくりひろげられていた。陸軍からは、南東方面への補給要請が海軍にだされていたが、これを一手に引きうけられるのは、もはや潜水艦以外になかった。

昭和十八年二月、急遽、伊三六一潜型（丁型）が起工されたが、その時にはすでにガダルカナルからの転進が決定されていた。本艦は艦首に二門の発射管があるだけ（これものちに撤去）で、艦内に弾薬や糧食を積みこみ、ベルトコンベアで甲板のハッチに運びあげ、甲板上に搭載してある大発二隻に積んで陸岸まで輸送するというものであった。

本艦が完成したのは昭和十九年五月で、ソロモンへの輸送には間に合わず、内南洋の島々への輸送作戦に使用された。実際にソロモン、ニューギニアへの物資輸送には、既存の潜水艦のほとんどが投入されていた。しかし、これらの潜水艦は輸送用につくられていないため、艦内に交代人員を乗せ、米袋などは甲板上に積みあげて縛り、積みおろしは縛ってある鎖をとくと同時に艦は潜航、積荷を海面に浮かせる方法をとった。

この方法は危険が多いわりに一回の輸送量が少ないため、大量輸送法として運貨筒が建造され、昭和十八年秋にはラバウルに回航されている。運貨筒とは、流線型の船体内に大型は三七五トン、中型は一八五トンの物質を積み、潜水艦に曳航されて、母艦が潜航すればこれも一緒に潜航するものであった。

だが、曳航する潜水艦の速力は低下し、行動も不自由であったので戦場むきではなく、わずか二、三個が実用されたに止まったようである。もっともラバウルそのものの機能が、昭和十九年からは停止状態になったことも関係があった。

運貨筒には曳航しなければならないという欠点があったが、野砲運搬用の運砲筒は、大型潜水艦の後甲板に載せ、離艦後は自力で陸に向かうものなので、取り扱いがやさしく、わりあい多数が利用された。運砲筒の運転は陸軍が担当した。カタマラン形で、二本の魚雷をつかって推進機関としていた。

前述の伊三六一潜は上甲板に大発を積んでいたが、この機関は潜航にそなえて耐圧カプセルにいれてあった。おなじような方法で戦車の機関を耐圧カプセルに入れ、潜水艦に水陸両用戦車を積んで環礁内の艦船を攻撃する作戦が計画された。

環礁の外まで潜水艦の上甲板に載せて運ばれた水陸両用戦車は、環礁を乗りこえてなかに侵入、魚雷で艦船を攻撃しようというのである。もちろん暗夜でなくてはならないが、成功するかどうか、呉軍港ちかくの亀ヶ首で実験された。結果はエンジンの音があまりに高く、とても隠密攻撃には適しないことがわかった。

このように潜水艦の上甲板に重量物を載せて運ぶアイデアは、起重機などを使わないですむ方法であったが、その先鞭をつけたのは、真珠湾攻撃のさいの特殊潜航艇の輸送であった。のちにはマダガスカル島、シドニー軍港などへの特殊潜航艇の攻撃にも利用され、最後は人間魚雷「回天」の出現となった。

潜水艦の器用さが、本来の潜水艦の任務をはなれさせたのであろうか、あるいは戦局の不利、制空権の喪失がやむをえぬ潜水艦の乱用となったのか、数少ない潜水艦があわれである。

戦前の予想どおり損傷艦の帰還は少なく、沈没の知らせのみ多くなった。可能な対策は何でもおこなった。

水上艦艇が潜水艦を攻撃するときは、まず超音波探信儀で潜水艦の存在をたしかめてから爆雷を投下する。そこで、潜水艦の上面に音波を吸収するか、あるいは乱反射してしまう塗料をぬれば、超音波探信儀も役に立たなくなるであろうと考えられた。ゴムの中にこまかい気泡を入れてはどうかというので、実艦に塗装して実験した。いくらかの効果はあったが、行動中に剝げやすく、実用にはいたらなかった。その後、このアイデアは進展しなかったが、今日ならば合成樹脂系の塗料もあり、あるいは成功したかもしれない。

増大する飛行機の脅威

戦場が拡大するにつれ、潜水艦の強敵は水上艦から航空機に移っていった。レーダーが開発され、航空機の威力は増大した。

潜水艦は昼間は潜航し、夜になってから浮上して換気するとともに、電池の充電をする。航空機がレーダーを装備していなかった時代には、これがいちばん安全な方法であったが、レーダーの登場によって完全にくつがえされてしまった。夜間に浮上した潜水艦には航空機を発見できないのに、レーダーは潜水艦の存在をとらえる。そこで潜水艦は、見張りの可能な昼間に浮上して充電し、危険な夜間は潜航するようになった。

行動が逆になっただけならよいが、昼間の見張りは万全とはいえないのが欠点だ。雲があれば飛行機はかくれて見えないし、雨でも降ればなおさらである。

ひとたび発見されるや、航空機が入れかわり立ちかわり攻撃してくるし、水上艦艇も攻撃にくわわってくる。しかも、一隻だけの被害でなく、潜水艦は群れをなして行動し、哨戒線に展開して配備につくのが常であるから、敵は一隻の潜水艦を発見すると、その配備線の発見につとめ、連鎖反応的につぎつぎと配備線上の潜水艦が攻撃されて、沈没艦が増加するのである。

　この点は、ドイツ海軍もおなじであった。潜航しながら充電のできるシュノーケル装置（吸排気装置）が、まずドイツ潜水艦に装備された。おそらく航空機レーダーの出現も、大西洋の方が太平洋より早かったであろう。

伊171潜の艦尾から見た艦橋。左の無線檣や中央の潜望鏡支筒、木甲板の六角形の短艇格納ハッチがわかる

　ドイツから送られた図面を見ると、後甲板に給気筒をたて、吸気口は波をかぶると、球体がうきあがって吸気口をふさぐようになっていた。排気は吸気口より下にある排気口から水中に出され、シュノーケルを使わないときは、この筒を後甲板上にたおして格納する。

　一方、わが国の方法は、長大な筒の起倒

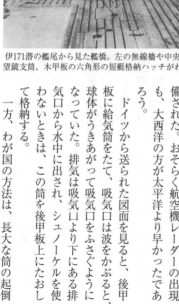

をさけて、艦橋の後端に昇降式の給気筒をもうけ、排気もおなじところに固定式として水中に排気した。これは、ドイツ潜では艦も小さかったが、艦橋も小さいので、艦橋構造物中にもうける余地がなかったためである。わが国の潜水艦の艦橋はわりあいに大きかったので、この中に収めることができた。既成艦も建造中の艦も、すべてこのシュノーケルを装備する改造がおこなわれたのはもちろんである。

レーダーに対抗するには、シュノーケルや潜航で逃げの一手に徹するよりは、こちらもレーダーで対抗するにかぎる。電探で捜索すれば、発射電波がみずからの存在をしめすので、むしろ相手の電波を探知する方法がよい。これを逆探といった。

逆探の開発が重要なことはわかっていたが、陸上設備としては昭和十八年に実用されていても、潜水艦用にはまだ使える段階ではなく、やっと試作が完成したのが昭和十九年であった。旧式の蓄音器のラッパのような受波器があり、これを旋回してレーダー電波をとらえるのである。この逆探を取り付けることにより、いちはやく敵を発見して退避することができて被害が減少した。

姿なき兵器レーダーの恐怖

しかし、これはだいぶあとの話で、レーダーから逃れるための努力のひとつに、艦橋の改造があった。これは、溺れる者は藁《わら》をもつかむの類のもので、レーダー電波はその進行方向に正面をむけた平板からは強く反射して、明瞭にその存在をしめすが、球面では電波は四方に反射してしまう。大きい対照物からの反射は、小さい対照物の反射より大きい。潜水艦が電波をうけて、これを反射するのはほとんどが艦橋構造物である。そこで、艦橋をできるだけ小さくし、平面反射の少ない構造にすることになった。

これまでの潜水艦には屋根があり、窓が前面と側面にあった。わが国は雨が多く、潜水艦の行動も水上航走を重視していたので、どうしても屋根が必要であった。しかし、列国の潜水艦にはあまり屋根や窓があるのはなく、腰板ていどの波よけだけであった。

そこで、まず窓から上をとりさって、レーダーの対照面積を小さくした。側壁も、垂直に立っていては反射が強いと思われたので、朝顔型に下をほそく、上をひろくした。相手の電波の波長によっては、こんな改造も無駄かもしれないが、ある波長のものには有効かもしれない、というので実施された。この改造は、レーダーにたいしては無効でも、水中抵抗の減少には役だった。屋根の撤去は、技術方面から以前より提案されており、戦争の後半になってやっと実現をみたのである。

戦訓がしめす潜水艦のあり方は、シュノーケルの装備、逆探の搭載で完成したわけではなかった。ひとたび存在を暴露すれば、いかに水中に逃がれても、その退避しうる範囲はかぎりがあった。またその行動力はきわめて小さいので、とうてい敵の攻撃から逃れることは不可能である。

つまり、敵がどこまでしつこく追いかけるかに、潜水艦の生命のカギが握られていた。この戦いを自己のペースにとりもどすには、水中行動力の増大、すなわち水中高速以外にはなかった。この考えは、ドイツもおなじであった。ドイツは解決法として、過酸化水素をつかって水中での大馬力を得るとともに、充電の必要な電池の使用をやめるワルタータービンの採用を決定した。

一方、わが国は電池技術の優秀性をたのんで、大容量電池による水中高速潜を計画した。昭和十九年三月に起工された伊二〇一潜（潜高大）がその第一艦である。本艦はドイツの技術により国産した溶接可能な高張力のＤＳ鋼を使って、全溶接のブロック建造方式がとられた。水上馬力二七五〇馬力、水中五千馬力という数字は、水上速力十五・八ノット、水中十九ノットと、水中性能が水上性能を上まわるわが国では最初の潜水艦であった。昭和二十年二月に完成した。第一番艦は小型の高性能電池を多く搭載したので電池のとりあつかいが困難で、まもなく大型の高性能電池にとりかえられた。

ドイツの水中高速潜水艦は終戦までには完成せず、アメリカが接収して持ちかえって完成させたが、機関の爆発で沈没した。これはずっと後のことで、水中十九ノットの記録は伊二〇一潜が初めて樹立したわけである。もっとも特殊潜航艇では二十ノット以上が得られており、この技術も大いに役立っていた。

水中の忍者ここに誕生

戦局は後退をつづけ、ついに本土防衛戦へと移ってきた。物資も底をつき、特攻兵器でないと鋼材も使用できないまでになった。こうして、各種の特攻兵器が生まれたのである。

大型水中高速潜水艦（潜高大）伊202潜。水上速力15.8ノットを超える水中19ノット

特殊潜航艇は「蛟龍《こうりゅう》」と名づけられた量産型が建造され、本土での水際作戦用として蛟龍とともに「海龍《かいりゅう》」が量産された。これらは行動範囲がせまいので、日本列島の沿岸に配備するには莫大な隻数が必要であった。

九州沿岸に配備された艇は、相模湾にはつかえない。上陸の可能性がある浜は、本土の太平洋岸にはたくさんある。奥羽地方から関東東岸、相模湾、遠州灘、伊勢湾、四国の南岸、九州の全周ときりがない。そこで機動力のある特攻兵器として、波二〇一潜型（潜高小）の計画が決定したのは、昭和十九年暮れに近いころであった。

小型ではあるが、攻撃したら生還を期せず、という特攻兵器ではない。むしろ、何度でも生還して反覆攻撃しなければならないのであるが、先に述べたように、特攻兵器でないと物資の配給がないので、「特攻」と称された。

建造は一日も早くと急がれ、概案作成七日間、基本計画一ヵ月、設計三ヵ月、設計中に起工し、完成はじつに昭和二十年五月という超特急の建造であった。

概案作成といっても、当時は利用可能の物を集める以外に方法はない。機関は中速四〇〇型がただ一つの量産のディーゼルであったので、これを採用した。この機関は当時の木造掃海艇に採用され、機帆船にも搭載されていた。

電池は伊二〇一潜型（潜高大）とおなじものを数をへらして搭載する。魚雷も大型潜水艦用をつかい、発射管も大型用を二門装備した。いまや選択の余地はない。ねらいはあくまで水中高速である。

船体の長さは、装備品もふくめて五〇メートル、高速のためにできるだけ細身の船体にしなければならず、単殻構造に近いものとなった。艦首の水中抵抗を小さくするため、排水防部の注排水孔を小さくし、潜舵をやめて艦中央部に中舵をつけた。これも抵抗上は有害なので、完成後できるならば撤去するつもりで、人力操作とした。

完成後の評価では、中舵のため動揺が少なく、あたかも大艦に乗っているようだと評判がいいので、そのまま残すことになった。速力も十三ノット以上が得られ、計画値を上まわった。当時、強い要求が出されていた急速潜航秒時の短縮も、発令後十五秒で全没でき、わが国の潜水艦としてはレコードであった。

思えば昭和十六年十二月にはじまり、二十年八月におわった大戦期間中の三年九ヵ月間、潜水艦の設計は多忙の一語につきた。アメリカが艦隊型潜水艦の一種に終始したのにくらべて、わが国はなんと多種多様であったことか。

終戦後、アメリカの潜水艦設計将校が来日したとき、どの潜水艦にいちばん興味をおぼえるか質問したら、伊四〇〇潜であると答えた。大西洋までいってニューヨークを爆撃できる潜水艦は、注目に値したのであろう。質問者の片山有樹基本計画主任が、われわれは伊二〇一潜であると本艦の特徴を説明されたが、彼がこれを傾聴した姿が昨日のことのように目にうかぶ。

昭和二十年八月十五日、艦政本部潜水艦設計班は大船へ疎開せよ、との輸送命令書をうけとり、はからずも終戦の放送を大船駅で聞き、すべての努力が無に帰した絶望感に打ちひしがれたのであった。

恐怖と戦慄「伊二五潜」初陣の記

真珠湾から米本土西岸へ。日米開戦の頃の雷撃戦

当時「伊二五潜」機関科員・海軍三等機関兵曹　中川新一

その日は朝から、横須賀の街や山は霧のような小雨でけむっていた。そして海上はかなり時化《しけ》ていて、襲いかかった波が港内に在泊している艦艇の舷側で、白いしぶきをあげていた。

昭和十六年十一月二十一日、われわれを乗せた伊二五潜水艦（乙型）は、なにげなく母港を旅立ったのであるが、その旅先は、この霧雨がしめすように厚いベールで覆われていたのである。

中川新一機関兵曹

積み込まれた乗員の糧食ときたら、通路までいっぱい。伊号の大型潜水艦でさえも、長期行動の三ヵ月分ともなると入れるところがない。缶詰の上に板を敷き、その上を歩く始末である。いうまでもなく、燃料の重油や飲料用の真水は満載だ。それにいつもなら訓練用の魚

雷なのに、実用頭部のついた実戦用の魚雷を積み込んだうえに、防寒服から防暑服まで積み込んだのだから、まったくもってどこへゆくのか見当がつかない。

当時、潜水艦には「南洋長期行動」というのがあった。それは戦前わが国の南洋委任統治領は国防の第一線であったので、一朝有事にそなえて、艦隊潜水艦により演習を兼ね、長期にわたって内南洋を行動することがあった。行き先は先任将校ですらわからないのだから、われわれ下士官兵にわかるはずはなく、その「南洋長期行動」だろうと想像して、自己判断するよりほかはなかったのである。

午後二時ごろになると、雨は止むどころか風もくわわってきたので、港外に出た伊二五潜は、まともに挑みかかる荒波にもまれ、東京湾を出るころからは、それがますます激しくなった。ローリングとピッチング。海のつわものたちも、その日の夕食はほとんど食べる者はない。主計兵が青ざめた顔でつくった努力の食事も、そのまま海中にすてざるをえない。

艦内のあちこちで、小間物屋の出店がはじまる。それを見ていると、人ごとではなく、自分もグーッと胃から喉《のど》へ押しあげてきた。われわれ機関科員は、ディーゼルエンジンで燃焼する重油のにおいと、ビルジ（船底の汚水）のムッとする臭気がこれに拍車をかけるので、口から出すまいと耐えるのが実に苦痛である。

この船酔いについて、私がまだ若い兵隊のころ駆逐艦に乗っていて、古参兵から気合いを入れられながら教えられたことを思い出してみた。

「船酔いは病気ではない。精神がたるんでおる証拠だ。だから気持ちが悪いからといって吐いては駄目だ。吐きそうになったら、それをグッと呑みこむんだ。そうすればあとは大丈夫だ」

これはそのつど思い出しては実行し、効果をあげてきたが、こんどだけは何としても駄目だ。――たとえ第一波を押さえたとしても第二波、第三波が襲ってくるのである。

三日間はほとんど食べ物は喉を通らない。これは普通で、ひどいのになると一週間という連中もあって、彼らは吐くだけ吐いて、胃の中がからっぽになると、黄色い胃液を吐いた。そして自分の当直時間になると、目をくぼませゲッソリと頰のこけた顔を機械室にあらわしていた。

翌日もまた翌々日も暴風雨で、水上航走の伊二五潜は、二十九メートルの風と大波にほんろうされていた。四日目になって、やっと風は凪《な》いだが波は依然として高い。どうにか湯呑み一杯くらいのメシを梅干しといっしょに呑みこんだので、どうやら人心地がついたが、当直が終われば自分のベッドにころげこむのが精一杯である。

真珠湾内にとどろく爆発音

横須賀を出て五日目、十一月二十五日になって「本艦は真珠湾奇襲攻撃のためハワイに向かう」と、はじめて任務を明らかにされた。当時の伊二五潜の艦長、田上明次中佐は戦後、当時の状況をこう知らせて下さった。

「十二月八日を目途として開戦を決意しあり、ただし目下は外交交渉の途上にあり、開戦の実施は改めて発令せらる。このような命令を受けて出撃したのであった。そのとき外交交渉が成立した場合の暗号は——筑波山は晴れたり——であった」

軍はすでに十二月八日開戦を決意。しかし、外交折衝はしていたのであるが、平和解決への道は九九パーセント失われていたのである。したがって「筑波山は晴れたり」の暗号を使う機会はついになく、戦闘に突入したのであるが、この暗号は一般に知られている「新高山《ニイタカヤマ》登《ノボ》レ」であった。イ25と書かれた艦名もぬりつぶされ、軍艦旗もおろして国籍不明の潜水艦となった。

そうだったのか……国際情勢が対米英戦争を避けられないまでに緊迫していることは、われわれでも大方の想像はついていたが、いまわれわれが乗っているこの艦が、十二月八日の奇襲にそなえて一路、真珠湾を目ざして突進しているとは思われなかった。

——そうと決まれば必勝あるのみだ。期せず、艦内で必勝の言葉が交わされたことはいうまでもない。そして外交交渉もはかばかしくなく時が過ぎていくうち、十二月五日、われわれはハワイ近海に達してしまったのである。それからは昼間は潜航、夜間に浮上してオアフ島の配備点に急いだ。

十二月七日、指示海面に到着。オアフ島背後の海面に潜航する。ここが伊二五潜の決められた配備点である。潜航中は用事のない者は、つとめて寝るのが潜水艦の習慣である。それは余計な活動をすることによって、不要な炭酸ガスを排出することは、限りある艦内の空気を汚すからである。私も狭いベッドに体を横たえると、目を閉じた——明日はX日である。

去る十一月十八日、呉軍港を出撃した「特別攻撃隊」の五隻の潜水艦は、特殊潜航艇を抱いて真珠湾入口に布陣した。そしてその外側を七隻の潜水艦がとりかこみ、オアフ島背面からカウアイ島の線に、わが伊二五潜をはじめ十一隻の潜水艦が陣についた。もしも真珠湾から脱出しようとする敵艦があれば、一隻たりとも逃さないと満を持して待機したのである。これに参戦した潜水艦は三十隻、全部伊号の優秀艦を選んだのである。このうちの一隻は不時着機収容艦に指定するという用意周到さである。

本艦は無音潜航をおこない、決行のときを固唾《かたず》をのんで待っていた。午前三時、ついに世紀の大決戦の幕は切って落とされたのである。やがて聴音室以外でも攻撃の爆発音のとどろきが聞きとれるようになった。

「大成功だ、敵艦全滅か」万歳の声が艦内に湧きおこる。

この奇襲攻撃が開始されるまで「真珠湾の在泊艦艇は戦艦八隻その他何々――」などとドック入渠中の巡洋艦、駆逐艦まで、詳細な情報がずっと入っていたのである。その当時はまだ、航空母艦より戦艦のほうが値打ちがあると思われていたので、空母が一隻も在泊していなかったことに対しては、さほど日本側も失望を感じていなかったのである。

黒ぐろと横たわる米大陸

空母赤城を旗艦とする機動部隊（空母六、戦艦二、大型巡洋艦二、軽巡洋艦一、駆逐艦九、給油船八）が北方航路を選んで、南千島の択捉《えとろふ》島の単冠《ひとかっぷ》湾を出撃したのは、十一月二十六日午前零時であった。

この機動部隊が北方航路を選んだ理由というのは、奇襲をおこなうため敵に発見されないことを前提として、まず第一に敵飛行機の索敵圏外をゆく必要があった。潜水艦ならともかく、水上艦艇では南方航路のミッドウェー、ジョンストン島の線は索敵圏外であっても、各国の船舶の通航が多いので、進むことはできなかったのだ。

北方ならアリューシャンとミッドウェーの中間は、ふだんも通航が少なく、それが冬期の北方は荒天のため、船舶の通航がいちじるしく少ない。しかし、北方航路は大圏航路に近く、全然通航がないとはいえないのであった。だが、日米国交の険悪化にともない、両国の船舶はほとんど通らず、それにソ連船はアリューシャン近く航行していたものと思われる。

いずれにしても、機動部隊が途中で発見されることなく、この真珠湾奇襲に成功したことは運がよかったが、これには、その昔マゼランが静かであるこの海を見て名づけた〝太平洋〟の名にそむいて荒天の連続だったことも一助としてあげられると思う。当時、われわれはオアフ島の近くの海底でこの荒天だったことを〝天佑神助〟だといって、航海中の苦労も忘れて勝利を祝しあったものだった。

さて、われわれの伊二五潜は、もしも真珠湾から逃れ出るものがあらば一発必中、止《とど》めを刺してくれんものと手ぐすねひいて待っていたが、スクリュー音ひとつ入ってこない。この決戦に一度も敵と交戦することなく、ここに潜伏したまま終わるのかと思うと、少々もの足りない気持ちだった。

そして夜間浮上した後、大戦果の情報を聞いた。翌日は深度三〇メートルで待ったが、何事もない。「いちばん貧乏クジをひき当てたか」と、そろそろグチが出る。「魚雷を一本も射たずにこのままノコノコ帰れるかい」という、不満の声を抑えることはできなかった。

そうこうしているうちに機動部隊は、真珠湾攻撃を終えるとともに、いちはやく凱歌をあげて、内地に向かって帰投の途についたが、そのあとに潜水艦だけがとり残されていたのだった。

伊二五潜は十二月十五日の夜になってから浮上して、水上航走にうつった。だいぶ北東にきたためか機械室へ吸い込まれてくる空気が冷たい。見張員は、艦橋で丸首ジャケットのうえに防寒服を着て当直に立っている。本艦の位置は、右四五度がアメリカ大陸で約二〇〇浬《かいり》あり、シアトル基地までは六〇〇浬という地点にいた。そろそろ敵の哨戒区域に入るので、見張りは厳重である。

『伊二五潜は、アメリカ西海岸の通商破壊とともに、十二月二十五日、西海岸の砲撃をおこない、一月十二日ごろ南洋前進基地クェゼリンへ帰投すべし』――旗艦からこのような命令電報が、浮上して三十分ほどすると入った。

十二月十八日、潜航中に水雷科員は魚雷の調整、それから射撃準備にかかる。とっぷりと日が落ちてから浮上してみると、海上はわりあい静かである。サンフランシスコに通じる河口の約三〇浬の沖合だという。黒々と起伏した米大陸の山々が海岸にせまり、灯台のゆるやかにまわりながら点滅する灯が、戦争などまるで知らないように海面を照らしている。

ここの水深を測ったら二十メートルしかないというので、あわてて反転し、沖に出た。これでは敵に発見された場合、充分に身を潜めることができない。海図を見てもこんな浅いはずはないのだという。河口というところは、つねに洲ができて変化するので、油断は禁物なのである。

わが雷撃を受けてタンカー沈む

十二月二十日午前四時四十五分、とつぜん艦橋の前方見張員が暗闇のなかに船体らしいものを発見した。

「右一〇度、白灯一個、動静不明」ただちに「艦内配置につけ」「魚雷戦用意」と、つぎつぎに号令がかけられた。

ところがまもなく、その白灯を見失ってしまったという。その灯は警戒航行中の商船が船窓からもらしていた灯火だった。海上は真っ暗で何も見えないという。何かにぶつかったら百年目だ。そのとき突然、「目の前に黒い岩壁のようなものがあらわれた」と艦橋でみなが騒ぎだした。

「船だっ」と叫ぶと同時に「取舵《とりかじ》いっぱい」と、艦長が声を強めた。艦は三五度、急転舵して敵船との衝突を避ける。

すんでのところで、敵商船の横っ腹にまともにぶつかるところだったが、それでも真っ暗なので、相手は気がつかないらしい。ほっとしたと同時に、また敵船の姿を見失ってしまったのだ。発射管室では、魚雷の発射用意を完了して、鉢巻姿の魚雷員が号令のかかるのをいまかいまかと待っている。だが「敵を見つけた」また「逃がした」と艦内にいるわれわれには、その模様を知らされるだけで、果たしてどうなっているのかさっぱりわからない。

敵艦艇を発見した場合なら、潜航して攻撃するわけであるが、商船だけなので水上航走である。その後、二十分ばかり闇の海上をさがしもとめているうちに、ふたたび白灯を発見した。こんどは敵の右舷に出たことを確認したので、もう逃がすものかと肉薄する。

距離もよし、角度もよし。こんどは艦長も自信のある声で「発射用意」と命令をくだす。艦長の命令をつたえる艦橋の伝令の張り切った声が、ディーゼルエンジンに吸いこまれてくる風速二十メートルの風とともに、艦内の伝声管に流れこむ。

高速水上航走中の乙型潜水艦(伊37潜)の後甲板。手前の砲は14センチ主砲

つづいて「射て！」の号令と同時に、魚雷はゴクーンという音を船体にひびかせながら発射された。二秒、三秒、五秒、十秒、二十秒……息づまるような時がながれ、耳をつんざく轟音が艦内にひびきわたった。その商船は六千トン級のタンカーだった。船けしだいに右舷に傾き、やがて甲板線が海面に没すると、ふたたび真の闇となった。

初の獲物に艦内が湧き立ったその日から二日目のことである。旗艦から、つぎの命令を受信する。――『パナマ運河を通過せる米国艦隊をサンフランシスコ港外において捕捉撃滅すべし』

ただちに南下を開始した。そして十二月二十五日を期してアメリカ西海岸を砲撃する予定であったが、残念ながらとりやめて、そのまま南下をつづけることになった。

サンフランシスコをめざして突進し、サンフランシスコの沖合に待機していたが、これは誤報だったのか、敵艦隊と遭遇することなく、ふたたび「クェゼリン泊地へ帰投すべし」の命令がくだったので、未練を残してそこを去った。

空母ラングレー撃沈の謎

昭和十七年の元旦は、米本土とハワイの中間あたりで迎えた。ここではまだ絶対に安全とまではいかなかったけれども、見張りさえ厳重にすれば昼間でも水上航走ができた。当直以外は、全員が上甲板に整列して皇居遙拝をおこなう。

しばらくぶりに掲げられた軍艦旗が朝風を受けて、はためいている。田上艦長の「最敬礼」という、リンとした号令が洋上にひびきわたる。乗員はいっせいに遙かなる故国にたいして遙拝する。つづいて各自は故郷に向かい、思い思いに頭をたれた。雑煮《ぞうに》は缶詰の餅を煮て祝った。

しだいに南下するにつれて、気温が上昇してきたので、ジャケットを脱いで防暑服に着がえる。三日の午前五時半ごろ、晴れわたった青空に敵哨戒機を発見して急速潜航をおこなう。ハワイかジョンストン島か、それとも空母から発進したものか、はっきりしなかったが、大したことはなさそうなので、午前十一時に浮上してふたたび水上航走にうつる。

その日の夕方のことである。見張員が艦橋で捕えたのだといって、白いペリカン大の鳥を艦内にもってきた。聞けばその見張員の頭に止まったのだという。若い彼はみんなから冷やかされている。

「おおかたオマエがぼやっとしていたから、電柱か何かと間違えたんだろう」

人里離れた大洋の真ん中で、波間に暮れ波間に明け、流れる雲をただひとつの変化として育ったであろうこの鳥は、人間など生まれてはじめて見たのかも知れない。神武天皇の金の鵄《とび》になぞらえて、大切に飼うことにした。足の水掻きは大きくて赤い。クチバシは黄色で細長く、純白の羽は体のわりにひどく大きい。

この珍鳥を見ようと乗員が集まってくる。艦内の洗面所にいれて缶詰の残り肉をやったらよく食った。だが、急に狭いところへ閉じ込められたせいか、その鳥はひと晩中、悲しげな声で啼きつづけた。「やっぱり大空が恋しいんだろう。放してやろうよ」ということになって、翌朝、艦橋から放してやった。

　開戦から一ヵ月たった一月八日のことであった。午前四時四十分、見張員が「左一〇度、黒い島」と報告した。雨模様の低くたれさがった鉛色の雲と波の間に、黒い堤防か島のようなものが、ぼんやり見えているというのである。

「島かな？」となおよく見ていた見張員が、大きな声で「空母です！」と叫んだ。「潜航急げ」艦内に知らせるベルがけたたましく鳴って、艦橋にいた全員が艦内に飛び込むと、艦はわずか四十五秒で三〇メートルの深度に潜航した。

「魚雷戦用意」「使用魚雷四本」「聴音用意」「深さ十八」矢つぎばやに下令される。艦長が潜望鏡をあげてのぞくと、空母は漂泊して飛行機を揚収中だという。

「距離二五〇〇」艦長は全身汗だくとなって、潜望鏡いっぱいに映る空母から目をはなさない。そして敵の真横、好射点にはいると、自信をもって「用意！　射てっ」と命じた。

　四本の魚雷は、ズシン、ズシンという震動を残して、艦首を離れていく。艦長はホッとしたように、大きなこぶしで額の汗をぬぐった。秒時計がコチコチと四十五秒に達したとき、轟然たる命中音が聞こえた。つづいて二本目、三本目……。

　空母はラングレー型であった。攻撃をくわえた後、護衛艦艇の攻撃をおそれて深く潜航し、聴音員が耳をそば立てて警戒にあたった。しかし、その後なんの音源もとらえることはできなかった。それは空母がまさしく撃沈されたことと、単艦であったことを立証するものである。

危険性のないことを確認すると、艦長は潜航深度を浅くして潜望鏡をあげた。そして撃沈地点を見た。そこには木片らしい浮遊物が浮いているだけで、艦影はどこにもなかった。これは、伊二五潜の戦果として、その後ずっと記録されていたのである。ところが終戦になって、アメリカ側の発表と食いちがっていることがわかったのである。米側の記録によると、奇怪なことに水上機母艦ラングレーは、昭和十七年二月二十七日、ジャワ海において、日本の海軍機によって撃沈されたことになっている。

ではいったい、伊二五潜が撃沈した艦は何だったのだろうか、ということになるが、これについては防衛庁防衛研修所戦史室で、ひきつづき調査した結果、それに該当する艦はなく、目下のところ謎につつまれたままとなっている。

水偵と共に隠密偵察行

昭和十七年一月十一日、横須賀を出てから五十余日、伊二五潜はクェゼリン泊地に入港した。久しぶりに見る島の緑が目にしみる。しかし、ここは短期間の入港であったために、休養するひまもなく整備にかかる。

伊二五潜は、一機の小型水上偵察機を搭載していた。名称だけは「零式小型水上偵察機」と呼ばれる立派なもので二人乗りであるが、兵器は七・七ミリ旋回機銃が一梃と無線電信機だけである。これによって、つぎはオーストラリア、ニュージーランド方面にいる連合軍の艦隊の動静を知るための飛行偵察である。

乙型潜水艦の格納筒(右)から出されて組立をおえ、発進順備なった零式小型水偵

平時の航海ならば、いろいろと仮装して、赤道祭を盛大に催しながら通過する赤道も、いまはそんな呑気なことをしていられない。「赤道っていうのは、赤い線がひいてあるんだってな」と軽い冗談をとばして、通過する。そして北半球から南半球へ、ソロモン諸島とニューカレドニアの中間を南西へ進み、一路シドニーへと向かった。

二月十三日、機械室へ吸いこまれてくる空気も冷たさを感じるようになった。艦橋の見張員も、防暑服では涼しすぎるのか、毛糸のセーターを着込んでいる。シドニーも間近いので、警戒は厳重にする必要があった。

シドニー港外に到着すると、昼間は潜航して夜間に飛行実施のできる日を待つ。小型の貧弱な水上機であるから、波の高いときは飛び立つことができない。二月十七日になって、ようやく海上も静かになったので、水上機は偵察に向かった。偵察状況は、甲巡一隻、駆逐艦二隻、潜水艦五隻、その他商船数隻が在泊中だという。

そして、二月二十六日黎明《れいめい》にはメルボルン、三月一日の黎明にはタスマニア島のホバート、三月八日にはニュージーランドのウエリントン。三月十六日夜間にオークランド。三月十八日の黎明にはフィジー諸島のスバ、そして三月二十三日にはサモア諸島のパコパコを潜航偵察、このパコパコをのぞいては全部飛行偵察であった。

これは、飛行時間四千時間におよぶ藤田信雄飛行兵曹長の熟練と沈着さが、田上艦長の大胆で明敏な処置とあいまって成功したのである。その後、藤田飛行長は、ふたたび伊二五潜で出撃し、この小型機をもって、昭和十七年九月二十九日にはアメリカ本土に侵入して、オレゴンの山林地帯を爆撃した。米本土にたいして一矢をむくいたのは、後にも先にもこの一機だけである。

ともあれ伊二五潜が、初陣の任務を果たして母港横須賀へ帰投したのは、昭和十七年四月五日であった。思えば長い作戦行動だった。よくぶじで帰れたものだ。塗料ははげて、色あせた伊二五潜の甲板のうえで、男世帯の色気ぬきといったアカと油に汚れた顔が、在泊の各艦船から「貴艦のぶじ入港を祝す」「赫々《かくかく》たる戦果を祝す」というにぎやかな歓迎にこたえている。

横須賀は山もそして街も、いまは春がすみにつつまれて、そのなかに桜の花が咲いていた。その桜の花や街が、かすんで見えたのも、春がすみのせいばかりではないのだった。

追憶の「伊二五潜」アメリカ本土爆撃

潜水艦搭載の零式小型水偵パイロットの体験

当時「伊二五潜」掌飛行長・海軍飛行兵曹長　**藤田信雄**

アメリカ本土爆撃！　これが伊号第二五潜水艦にあたえられた作戦任務である。

米海軍の機動部隊が、関東東方の太平洋上よりドゥリットル中佐の指揮する飛行機隊を発進させ、日本本土の初空襲を敢行したのが昭和十七年四月十八日であった。あれから四ヵ月、すなわち昭和十七年八月十五日、わが伊号第二五潜水艦は真夏の灼熱の太陽が西山にかたむくころ、静かに抜錨《ばつびょう》して粛々と母港の横須賀軍港を出撃してゆく。

藤田信雄飛曹長

陸上部隊のように、国民の歓呼の声と旗の波に送られて、殉国の覚悟をかためてホームをはなれる車上の感激もなければ、戦艦や航空母艦が巡洋艦や駆逐艦に護衛されて、威風堂々、海を圧して出撃する華やかさもない。ただ在泊の小艦艇の乗員が見まもるなかを、静々と湾口に向けて出航するのである。

だれの顔にも、これが祖国の見おさめだ、ふたたび生きて母港へ帰るとは思えない、ただ敵に大打撃をあたえ、その任務を全うするのみという殉国の覚悟がありありと表われている。懐かしの故国よ幸いあれ。永遠に栄えよ——われわれは祖国の繁栄を祈りつつ、いま喜んで戦場へ鹿島立ちするのである。

一路シアトル沖へ向かう艦内で

ところで、伊号第二五潜水艦とは、一体どんな性能の艦であったか。排水量二一九八トン、航続距離一六ノットで一万四千浬《かいり》、水上速力二三・六ノットで、零式小型水偵一機搭載の乙型潜水艦である。乗組員は、艦長以下百十数名であった。

岩国海軍航空隊の、あの広々とした陸上生活から初めて潜水艦に乗り組んだ私は、まず艦内の狭いのと空気の悪いのに驚いた。艦内いたるところにある機械と計器、こんなにどこに通ずるのかと不思議に思うほどたくさんある電纜《でんらん》とパイプ、しかも隅々まで無駄なく利用してあるその設計に、感心するばかりであった。

出撃時、三ヵ月分の兵器・食糧・被服・医療品など百十数人分も積み込むと、せまい艦内はいっそう窮屈になる。艦内の通路上に食糧や被服が積み重ねられ、その上に幅のせまい板が置かれる。背を曲げて中腰で歩きまわる苦痛、突起部に頭を叩きつけて眼から火花が散り、大の男がポロポロ涙を流すことも珍しくはなかった。

ともあれ、横須賀軍港を出撃した翌日には、まだ故国の山がうすぼんやりと望見できたが、三日目からは空と海以外は何も見えない。いつ敵に出会うか、艦内は三直哨戒の厳重な見張り警戒で、一路シアトル沖へと航行をつづける。

艦内で休養のときは読書する者あり、碁や将棋を楽しむ者あり、トランプや花札などを行なう者もあるが、当直の疲労で眠るのが、最大の休養であり楽しみであった。

このころから爆撃の計画研究をはじめた。軍令部から渡されたチャート四、五枚をひろげて、飛行機を発艦させる位置や爆撃地点、飛行機揚収（デリックで飛行機を吊り上げて艦内に収容すること）地点を選定するのである。

出港して一週間目、アリューシャン列島沿いに航行する艦の艦橋で、暮れゆく北海の空を眺めていた私のもとへ、当直兵が「掌飛行長、艦長が士官室でお呼びです」と伝えてきた。

私がただちに士官室に入ると、そこには艦長の田上明次海軍中佐と、先任将校の福本一雄大尉が待っていた。

「チャートを出してみろ」

「はい」私はアメリカ海軍のチャートを出した。

艦長は先任将校の方へチャートを引き寄せ、「先任将校、やはりここときこだろうな」という。

「はあ、それが一番よい地点と思いますが」

飛行機が米本土爆撃に進入する地点の選定である。

いま艦長が指したところは、サンフランシスコの北方メンドシノ岬と、その北方三〇〇浬付近のブランコ岬である。この二つの岬は、変化の少ない米西岸では太平洋に突出した岬で、灯台があり、飛行機にはじつによい目標となるからである。

「掌飛行長、ではこのメンドシノとブランコ岬から何浬ぐらい陸地に進入したらよいか、その距離を研究してくれ。本艦はだいたい、その二七〇度五〇浬か、四〇浬くらいまで接近して発艦させるつもりだ」

と、艦長は私と先任将校とに伝える。

「艦長、揚収地点はやはり第二、第三と決める必要があると思いますが」

「うん。第二はやはり二七〇度三〇浬、第三は発艦時の南三〇浬でよいと思うが」と先任将校を振り返る。

「はあ、三まで決定しておけば大丈夫だと思います。艦長、やはり本艦が敵に発見されないことが、いちばん大事なことと思います」

「もちろん、そのように行動する。本艦が米西岸に行動しているとわかれば、困難になるからなあ」

「では、掌飛行長たのむ」艦長は艦長室に引き揚げていった。

「先任将校、今度は出発できても、揚収がむずかしいでしょう」私は先任将校にいった。

「うん」と先任将校はうなずき、すぐ時計を見て、「ああ当直の時間だ、まあ、研究しておいて下さい」というと、急いで双眼鏡を握り、士官室を出ていった。

歴戦の伊二五潜、死地に赴く

伊号第二五潜水艦が開戦以来、飛行機で敵地の偵察を敢行したのは七回におよんでいる。豪州のシドニー、メルボルン、ホバート、ニュージーランドの首都ウエリントン、軍港のオークランド、フィジー諸島のスバ、アラスカのコジャック軍港の七要地である。

しかも、事前の打ち合わせを何回となく行ない、飛行機を発艦させたら、艦はただちに停止して飛行機の帰投を待ち、飛行機出発後、敵艦船あるいは敵機がわが艦を発見し、攻撃されるような事態が起きた場合は、潜航してあらかじめ決めた第二揚収地点へ行く。

第二揚収地点で同じような事態が起きた場合は、第三揚収地点に行く。飛行機はこの場合、一時、敵から避難して発見されにくい海上なり、島陰なりに着水して燃料を残し、夜間を待って母艦に会合するよう行動する。

この場合も、敵の攻撃を受けることを予想せねばならない。そして、そのときは日本軍人らしき行動をとる。これが与えられた命令であった。私はこんな場面を想像して、いよいよ最後のときには暗号書をまず沈め、そしていつも持参する拳銃で燃料タンクを撃ち、流れ出るガソリンに火をつけ、その後に偵察の奥田省二飛行兵曹と自害することに決めてあった。

しかし、前七回の偵察飛行には、一度もこのような敵の妨害を受けることなく、つねに第一揚収地点、すなわち出発時の位置で母艦に揚収されたのである。

乙型潜水艦の前甲板にセットされた零小型水偵。艦橋前方に立つのは起倒式揚収クレーン

フィジー諸島のスバの黎明偵察では、敵港内上空で偵察中、敵軍に発見され、探照灯で照射されるとともに信号を連送された。「しまった」と思ったが、何とも処置なしで、後席の奥田兵曹も「掌飛行長、どうしますか」といってきた。

思いあまった私は「奥田兵曹、ミロミロと応答せよ」と伝える。奥田兵曹は探照灯に向けミロミロと信号を送った。敵は何と思ったか、パチパチと二度信号を送って、照射を止めた。

スバには飛行場がある。危険なので全速で帰還、揚収するころにはすっかり夜は明け、いまにも敵機の追跡があるのではあるまいかとはらはらしたが、無事に揚収され、すぐ潜航した。危ないと思ったのはこのときだけであった。

しかし、米本土空襲は、いままでのようにいくとはとても思われない。米西岸は機動部隊のハワイ奇襲後、第一潜水戦隊の九隻の潜水艦が、シアトル沖よりサンフランシスコ沖にいたる沿岸に行動し、通商破壊戦で敵商船十隻余を撃沈した。

その後、伊号第一七潜水艦が通商破壊戦を行なっての帰投時、米西岸の油田地帯ロサンゼルスの北方サンタバーバラ海峡に侵入、ウルウッド油田に一四センチ砲弾十数発を急射した。敵は周章狼狽して空襲警報のサイレンを鳴らし、サーチライトを照らしたりして、大混乱をひき起こしたという。

なおまた昭和十七年六月、伊号第二五潜水艦は満月の夜、オレゴン州のコロンビア河口に浮上し、潜水艦基地アストリアの砲撃を行なった。このときは私も艦橋から、馬場少尉指揮のもとに二十数発の一四センチ砲弾を連続射撃するのを見ていた。敵はサイレンを鳴らし、まったく上を下への大混乱を呈していたが、わが伊号第二五潜水艦は漁業灯をつけ、操業中の多くの敵の漁船と漁船の間を水上航行で沖に出た。同じ日、また僚艦の伊二六潜がバンクーバーの海軍無線羅針局を砲撃した。敵側はＳＯＳを発し、灯火管制を行なうなど大騒ぎをした。

それから二ヵ月しか経過していない。きっと敵も、また日本潜水艦が来るころと待ち構えているに相違ない。今度こそは撃沈しようと待機し、また連日、哨戒飛行を行なっていて警戒は厳重であろうし、艦船も待機しているに相違ない。そこへ潜入していって飛行機を射出し、陸地を爆撃するのであるから、これはまさに好んで死地に赴くようなものである。

爆撃目標はなぜ山林なのか

わが伊号第二五潜水艦の米本土爆撃目標は、山林である。なぜ山林を選んだのであろうか。サンフランシスコ、シアトル、ポートランドには敵の重要施設がたくさんあるではないか。しかもそれは、伊二五潜の搭載飛行機の行動圏内に充分選択できる目標である。敵の軍事施設に対する攻撃が当然であるとしか考えられない。

しかし、攻撃目標は山林なのだ。

その理由はこうである。シアトル総領事をしていた人から、

「アメリカ西岸の森林地帯は、毎年のように山火事に悩んでいる。何かいい方法で山火事を起こさせれば、付近の住民に相当の脅威をあたえることができると思う」

という手紙が、軍令部の冨岡定俊作戦課長のところへ届いた。

米西岸の山林は山火事になると消し止めることができない。山林は何週間も蜿蜒《えんえん》と燃えつづけ、熱風で、付近の住民は避難する以外に施すすべがない。そのため山火事をひどく恐れるのである。そこで軍令部は、潜水艦の搭載機で焼夷弾を投下すればよいとの結論を下した。そして、この任務を伊二五潜に命令したのである。

もともと潜水艦の飛行機は、偵察専用の小型機で、爆弾の搭載設備はない。それでわざわざ航空本部で研究し、横須賀の航空技術廠で改装して爆弾搭載設備を設けた。搭載の爆弾は七六キロ焼夷弾二発。一発の爆弾のなかに五二〇個の焼夷弾が入れてある。落下して炸裂すると同時に、この五二〇個が百メートル四方に散乱し、二千度の高温で一分間燃焼する。

ただ最大の戦果を祈るのみ

母港出港後、平穏なる航海をつづけ、十数日後に米西岸六〇〇浬の地点に到達した。これまでは昼夜とも浮上して進撃してきたのだが、これより敵の哨戒圏内に入るので、昼間は潜航し、夜間に浮上して米大陸へと接近した。四日後には米大陸の五〇浬沖にいたる。もうここまで来ると、アメリカ本土の山岳がくっきりと見える。

九月、もう秋風が吹いている。晴れた空、澄んだ空気、夜空に星はきらめき、沿岸の民家の灯火が見えるほどのよいお天気だが、波が荒くて艦の動揺がひどい。飛行機の組立発艦は不可能である。到着したばかりだ、急ぐことはない。メンドシノの灯台が、あわい光芒を投げてまわる。今夜は北上しようとブランコ岬に向けて航行する。夜明け前に波が静かになれば、ブランコ岬沖で飛行機を組み立てて発艦させる予定である。

いつ敵艦船に出会うか、艦橋の見張員は緊張して見張っている。

夜明けが来た。艦橋に上って海面を見ると、荒れている。今日は飛行はできない。東の空が薄ぼんやりと明るくなるころ、また潜航に移る。明くる日もそのつぎの日も、一向に波は静かにならない。待てば待つほど、だんだん荒くなっていく。

荒れる大陸西岸、その海岸に沿って今日は北へ、つぎの日は南へと静まるのを待つのであるが、日数の経過につれ、艦内はようやくあせり気味になってきた。

「いったい、いつになったら飛行機を飛ばせるんだ」

「昨日発見した商船は大きかったな。今日発見したら撃沈すればいいがなあ」

「いや、飛行機を飛ばせるまでは見逃すんだそうだ」

「しかし、飛行機を飛ばせる日がいつ来るんだ。あんなに毎日天気がよいのに、波が荒いんだから始末が悪いよ」

こんな会話を聞くたびに、早く波が静かになってくれと祈るほかなかった。

すでに一週間は経過した。昼間潜望鏡を上げて見ると、いつになく波が静かになっている。いよいよ飛行だ。夜になるのが待ち遠しい。夜になって浮上し、飛行機発艦の位置へと航行する。明早朝に発艦する予定である。

艦内も急に元気づいてきた。しかし、夜の更けるにつれて霧となり、だんだん濃霧のため艦橋から艦首さえ見えないほどの状態へと変わっていった。これでは明朝も飛行はできない。夜明けになっても晴れない。また潜航に移るのである。

ともあれ、今度の爆撃行では生きて還れまい。ただ死あるのみ。死は鴻毛《こうもう》より軽く、義は山嶽よりも高し――。これが軍人精神なのだ。海軍では毎週のように精神教育を行なった。そして悠久の大義に殉ぜよと教え、その例として広瀬中佐、佐久間艇長、勇敢なる水兵らがあげられた。

生者必滅、会者定離《えしゃじょうり》、仏教の教えどおりである。しかし、これを悟ることはそう簡単にはいかない。死の瞬間まで、自分だけは生きるものと思っているのが普通であろう。死に対する心の準備、この覚悟ができないと、大きな働きはできにくい。

どうせ一度は誰も必ず死ぬ、一時間後、または明日にも死が迫っているかも知れない。ただ自分にそれがわからないだけである。そのときに慌てないためには、いつ死んでも差し支えない準備が完成していなければならぬ。しかも自己一人だけのことではない。自分と同一世帯にある者、あるいは親戚・友人・知人に対しても迷惑をかけないだけの準備である。

そう考えるとき、喜んで悠久の大義に殉じ、思い残すこと何ひとつなく、わが生涯意義ありき、と断じ得る者は果たして何人あろうか。凡人で修養の足りない私は、あの時ああしておけばよかった、こうもしてやりたかったと思うことが多い。が、いつも後の祭りで何ともならない、申し訳ないと思うだけだ。

あと何日かで生涯を終わる最後に、喜んでいただけることがただ一つ残されている。それは戦死に対して最大の戦果を挙げる、ただこれだけである。

静寂を破る黎明の発艦

九月八日の日が暮れるころ、薄闇の海上に浮上する。潜航中は空気が汚れるので、タバコは絶対に吸えない。浮上すると急いで発令所にタバコ盆を持ち出して吸う。じつにうまい。一服、値千金とでも言おうか、見る見る一本は灰になり、二本目に火をつける。

私は急いで艦橋に上がってみた。冷え冷えとした米西岸の海上に秋は深く、空は澄み、波は静かである。明朝は飛行できる。「霧よかかるな」とただ一心に祈る気持ちだ。

艦はブランコ岬沖へと静かに航行していく。九月九日の夜明け近くになると、波はいっそう静かになり、ゆるやかに来る長濤に艦は気持ちよくやわらかに持ち上げられる。

霧は発生せず、星は満天に輝いている。ブランコ岬の灯台の光芒が青白くさえて、じつに静寂である。

午前四時、「飛行機発進用意、作業員前甲板」の号令が艦内に響く。

作業員は前甲板に集合して、先任将校指揮のもとに飛行機格納筒が開かれ、飛行機は前甲板に引き出される。組み立てである。胴体に翼が取りつけられ、フロート・プロペラ・尾翼と組み立ては急いで進められる。飛行服に身を固めた奥田兵曹が、電信機と七・七ミリ機銃を後席に取りつける。作業は静粛迅速、しかも確実に終わる。

試運転。静寂を破ってエンジンの爆音が高く響き出した。

「前進微速」「針路二七〇度」

艦長の命令で、いままで停止していた艦が波を分けて航行をはじめた。私と奥田兵曹は飛行服を着、拳銃をポケットに入れて準備し、艦橋に待機している。東の空がようやく白んできた。

「飛行機射出用意」

艦は十六ノットであろうか、しぶきをあげて航行している。

私と奥田兵曹は艦長の前に進み、直立不動の姿勢で、「艦長、出発します」と届ける。

艦長は緊張した面持ちで、「爆撃地点はあらかじめ命令した通り、慎重にやれ、成功を祈る、出発」

飛行機に搭乗した私は、操縦装置を点検する。整備員が発動のために翼上に上がり、「発動します」という。エナーシャの回転がだんだん早くなる。

「コンタクト」エンジン発動。秋の黎明《れいめい》。あたりがはっきりと見えはじめてきた。

「奥田兵曹、出発準備はよいか」

「はい、よろしいです」

先任将校へ、「出発準備よし」と報告。

整備員が爆弾の風車止めピンを取りはずす。エンジン全速。先任将校が赤ランプを振る。

急激なショック。愛機はカタパルト上を滑走して離れた。

上昇。七六キロ爆弾二発を搭載しているので、急激な旋回はできない。五〇メートルの高

零式小型水偵。手前の格納筒から搬出、射出機上での組立は迅速に行なわれる

伊25潜と同じ乙型潜水艦の艦首カタパルト軌条から水平線の彼方へ飛翔していく

度まで直進して、右へ緩旋回《かんせんかい》をはじめる。

下を見れば、母艦は白い長い波をひいて進んでいる。艦上の戦友たちが、帽子でも打ち振って成功を祈ってくれているらしい姿が、薄ぼんやりと見える。

爆弾二発とも爆発、火災発生

機首をブランコ岬へ向ける。岬の灯台が白い海岸線の突出したところで、淡く光っている。

「奥田兵曹、見張りを厳重にやれ」

奥田兵曹にそう伝えて後方を振り返り、海面上の母艦の姿を探したが、海面はまだ黒く、母艦の姿は見えなかった。針路は九五度、昇降度計の針は＋《プラス》3を指している。

アラスカからパナマまでつづいている長い海岸線。鬱蒼《うつそう》たる樹木におおわれている山岳が、この海岸線まで迫っている。ついに米本土ブランコ岬の上空に達した。高度二五〇〇メートルである。爆音だけが快調に聞こえる。もう大丈夫だ。

前方は山また山、カスケード山脈が夜明けの紅の空に連綿として連なっている。その山脈の上へ太陽が昇りはじめた。真紅の巨大なホオズキのような太陽。前の山の頂上に間の抜けたような航空灯台がクルリ、クルリと回っている。速力一〇〇ノット、ブランコ岬上空より二十五分、七〇キロ以上大陸に進入している。

「奥田兵曹、下をよく見よ、森林だろう」下は鬱蒼《うつそう》たる原始林である。「ここに爆弾を投下する」

私は下を見ながら緩旋回を行ない、そして旋回をやめて直線飛行に移る。

「用意、撃て」爆弾投下把柄《はへい》を強く、勢いよく引く。

日本からはるばる四三〇〇浬、潜水艦で運ばれた爆弾第一号が米本土に吸い込まれてゆく。

一秒、二秒、三秒、はるかな下方でパッと火が散る。

「爆発！」奥田兵曹の大きい声が伝声管から聞こえた。投下してからの数秒間、せっかく米大陸まで運んで投下して、不発だったらという不安と焦燥も杞憂だった。

「燃えております」つづいて奥田兵曹が知らせてきた。火災は起きた。よし第二弾の投下である。少し離れて投下するため、二分間ほど東に飛行。

「投下する」「用意、撃て」

第二弾が機体より離れた。急に機は軽くなる。何ヵ月前から計画され、いま実行できたのだ。旋回しながら下を見ていると爆発、火が四散する。

「奥田兵曹、爆発した。帰途につく、火災の状況をよく見ていろ」

私は急いで機首をブランコ岬に向け、機首を下げて全速力。

「掌飛行長、燃えております」

「そうか、よかった。敵機に対する見張りを厳重にやってくれ」

朝だ。山も、海岸線も、海もはっきりと見え、雲もまた一つとないよい天気である。海岸付近に人家が並んで見える。爆音が聞こえて発見されるような気がするので、レバーを絞り、機首をなお一層下げる。高度がみるみる低下する。速力一三〇ノットである。

間もなく、前方の海岸線の突出しているところ、すなわちブランコ岬の上空に達する。海上をよく見ると、困った。敵の軍艦か、または商船か、まだその見分けはつかないが、ブランコ岬の沖五浬ぐらいの沿岸を北上する艦船二隻がいる。その間隔は約一〇浬ぐらいであろうか。

仕方がない、とっさに私は高度を下げ、低空飛行を決意した。近づくにつれ、二隻とも商船であることがわかった。気分は急に楽になる。よし、この中間を突破しようと海上に出て、一〇メートルくらいの低空飛行に移る。エンジン全速である。

飛行機から商船がこんなにもよく見えるのだから、敵商船もわが機をはっきり確認しているに相違ない。六〇〇〇トンか七〇〇〇トンぐらいの貨物船、しかも荷物を満載しているのか、速力は遅い。こんなときの数分間はじつに長い。一刻も早く敵船より離れたいのだが、速力が出ない。敵機に追われているような気がする。

「奥田兵曹、後方見張りを厳重にしてくれ」

長い数分間、ようやく敵船も小さくなり、視界外に脱出できた。この地点で変針し、母艦の方向に向かう。高度を五〇メートルに上げる。

水平線上に母艦を探す。あっ、見えた、前方の水平線上に黒いもの、まるで鉛筆の折れた芯《しん》くらいの大きさの船。接近するにつれ、間違いなく母艦である。

味方識別信号、すなわち波状運動を行ないつつ接近する。母艦上では作業員が前甲板に急いでいる。艦を風に向けて停止して、飛行機の着水を待っているのだ。

母艦の真上を通り、風向きを確かめ、旋回して艦尾に向けて降下し、着水に移る。

「奥田兵曹、着水する」

降下着水、艦尾付近である。すでに敵に発見されている、揚収を急がないと……いつ敵機の空襲があるかわからない。

「奥田兵曹、揚収を急げ」

後席から急いで翼上に出た奥田兵曹は、吊上用の鋼索を準備している。水上滑走を急ぎ、デリックの下に進む。

飛行機の吊上索がフックにかかった。ピッピッ、先任将校の笛で機は吊り上げられていく。私も席から体を乗り出して、上空の見張りを行なう。機は艦上に降ろされ、分解を急ぐ。私と奥田兵曹は艦橋に急いだ。

「艦長、ただいま帰りました。報告します。爆弾二発とも爆発、火災を起こしました。なお、ブランコ岬の西方五浬に敵大型貨物船二隻北上中、針路北、速力一二ノット、飛行機異状ありません。終わり」

艦長に報告をすませる。

敵前での必死の飛行機分解作業はじつに早い。飛行機は格納筒におさめ、作業員は艦内へつぎつぎと入っていく。豪放磊落《らいらく》、大胆沈着の艦長は、

「航海長、前程進出して商船を攻撃する」

「見張員はとくに空中見張りを厳重にやれ」と命令する。

敵機の至近弾を危うく回避

雲ひとつない快晴、波は静か。敵機を発見してから潜航しても間に合う。米西岸の山や海岸線がくっきりと見えている。艦は一八ノットに増速、針路は北々東。久しぶりに見る太陽の何とまぶしいことか。

秋の朝の冷風と、敵前での大胆極まる行動に、ブルブルと身は引き締まる。右の見張員が叫んだ。

「マスト見えます。右九〇度」ついに二隻の商船は捕捉された。

「魚雷戦用意」

艦内はお盆とお正月が同時に来た忙しさで、疲労を忘れ、全員、殺気だっている。飛行機の爆撃は上首尾だし、今度は二隻の大型貨物船を撃沈するのだ。敵船の前方に出て潜航して接近、魚雷で撃沈するのである。

しかし、一八ノットの高速で航行中、突如「敵機」と後方見張りが叫ぶ。

「潜航急げ」

艦橋の見張員が艦内に滑り込むやいなや、ベントを開いた艦は急速に沈下していく。深度計一八メートル、ようやく全艦が水中に没したときだ。ドドン、ドドン、ぐらぐらと艦が大きく揺れた。爆弾である。つづけざまにまた、ドドン、やられたと思うほど、大きく揺れる。

電灯が消えた。棚の箱が落ち、パラパラとテーブルの上に油虫と塵が落下してきた。このとき私は、士官室で飛行服を脱いでいた。電灯の消えたのは士官室だけである。

「電信室浸水」との報告が聞こえたので、発令所に急ぐ。電気長が懐中電灯を片手に、電池室に飛びこんでいく。

やられたか、艦は沈没するのか？　まったくとっさの出来事である。発令所の先任将校福本大尉のそばに行き、司令塔をのぞき見る私に、先任将校は「浸水は止まった、大丈夫だ」と言った。

やれやれ、急に全身の力が抜けたような気持ちだ。誰もが悲壮な顔で、大きなため息をつき、つぎの瞬間、よかったと安堵の胸をなで下ろす。艦橋で見張りしていた下士官が、急に元気づいて、

「いや、早かったですな、見えたつぎの瞬間、もう急降下で突っ込んできました。本艦に真っすぐなんで、いやこれはいかん、やられたと思いました」

まだ息づかいが荒く、ハアハアと言っている。天佑か幸運か、爆弾は命中しなかった。しかし、相当の至近弾だったに相違ない。司令塔で豪快な艦長の話し声が聞こえる。

「いや、ひどいやつだ。敵もさるもの、素早かった。ワッハハハ」艦長の笑顔で、艦内によ うやく生色がみなぎる。

この日は、敵の間断なき攻撃が終日つづいた。やむなく艦は五、六〇メートルの海中にじっとひそんでいたのである。やっと日没後一時間、いつもよりずっと遅れて浮上し、ブランコ岬より西方に離れ、北上して敵中から脱出した。

あわただしかった今日の一日はまた、危ない一日でもあった。間もなく軍令部発信の、本艦宛の電報が届いて、私たちの爆撃は相当の戦果があったことを知った。その電文はつぎのとおりである。

『敵側サンフランシスコ・ラジオ放送。日本潜水艦より発したと思われる小型飛行機がオレゴン州の山林に焼夷弾投下、数人の死傷者と相当の被害を受く。わが爆撃機は直ちに浮上航行中の敵潜水艦を爆撃、相当の損害を与えた』

月明の夜更けにカタパルト射出

翌日から敵の監視は厳重になってきた。少しの油断もできない。昼間潜航、夜間浮上しては、敵商船をもとめて沿岸を南へ北へと移動した。

荒れ模様の暗夜に、北進する敵中型商船を発見し、これに魚雷攻撃を敢行したが命中せず、残念にも逃してしまった。通商破壊戦はなかなか戦果を挙げえない。そこで艦長の脳裏には、第二回の爆撃決行が浮かび上がった。

第一回の爆撃は、敵の虚を衝いて行なわれたので、じつに順調に運んだ。しかし第二回ともなれば、そう簡単にすむまい。

敵は日本潜水艦が現在、沿岸に行動しているのを知っている。警戒も厳重だ。潜水艦、または日本飛行機見ゆの警報で直ちに出動できるよう、飛行機も駆逐艦も待機しているに相違ない。とても黎明には不可能である。それで月明の夜、決行することに予定された。

九月も下旬、波は荒く、来る日も来る日も飛行不適の日ばかりである。九月二十九日、浮上してみると、近頃にない平穏な海である。艦の位置はブランコ岬に二、三時間で到達できる。月齢は十二、三日ごろであろう。千載一遇のチャンスである。

艦はまたブランコ岬へと接近を急ぐ。海面はますます静まり、月光で相当に明るい。夜間とはいえ、いつ敵の攻撃を受けるかわからない。夜は更けていく。厳重な警戒のもとで飛行作業は進められ、そして、寝静まった夜中にカタパルト射出で発艦した。

灯火管制で町の灯は見えないが、海岸線は月光に照らされ、はっきりと見える。ブランコ岬の灯台がピカッピカッと光って無気味だ。夜間飛行だけに緊張して、高度二千メートルで大陸に進入する。第一次爆撃のとき、夜が明けているのに間の抜けた光を放っていた山上の航空灯台が、じつによい目標となる。

エンジンの調子はじつによい。大陸に進入すること二十五分、鬱蒼たる森林上空である。

「奥田兵曹、爆撃する」「用意、撃て」

爆弾が大陸の山林に吸い込まれていく。ドドン、閃光。静かに下を見る。キラキラと蒼白く光る焼夷弾の火花が、はるか下に認められた。つづいて第二弾を投下、二発目も爆発。機を直ちにブランコ岬方向に旋回させる。

「火災は起きているか」

「はい、燃えているようです」

「見張りは厳重にやれ」

ブランコ岬上空でエンジンを停止させる。爆音を敵に聴取されないためと、高度を下げる目的からであった。高度三〇〇メートルでブランコ岬上空を通過する。煙霧でも発生したのか、月はおぼろである。

陸地を離れて十五分、もう母艦上空に到達している予定だが、まだ母艦は見えない。

「奥田兵曹、母艦はまだ見えないか」

「はあ、時間ではもう母艦上空の予定なんですが」

夜間の潜水艦はなかなか発見しにくい。不安ではあるが、しばらくそのままの針路で進んだ。しかし、やはり母艦は見えない。

暗夜の洋上に帰投

「奥田兵曹、引き返す」

一八〇度旋回して、またブランコ岬へと接近していく。月側の海面は月光で非常によく見えるが、反対側は真っ暗で何も見えない。また岬に接近した。

「機位を測定して、帰投の針路を出せ」

「はーい、灯台を測る、ヨーソロー」

私は機の針路を一度も振るまいと、コンパスを見て直線飛行をつづける。

「掌飛行長、この位置より二五〇度です」

「変針する、奥田兵曹、針路二四五度」

時間の経過は長く感じる。焦る心を深呼吸で落ち着ける。やがて右前方の海面に、艦の航跡らしい帯状の模様が月光に光っているのを発見した。私は夜間飛行の経験も随分あるので、こんな状況に何度も出合っている。こんなときは油が流れているときだ。

「おーい、艦の航跡らしいぞ、右前方」

奥田兵曹に伝声管で伝え、航跡をたどっていく。果たしてだんだん細くなった航跡の先端に艦影があった。

「味方識別信号をやってみよ。前方の艦」

奥田兵曹が発光信号を送ると同時に、下の艦からも信号が来た。間違いなく母艦である。

「奥田兵曹、海面の見張りをよくやってくれ」

敵艦船が付近にいないかどうかを確かめるためである。艦の上空を旋回して、艦と並行に着水する。

揚収後、爆弾投下成功を艦長に報告。そして困難な夜間帰投に、流れた油が重要な役割をしてくれたが、逆に敵に利用されると危険であると、あわせて報告した。艦長は機関長に点検を命じ、応急処置をほどこした。

かくて母艦伊二五潜は第二回の爆撃後、大型商船二隻を撃沈し、米本土を離れて帰途についた。途中、敵の潜水艦二隻を発見したが、惜しいかな残りの魚雷はただ一発。しかし、この一発の魚雷で敵の一番艦を轟沈せしめ、なつかしの母港横須賀へ帰投した。

わが日本は広島、長崎への原爆投下をはじめ東京、大阪、横浜、名古屋と、ほとんどの大都市、および軍事施設が完膚なきまでに爆撃され、一望千里の廃墟と化したのに比し、日本軍のアメリカ本土爆撃は、潜水艦搭載のこの小型機のただ二回のみである。しかも山林に投下した焼夷弾四発だけとは、なんとその差のあまりにも大きかったことか。追憶するだにあまりにも淋しいことではなかろうか。

潜水空母「伊四〇一潜」遂に参戦せず

水上爆撃機「晴嵐」三機搭載の巨大潜水艦の最後

当時「伊四〇一潜」艦長・海軍少佐　南部伸清

大東亜戦争の末期、日本海軍は爆撃機二機を搭載した常備排水量三六〇〇トンの伊一三型潜水艦二隻と、おなじく三機を搭載した常備排水量五二〇〇トンの伊四〇〇型潜水艦二隻とを持っており、ほかに三隻の伊四〇〇型を建造中であった。

当時、世界の海軍において、このような大きさの潜水艦を持っていたのは日本海軍だけであり、しかも潜水艦に爆撃機を搭載して、文字どおり潜水空母として使用しようと計画し、これを実現したのは、これまた日本海軍だけであった。

南部伸清少佐

もしも大東亜戦争の終結が、あと半年か一年遅れていたならば、アメリカの機動部隊はもちろん、米本土もパナマ運河も、この潜水空母から発進した爆撃機の特攻攻撃にさらされたかも知れなかったのである。

しかし、終戦によって攻撃行動を中止せざるを得なくなって、ついに戦史未曾有のこの攻撃が実現できなかった。ここでは伊号第四〇一潜水艦長として、この作戦に参加した私の体験をつづってみることにしよう。

昭和十九年もおしつまって、戦時下のあわただしさと、師走のあわただしさとが、ここ佐世保の町にも交錯していた。佐世保の町は、南国といえども烏帽子《えぼし》おろしが冷たい。

その烏帽子おろしの吹きまくる十二月九日、私は佐世保海軍工廠で艤装中の伊号第四〇一潜水艦の艤装員長として着任した。着任するとすぐに、私は事業服に着がえて、ハンマーの音と溶接の火花とクレーンのうなりとが交錯するなかに飛び出していった。

なにぶんにも、大型潜水艦二隻を横にならべ、その上に小型潜水艦一隻を積んで飛行機格納筒にした怪物のような潜水艦である。数字で表わせば、常備排水量五二三〇トン（潜航状態で六五六〇トン）、長さ一二〇メートル、吃水七メートル。武装は艦首に魚雷発射管八門、大砲は一四センチ一門であるが、機銃は二五ミリ十門である。

機関は七七〇〇馬力で、普通の潜水艦の二隻分であり、航続距離が三万八千浬《かいり》といえば想像をかけはなれている。そして、それがさらに「晴嵐《せいらん》」という爆撃機三機と、晴嵐が搭載する八〇〇キロ爆弾または魚雷を搭載して三〇〇浬を往復、急降下もできるのだ。これを怪物と言ってもおかしくはない。

年末から昭和二十年の新春にかけて多忙をきわめた。完成が遅れていたため、関係者は灯火管制下に徹夜をつづけた。手帳の断片から、当時のメモを抜き書きすれば、

十二月十六日＝出渠
十七日＝主機械碇泊試験、舷外電路試験、磁気羅針儀試験
十八日＝水上、水中完成重査
十八日＝完成満載標準状態作製
二十日＝飛行機ダミー射出
十八日～十九日＝飛行機仮装備試験、主蓄電池容量試験
二十一日＝電探、逆探公試、方位測定機公試、縦舵自動操縦公試
二十三日～二十四日＝飛行機装備試験、揚爆弾試験
二十五日＝暖機装置試験
二十六日＝飛行機射出公試
二十七日＝終末潜航公試、終末運転公試
二十六日～二十八日＝審議
三十日＝引渡

となっている。これは年内に予定どおりに、引渡しを終わろうとする悲壮な努力の表われである。

少しぐらいの欠点不満はおおいかくしても、予定にとらわれる結果は決してよいものを生

まないことは、だれでもが知っておりながら、戦況の逼迫はおたがいに無理を承知で、無理を押し通しがちになる。しかし、伊号第四〇一潜水艦は、なんとしても無理がとおらず、引渡しは一月八日に延びざるを得なかった。

この潜水艦は特殊な潜水艦であったので、その日に、ひっそりと佐世保を出港して呉に向かうのである。工廠のこの工事に関係したごく少数の人々が、岸壁にあつまって見送ってくれた。潜水艦部長は広瀬大佐であった。みずからの手で仕上げたこの艦が、いま静かに出港しようとするのを見送る人の気持ちは、どんなであったろうか。

つくる艦も修理した艦も、二度とふたたび帰ってこないものの多い現実の不利な戦勢ではあるが、必勝を信じて、徹夜の連続でこの艦をつくりあげた人々の心が、一本の鋲、一本の釘にもしみついていると感じないわけにはゆかなかった。

カラだった呉の重油タンク

昭和二十年一月八日、この日をもって、すでに呉工廠において完成していた伊四〇〇潜とともに、第一潜水隊（開戦時の第一潜水隊は、その後、編成上の変遷をへて、昭和十八年九月二十五日に解隊となっていた）が編成され、司令には海軍大佐有泉龍之助が発令され、その日のうちに伊四〇一潜に乗艦して佐世保を出港した。

かくして第一潜水隊の二隻は、編成とともに瀬戸内海の伊予灘に集結して、潜航、浮上の基礎的訓練をつづけた。完成してまもない艦であったから、若干の故障や事故もあったが、

伊401潜。米本土へ回航される直前の昭和20年９月15日、横須賀港にて撮影

すべての機能はわりあいに順調で、潜航秒時も、この型の艦としては長いとはいえない五十秒少しあまりという記録をつくったことを、記録している。

しかし、かんじんの搭載飛行機がまにあわなかった。晴嵐の航空隊は昭和十九年の秋、霞ヶ浦に第六三一航空隊として編成され、そのあと福山に移って訓練をしていた。

晴嵐をつくっていた名古屋の愛知航空機は、昭和十九年十二月七日の東南海人地震や、あいつぐ空襲によって生産がはかどらず、また陸上訓練はできても潜水艦に搭載するまでにはいたらず、三月ころになって、やっと搭載射出訓練ができたようなありさまであった。

このころ第六三一空は福山から屋代島や岩国に臨時移動して、連合訓練を実施していた。しかし当時、太平洋沿岸は連合軍の攻撃にさらされており、米機動部隊やＢ29の頻繁な来襲のために、この方面での訓練は不可能に近かったので、日本海の七尾湾で訓練することになった。当時、海軍潜水学校の一部もすでに七尾湾に疎開していた。

昭和二十年三月十九日、呉に在泊中のときであった。呉軍港が米機動部隊の来襲を受け、在泊の大型艦艇が攻撃を受けながらも反撃しつづけるなかを港外に逃れ、沈坐避退したことも思い出される。軍艦大淀が、なかば傾きながらも砲を全部敵機にふり向けて射撃しつづけていた悲壮なすがたも、いまもって、まざまざと目に浮かぶのである。

このような太平洋沿岸の状況では、とても訓練も作戦準備もできそうにないというので、七尾湾へ移動ということになったのである。しかし、そのためには、各艦一七〇〇トンぐらいの重油を満載しなければならないのであったが、当時、すでに呉軍港の重油タンクは空《から》になっていた。

第一潜水隊はこのころ、伊一三潜、伊一四潜も完成して集合してきており、それらの各艦がそれぞれ満載するとすれば、五〇〇〇トンぐらいの重油を必要とした。四月一日、米軍の沖縄本島上陸に呼応して、戦艦大和を中心とする水上特攻の出撃にあたってさえも、各艦が片道分の燃料しか搭載できなかったのである。

そこで伊四〇〇潜と伊四〇一潜は、満州の大連で重油を搭載することになり、伊四〇一潜は司令潜水艦として司令が乗艦して、四月十一日に呉を出て大連に向かった。しかし、その日、呉港外の早瀬瀬戸で座礁してしまった。それでも、これは大したこともなく離礁できたのであるが、明くる十二日、伊予灘の姫島灯台の三七度七五〇メートルの地点で、B29の投下した機雷にかかってしまった。

水深がわりあい深かったが、キングストン開閉装置や計器類に損傷があり、大連行きは困難となった。そこで伊四〇一潜は呉に引き返し修理するとともに、司令は伊四〇〇潜に乗艦を変更し、その月の十四日、ふたたび呉を発して大連に向かった。

伊四〇〇潜は、ぶじにこの行動を終わり、四月二十七日に呉に帰投したが、大連からは、大豆油や銑鉄なども積んでこなければならないような内地の有様であった。

悲鳴をあげた飛行機整備員

そのころ、大西洋方面におけるドイツ潜水艦の作戦は連合軍のレーダーに困りぬき、シュノーケル装置（潜航充電用吸排気装置）を開発して装備しているという情報があった。煙突をたてて空気をとり、水中でディーゼル機関を駆動して水中を動くという考え方は新しいものではなかったが、ドイツはこれによって、大西洋における潜水艦作戦の起死回生をはかっているかに見えた。

有泉司令は伊四〇一潜の修理の期間に、第一潜水隊の各艦にシュノーケル装置を取り付けることを上申し、認められた。そこで、ただちに工事を開始し、わずか一ヵ月から一ヵ月半の間に、四隻の潜水艦に油圧によって伸縮するシュノーケル装置を取り付けることができた。

この試運転の結果は大した不安もなく、水中で補助発電機を運転し、その発生電力で潜航も可能であった。戦後の潜水艦には普通のことになっているが、戦時中の日本の潜水艦でシュノーケルをつけたのは、第一潜水隊をもってはじめとするのである。

このシュノーケル装置の取り付け工事が完了するとともに、日本海へ回航されることになった。伊一三潜、伊一四潜は五月二十七日に呉を発し、途中、鎮海で重油搭載のうえ七尾湾へ、伊四〇〇潜と伊四〇一潜は五月三十日ごろ、おなじく呉を発して七尾湾へ回航することになった。

二隻の潜水艦は、B29の投下した機雷と、その機雷に触れて沈没した商船によって、ほとんど封鎖状態となっていた関門海峡をぬけた。沈没船のマストが林立している関門海峡東口に入り、極微速力で音響機雷に対する警戒を厳にしながら(磁気機雷に対しては対策があった)西口へ出た。西口にも多数の沈没船があり、本州沿岸には触雷して陸に乗り上げた船が赤腹を見せて、文字どおりるいるいとしているありさまは、どう見てもさびしかった。

六月一日から五日の間に、各艦が七尾湾に集合し、主として搭載機の射出発艦、揚収の本格的訓練を実施した。この間に一機は名古屋から空輸中、六月十三日、能登の山中に墜落(当日は天候曇、雲量一〇、雲高一五〇メートルであった)し、江上益男少佐、木本久義少尉の二名の殉職者を出し、また六月十九日には富山湾で訓練中の一機が行方不明となった。全艦が出動して捜索したが発見できず、ついに岸康夫少佐と津田武司飛行兵曹長は還らなかった。このほか、不時着事故も一再ではなく、そのつど捜索に出動しなければならなかった。

飛行機も三機を搭載、射出できたのは一回だけであった。飛行機の生産が間に合わなかったからである。また、その期間中の六月十日、伊号第一二三潜水艦が珠洲《すず》岬沖でアメリカ潜水艦のため撃沈されたのも、忘れ難い思い出である。

その日、われわれは富山湾で訓練中であったが、珠洲岬から大きな火柱の上がるのを見た。やがて大爆発音を聞いたという情報も入ったので、穴水湾へ入港してみると、舞鶴から七尾湾へ回航中の伊一二二潜は予定どおり入港しないし、米軍潜水艦がすでに日本海へ侵入していたことと思いあわせて、伊一二二潜の最期を知ったのであった。

こうした戦況の不利を克服する手段として、この型の潜水艦にかけられた期待は大きかったはずであり、また乗員もそれを信じて訓練に努めた。結果、三機を連続して射出するのに十五分を記録することができた。しかし、連日の訓練で、いちばん苦労したのは整備員であったろう。夜間訓練が終わると飛行機の整備をし、翌朝はまた、三時、四時から飛行機と取り組むいそがしさに、二度とふたたび潜水艦の整備員になるものではない、と悲鳴をあげたのも、この頃のことであった。

パナマ運河爆撃の図上演習

戦況は日増しにわれわれに不利となり、もはや最初の目的であったニューヨーク、ワシントンにたいする爆撃は夢となった。しかし、この型の潜水艦を計画した当時の軍令部参謀であった有泉司令は、つとめて原計画を支持し、ついにパナマ運河の爆撃を提案した。

当時、ドイツは五月七日に無条件降伏をしており、大西洋方面に作戦中の連合軍艦艇は、太平洋方面に回航するであろうと考えられていたので、パナマ運河を封鎖できれば、少なくとも三ヵ月は、連合軍艦艇の太平洋集結を遅らせうるというにあった。

これは軍令部において賛否両論があったらしいが、少なくとも第一潜水隊の七尾湾回航までは、パナマ運河爆撃作戦は承認されていたのである。この作戦は呉にあった期間に十分に研究され、とくにパナマ運河の構造とその攻撃法が、具体的に検討されていた。

その結果、第六艦隊の参謀もまじって図上演習も実施した。図上計画としてはハワイ北方海面、ハワイ、米本土の中間をへて一路南下し、パナマ沖をいったん通過して、南米コロンビア沿岸ぞいに北上して接敵し、なるべく近い距離から飛行機を射出して、攻撃後に揚収して避退する、とされた。

当時のアメリカ本土の状況から判断して、成功の算あることを確信していた。伊一三潜、伊一四潜の燃料は不足するので、帰路に伊四〇〇潜、伊四〇一潜から補給すれば、内地への帰投は可能との目算はあった。

最大の問題は、運河のどこを攻撃するかであった。結局、魚雷と爆弾を併用して、閘門《こうもん》を破壊するということになり、これがため舞鶴工廠では閘門の模型をつくって七尾湾へ回航し、攻撃訓練も実施していた。

「彩雲」搭載の伊一三潜沈没

六月中旬になると情勢はさらに悪化し、とてもパナマ運河攻撃というような戦略的作戦は実施できそうにもなくなった。そこで軍令部としても、当面は頭上の蝿をはらうために、敵機動部隊中の空母攻撃を主張した。

　強気の有泉司令も、現在の情勢ではパナマ爆撃はむりと考え、この計画を了承して、ここに計画は三転したのである。当時、本土空襲の連合軍機動部隊の基地は、南洋のウルシー環礁にあったので、ここに在泊する空母群に対し、回天（人間魚雷）攻撃と並行して、航空攻撃による奇襲をすることになった。

　このためには攻撃直前の偵察を必要とするが、本土からでは偵察できず、南洋群島に孤立しているトラック基地に、伊一三潜、伊一四潜をもって偵察機（彩雲）を送り、この偵察の結果によって、伊四〇〇潜と伊四〇一潜の攻撃機六機をもって攻撃するという計画が立てられた。

　そして六月二十五日、海軍総隊司令長官からつぎの作戦命令が出された。

「海軍総隊電令作第九五号
　先遣部隊指揮官は左の要領により作戦を実施せしむべし
　一、トラック島のたいする彩雲輸送（光作戦と呼称す）
　　イ、使用兵力　第一潜水隊の二隻
　　ロ、輸送物件　彩雲四機、その他トラックむけ物件若干
　　ハ、彩雲搭載地　大湊
　　ニ、輸送時期　七月下旬トラック着を目途とす
　　ホ、揚陸後の行動　次期作戦のため昭南（註、シンガポール）または内地に回航するも

右舷正面より見た伊400潜。丸みをおびた巨大な飛行機格納筒の上の艦橋にはシュノーケル装置やレーダーアンテナ等があり、艦橋後部に星条旗が掲げられている

のとし追って令す

二、PU（註、ウルシー）奇襲作戦（嵐作戦と呼称す）

イ、使用兵力　第一潜水隊の二艦、晴嵐六機

ロ、攻撃目標　機動部隊

ハ、攻撃時期　七月下旬より八月上旬にわたり月明期間

ニ、攻撃要領　事前偵察はトラック所在兵力をして協力せしむるほか先遣部隊指揮官所定

ホ、攻撃後の行動　昭南に回航、次期作戦準備を実施」

この命令より以前に、伊一三潜と伊一四潜（艦長清水鶴造中佐）は六月二十日、七尾湾を発し、舞鶴にて作戦準備を実施して七月四日、青森の大湊に入港し、偵察機彩雲をそれぞれ二機ずつ搭載した。

搭載後、伊一四潜、伊一三潜の順に二日間隔で出港する予定のところ、伊一四潜は軸系過熱事故のため修理の止むなきにいたったので、伊一三潜は七月十一日に出港した。

しかし、伊一三潜はついにトラックに到着しなかった。戦後の調査によれば、内地を出撃した直後、敵機動部隊に捕捉されて沈没したようである。艦長は大橋勝夫中佐であった。

伊一四潜は、少し遅れて七月十七日に大湊を発し、八月四日にトラック島にぶじ入港した。ここにも運命の皮肉があり、人間の力ではどうにもならぬ運命を感じないわけにはゆかぬ。

一方、伊四〇〇潜と伊四〇一潜は、七尾湾から舞鶴へ回航して、出撃準備をととのえていた。糧食、弾薬、燃料とも三ヵ月行動可能の分量を搭載した。

出撃の途上で無念の降伏

ウルシーの敵機動部隊を攻撃したあとは、蘭印を経由してシンガポールに行く計画であった。私個人としても、家族に対して、本土に米軍が上陸した場合の注意事項などをいい残し、後顧の憂いのないように努めたのであるが、いまから考えると、あまりにも悲惨すぎて、なぜか嘘のようである。

かくして七月二十日（この日がはっきりしない）、ふたたび日本を見ることも家族に会うこともできないかも知れないと思いながらも、第六艦隊司令長官や幕僚の見送りを受け、元気よく、神龍特別攻撃隊と命名された二隻の潜水艦は舞鶴を出港し、七月二十二日に大湊に入った。そしてその日の夕方、伊四〇一潜、伊四〇〇潜の順に大湊を出撃した。

伊四〇一潜は有泉司令の決心にもとづいて、マーシャル群島の東側をまわってポナペ島南方の第一次会合点に向かうことにした。途中、米機動部隊や船団に遭遇したが、企図の秘匿を第一とするため攻撃をしかけず、米軍の飛行機も、わがレーダーに一〇〇キロぐらいから捕捉することができた。

絶え間なく東へ東へと移動する連合軍艦艇や航空機に遭遇し、そのもの凄いばかりの量に圧倒され、日本の運命が予見されるようであった。しかし、一潜水艦長にすぎない私は、日本は絶対に降伏するものではないと信じており、会敵の機会が多くて水上進撃する時間が少なくなるのが、頭痛のタネであった。

八月十四日、第一次の会合点で伊四〇〇潜と会合できなかった。そして一日待ったが、無駄であった。

伊四〇〇潜（艦長日下敏夫中佐）の安否を気づかっているとき、通信諜報士官今井中尉は、日本降伏近し、という情報を司令と艦長である私に報告してきた。しかし、どうしてこれを信ずることができよう。私はこれを敵のデマであるとして、乗員に知らせることを禁じたが、それは無駄であった。

八月十五日には先遣部隊指揮官から『昨日、和平渙発《かんぱつ》されたるも、停戦協定成立せるものにあらざるをもって、各潜水艦は所定の作戦を続行、敵を発見せば決然これを攻撃すべし』と発令していたが、翌十六日には海軍総隊指揮官から『即時戦闘行動停止すべし』と発令されたのである。

もはや日本降伏は、厳然たる事実である。このような場合に、いかに処置すべきかはいかなる典範にも示されていなかった。

日本古来の武士道と海軍の伝統的精神は、生と死に迷うときは、むしろ死こそ選べと教えている。いったいどうすればいいのだ。五千トンの潜水艦、飛行機三機、魚雷二十門、そして大砲も健在、乗員二百三名、あるところは太平洋の真っただ中である。

八月十六日、命令によって飛行機も魚雷も爆弾も海中に投棄し、八月三十日黎明、三陸海岸沖でアメリカの潜水艦セグンドに捕捉された。その監視のもとに横須賀に回航中、伊四〇一潜に乗艦中の司令有泉大佐が、八月三十一日黎明に自決された。このことだけは記録しておかなければならない。四通の遺書は御家族に手渡してあるが、そのうちの一つを次にかかげる。

今次ノ行動戦果ヲ挙グルニ至ラズシテ事茲《ここ》ニ至ル。真ニ本職ノ責ニシテ申シ訳ナシ。我ガ精鋭ナル部下ハ今後忠良ナル臣民トシテ御奉公スルコトヲ確信シツツ死ヲ以テ帝国海軍ノ伝統ト終戦ノ時期マデ太平洋上ニアリシ首席指揮官トシテノ誇リヲ維持シ、併セテ帝国将来ノ再建ヲ祈念セントス
天皇陛下万歳

私は伊四〇〇潜洋上降伏の立会人だった

ウルシー攻撃中止から洋上降伏まで潜水空母の航跡

当時「伊四〇〇潜」通信長・海軍大尉　名村英俊

伊四〇〇潜は昭和十八年一月、呉海軍工廠で起工、昭和十九年十二月三十日に竣工した。本艦の特徴は、水上攻撃機「晴嵐《せいらん》」を三機搭載するための巨大な艦型と、長大な航続力にある。

このような海底空母建造の着想は、まぎれもなく米本土奇襲攻撃を目的としたものであった。原計画は二個潜水戦隊＝十八隻であったが、終戦までに完成したのは、伊四〇一潜、伊四〇二潜とあわせて三隻のみであった。このうち伊四〇〇潜、伊四〇一潜および甲型潜水艦改装の伊一三潜、伊一四潜の四隻をもって、第一潜水隊を編成することとなる。

名村英俊大尉

もし原計画のとおり進めば、攻撃機数は五十を超し、あるていど戦闘単位としての威力を期待し得たことはうたがいない。だが、いかんせん、わが国力はすでにこのような大型潜水艦の大量建造をゆるす状況ではなかった。

伊四〇〇潜は、昭和十九年十二月末に完成引渡しをされたあと、ただちに第一潜水隊に編入され、内海西部で訓練を開始した。しかしながら、母潜の竣工がこのように遅れ、また搭載機の生産も当時の逼迫《ひっぱく》した情勢を反映して思うように捗《はかど》らなかった。

くわえて、射出着艦訓練のたびに故障続出という状態であったから、雄渾《ゆうこん》な構想のもとに誕生した海底空母群ほんらいの作戦投入は、確実にその時期を失いつつあった。事実、第六艦隊の全機能を回天の特攻作戦に頼らざるを得ない時期に、パナマ運河破壊、米本土空襲という壮大な規模の作戦は、いかにも現実から遊離した観が深かった。

したがって、六月になってようやく、戦勢に即して連合軍の前進基地ウルシー環礁在泊の機動部隊攻撃作戦に変更されたことは、むしろ当然のことであった。かくて決定を見た第一潜水隊の作戦は、次のとおりである。

一、光作戦

イ、伊一三潜、伊一四潜をもって、陸偵彩雲四機をトラック島に輸送する。このため両艦は七月初旬に大湊に進出、彩雲を搭載のうえ七月下旬にトラックに到着するごとく行動する。

ロ、トラック島所在の航空部隊は彩雲をもってウルシー環礁を事前に偵察し、晴嵐による攻撃に協力する。
ハ、両艦はトラック島への輸送終了後は、香港に回航、内地より空輸した晴嵐を搭載のうえシンガポールに進出、以後、伊四〇〇潜、伊四〇一潜とともに嵐作戦に従事する。

二、嵐作戦
イ、伊四〇〇潜、伊四〇一潜は晴嵐各三機を搭載のうえ、ウルシー在泊の敵機動部隊を奇襲攻撃する。
ロ、攻撃時期は一応、八月十七日未明を予定とする。両艦は八月十五日、ウルシー環礁の東南二五〇浬《かいり》の地点で会合、協同攻撃を実施する。
ハ、攻撃終了後は香港に回航、新たに晴嵐を搭載のうえシンガポールにおいて補給、作戦を反覆する。

このように書けば簡単な作戦であるが、ウルシー脱出さえ困難が予見されるうえに、香港空輸、シンガポール補給等、どれ一つをとっても、当時の情勢では容易なものはない。しかも、圧倒的な物量をほこる敵機動部隊にたいして、わずか数機をもってする攻撃は、しょせん戦局に何らの影響をあたえるものではなかったであろう。

しかし、帝国海軍にとって、掉尾《とうび》の一撃ともいうべき本作戦に参加することが確定して、われわれはきわめて満足であった。ちなみに、この作戦において晴嵐による攻撃は、すでに特攻によることとの暗黙の了解があった。また、第一潜水隊は「神龍特別攻撃隊」と呼称されていたが、これが正式の命名によるものかどうかははっきりしない。

なお、光作戦に参加した伊一四潜は、予定どおりトラックに入港したが、伊一三潜は七月十一日、青森県の大湊出撃後に消息を断ち、八月一日、中部太平洋で沈没の認定となった。したがって洋上で終戦をむかえる艦は、伊四〇〇潜、伊四〇一潜、伊一四潜の三隻となる。

艦内で聞く原爆とソ連参戦

伊四〇〇潜が嵐作戦の必成を期して大湊を出撃したのは、七月二十二日の夕刻であった。広い陸奥湾には、すでに艦艇の姿はなかった。司令座乗の僚艦伊四〇一潜に挨拶をかわしての、淋しい出撃であった。陸奥湾を出れば、すでに会敵を覚悟しなければならない。われわれより遅れて出港した伊四〇一潜が米潜と誤認されて、陸上砲台から砲撃されるという事件もあって、多難な前途が予想された。

艦は津軽海峡を出て、針路を南東にとった。やがて、本土にたいする敵哨戒圏をはなれたあと、一路トラック島東方海面をめざして南下を開始した。この航路は、マーシャル群島とサイパン、グアム、さらには沖縄をむすぶ米軍の輸送動脈を直角に横切ることになる。この間、数日は、もっとも警戒を厳重にしなければならない。それをのぞけば、いかに大艦隊を擁《よう》する米海軍といえども、無目的に洋上を索敵するほど暇ではない。というわけで、極力、水上航走で航程をかせいだ。七月末から数日間、ものすごい暴風圏に突入した。あまり動揺がはげしいと、積み込んでいる晴嵐が心配である。しかし、そこは潜水艦のありがたいところで、五〇メートルも潜れば、ほとんどうねりの影響もない。数日間の難航が終わって得たものは、十三号対空レーダーの故障である。これは、ついに作戦行動中には修復しなかったので、片目航海を余儀なくされた。

はるかサイパンの東方海面を過ぎるころ、艦内で事故が発生した。八月五日、夜間水上充電航走が終わって潜航した直後、電機室の配電盤から火災が起こった。いっさいの電源が切れると同時に、有毒ガスが充満し、一時、危険な状態となった。

そこで修理を急ぐべく、やむなく朝の太陽が照りつける海面に浮上した。と、たちまち敵船団のマストを発見した。急速潜航。無動力潜航。かすかな応急灯の下で、じっと息をつめて、ただ待つしかない数時間。やっと修理がなって、頭上の敵推進器音《すいしんきおん》（スクリュー音）を気にしながらありついた稲荷《いなり》寿司の缶詰のうまいこと。

この海域をゆく敵船団は、夜も煌々《こうこう》と灯火を点じているものが多く、戦いはまったく一方的な形勢で推移していることを実感した。敵無線の傍受による断片的な世界の動きとか、広島被爆の情報など、けっこう毎日の話題に事欠かなかった。だが、八月九日の夜に聞いたソ連参戦の通報はショックだった。われわれの存在が、だんだん小さなものに思えて暗澹《あんたん》たる気持ちになる。

艦は、ようやくトラック島東方海面に達していた。トラック島を過ぎてから針路を西にとり、ウルシーに向ける。なにがなし、ざわざわした海外放送による情報も、しょせんは無縁のもの。搭載機の整備や攻撃の打ち合わせなど、艦内は目的地近しの報にはりつめる。艦が晴嵐の発進地点に到着したのは、八月十四日であった。

確実な死から生への大変針

八月十五日――終戦の日。この頃の記憶ははなはだ混乱している。われわれは攻撃発進海面で、伊四〇一潜と会合する予定であった。そこで、あらかじめの取り決めにしたがって、味方識別信号のレーダー波の受信につとめたが果たさず、十五日、天明とともに潜没した。同日夕刻、新聞電報を受信した。玉音放送の再放送であった。受信もれの個所や、誤字の多い翻訳文だった。しかしこれは、われわれの行動を直接制するものでない。すべては艦隊の命令いかんによる。

ついに受信した終戦にたいする先遣部隊の命令は、まず、伊一四潜の香港回航をとりやめ、内地帰投を指示していた。ついで和平が渙発《かんぱつ》されたが、停戦協定が成立したわけではないので、作戦中の各潜水艦は所定の作戦を続行した。敵発見の場合は、断固これを攻撃せよということであった。

事態の急変は疑うべくもない。つぎに来たるべきものは何か。重苦しい時間がすぎる。先遣部隊の指揮官から、「第一潜水隊各艦は作戦行動を取り止め、呉に帰投すべし」との電令

大湊を出撃、ウルシーを攻撃予定の神龍特別攻撃隊の嵐作戦は成らず、
米駆逐艦の監視下にマストに黒旗を掲げて航行中の伊400潜水艦

を受信したのは、十六日であった。

艦内スピーカーにより「只今より呉に帰る」と令達が流され、ようやく針路を変える。こうして確実に死へつながる針路から、漠然とではあるが、生を模索するための大変針となる。しかしながら、われわれには終戦の手続きについての知識があろうはずはない。ただひたすら、艦隊司令部の命を待つだけである。

帰途についたあとも、しばらくは昼間潜航、夜間水上航走をつづけた。八月二十日ごろ、内地へ進攻した連合軍との摩擦をさけるため、呉への入港をとりやめ、大湊帰投を指示される。そして、八月二十二日以降は、一切の戦闘行為を停止した。

詔書渙発以後に敵の勢力下に入った軍人は俘虜と認めないこと、敵の指令による武器の引渡しなどの行為は降伏と認めないこと、さらに軽挙をいましめ隠忍自重すべき旨《むね》を指示する大海令を受ける。

八月二十六日には、武器、弾薬、搭載機を投棄した。二十本の魚雷、翼をたたんだままの三機の晴嵐は、むなしく海中に沈み、伊四〇〇潜はまったくの〝素手〟同然となる。

その日以降、潜航は禁止され、マストに黒旗をかかげて、ひたすら大湊へ向かった。

例のない帝国海軍の降伏第一号

八月二十九日午後、金華山沖二四〇浬の地点で、米哨戒機に発見された。これで、ぶじに大湊へ入港することは不可能になった。

そして、南に変針するよう強制され、航行するうちについに夕刻、駆逐艦ブルーに触接された。マストにあがる万国信号旗は、「停船せよ。しからざれば砲撃せん」。ついで、「われ短艇を送る」。

これまで帝国海軍に類例を見ない事態が、現実に進行しつつあった。急遽、暗号書を海中に投棄する。米艦から、砲術長を長とする捕獲隊員が乗艦してきた。帝国海軍の降伏である。停戦命令が発令されたとはいえ、昨日までの敵であれば、双方とも警戒は当然であろう。

駆逐艦の備砲がすべて本艦に指向されるなか、しぶきのかかる舷側での折衝がつづいた。われわれはすでに比較的冷静《れいせい》であった。十五日以降の命令や情報を、あるていど検討、憶測するだけの余裕があったのである。なによりも武具を放棄しているので、じたばたしても始まらなかった。

最大の関心事は、大湊回航がかなわずとしても、外地、たとえばグアム島など米軍基地に連行抑留されることを、できるだけ避けたいということであった。そのため、わが艦隊命令にしたがうべく主張するわれわれと、無条件降伏によって米軍命令の優先を押す、両者のやり取りに終始した。結局、南に向けて進むことに同意したが、燃料不足を理由に、最寄りの本土港湾に入港すべきことをかさねて要求した。

三十日朝、駆逐艦ブルーにかわり、駆逐艦ウィーバーが触接した。そして、同艦に便乗した第二潜水隊群より派遣されたカセディ中佐のひきいる回航員によって、横須賀へ連行されることにきまった。軍艦旗がおろされ、かわって星条旗が掲揚された。この間、駆逐艦乗員

伊401潜の間に伊400潜があり、艦橋や搭載機揚収クレーンが見える

横須賀に繋留される伊401潜(中央)。右は伊14潜。左奥の米潜水母艦プロテウスと

が乗艦中は、われわれはなすこともなく、デッキに屯《たむ》ろするばかりであった。

こんどの回航員は、すべて潜水艦乗員であったので、ハッチを鎖で閉鎖して開閉不能にし、あらゆるバルブ類はロックし、各区画には番兵を配するなど、捕獲の手順にぬかりはなかった。もっとも、本艦はそれ以前に潜航ツリムを失い、とても潜れる状態でなかった。また、刀剣、銃器類の捜索を受けたものの、艦内はおおむね平静であり、彼らにもまたわれわれを遇するのに、ある配慮が見られた。

三十一日朝、大島を左に見て相模湾に入り、米潜水母艦プロテウス号に接舷した。そのとき、鈴なりの母艦乗組員が発する奇声に、あらためて抑留のみじめさをかみしめた。ほどなくして、思いがけなくも伊一四潜が入港してきて、伊四〇〇潜に横付けした。おなじような経緯で捕獲されたものであろう。ただし本艦と異なり、相模湾回航中は砲術長が人質として、米護衛駆逐艦に収容されていた由であった。

九月一日、横須賀港に移動した。その後しばらくして、伊四〇一潜が入港した。これで、第一潜水隊はことごとく米海軍の哨戒網にかかって、同じ運命をたどることになったわけである。

潜水隊司令有泉龍之助大佐は、入港前夜に自決されたとの報を聞く。司令は開戦直後、軍令部の潜水艦参謀であったから、海底空母構想の直接の責任者でもあった。回天の事業ついにならず、死にのぞんでの胸中は、察するにあまりあった。

米国回航のための化粧直し

横須賀港では、依然として潜水母艦プロテウス号に横付けしたまま、数日を過ごした。港内は、降伏調印式に来航する米英軍の艦船でうめつくされた。そして、戦いのあとをとどめないまでに整備された米英の艦船にくらべて、戦い疲れたわが三隻の潜水艦は、まことにみじめであった。この間、われわれは簡単な訊問を受けたほかは、なすこともない毎日であった。

米海軍が第一潜水隊の三艦を本国に回航するらしいとわかったのは、急に艦内外の手入れ、機関や航海計器の取り扱いの調査などを要求しだしたからである。居住区もすべて模様がえされた。われわれは追い立てられるようにして、横須賀の潜水艦基地隊に移った。これから、どのような処置を受けるのかはわからないにしても、ひさしぶりの陸上生活はありがたかった。

毎日、交替で艦にかよい、清掃作業に従事した。戦争が終わったのだから、われわれは捕虜でないと抗議してみても、どうにもならない。基地隊での軟禁生活が始まってからしばらくして、海軍省か鎮守府かははっきりしないが、連絡官がやってきた。それによると、遠からずわれわれは解放されるであろう、ということであった。

九月下旬になって、ようやく引渡し作業が終わった。そこで、われわれは久里浜の海軍工作学校の兵舎に移った。復員準備のためである。

復員輸送艦配乗のため、ぽつぽつ転勤者も出るようになったので、一夜、離別の宴をはった。わずか数ヵ月のあいだに経験した、あまりにも大きな変化である。これからの日本がどう進み、それぞれの人生がどのように展開されるのか、とりとめもない話がつづいたが、どこか沈みがちな宴であった。

九月二十九日、第一潜水隊は永久に解隊した。

——伊四〇〇潜はこのあと、他の二艦とともにハワイに回航され、種々の調査の資料艦となった。そして、調査も終了した昭和二十一年六月、ハワイ西方海面で航空機により撃沈され、その短い生涯を終えた。

最後に、伊四〇〇潜の主要目を記しておく。

全長＝一二二メートル。最大幅＝一二メートル。深さ＝一〇メートル。吃水＝六・五メートル。

常備排水量＝四五五〇トン。満載排水量＝五五二三トン。基準排水量＝三四四五トン。

兵装＝一四センチ砲×一。二五ミリ機銃×一〇。水雷発射管×八。魚雷＝五三センチ×二〇。四五センチ航空魚雷×四。攻撃機＝三。爆弾＝八〇〇キロ×三。

主機＝二二号一〇型×四。軸馬力＝七七〇〇馬力。

水上速力最大＝十八ノット。水中速力＝七ノット。航続力＝十六ノットで三万三千浬。水中＝三ノットで七十五時間。

安全潜航深度＝一〇〇メートル。乗員＝一四七名。

米軍のみた伊四〇〇潜水艦の最後

米側記録と関係当事者の直接証言による異色ドキュメント

米戦史研究家　M・C・ロバーツ

第二次大戦の砲火こそやんだものの、東京湾上での降伏文書の調印はまだ六日後にひかえていた。そして太平洋全域にわたって、いぜん日本軍は武装を解除されることなく、日本帝国海軍の艦船もまた、いまだ広大な海面に健在であった。

これは勝者、敗者にかかわりなく、両軍にとってきわめて不安定で、不安このうえない状態であった。もし戦闘状態がどこかで復活するとなれば、停戦をスムーズに進めるうえに大きな障害となるおそれがあった。そこで連合軍は海と空から、全力をあげて日本軍の艦船の所在をたしかめるようつとめ、発見しだい、最寄りの日本の港に護送していたのであった。

このころ、本州沿岸を哨戒飛行中の米海軍パイロットは、ゆっくり北上している黒い物体を発見した。それは鯨《くじら》にしては大きすぎたが、旋回しつつさらに高度を下げてゆくと、潜水艦にしては大きすぎる異様な物体であることがわかった。

しかしまもなく、それは潜水艦であり、世界最大かつ、もっとも驚異的な潜水艦であることがはっきりした。パイロットはこのとき、日本の最大の秘密兵器のひとつをアメリカ人として初めて見たのであった。この潜水艦こそ〝水中空母〟として設計された〝潜特《せんとく》〟で、海面より半分ほど船体を現わした状態でさえ、信じられぬほど巨大で、まるで黒い浮き島のようでさえあった。

その艦が北に進路をとっているということは、このまま進んで雲におおわれた千島列島の小さな港へ隠れてしまうおそれがあったが、よく見ると司令塔には降伏のしるしの黒い旗がひらめいていた。パイロットはマイクをとると、『降伏旗をつけた日本潜水艦を発見、位置は北緯三八度四〇分、東経一四五度一二分……』と第三艦隊にみじかく報告した。

この報告は、東京湾へ向かって航行中だった潜水母艦プロテウスにただちに受信された。第二〇潜水艦隊の指揮官L・S・パークス大尉は、刻々と入る敵潜水艦の降伏状況を追っていたが、彼はもちろん乗組員のだれもが、この降伏した大型潜水艦がもつ重要さを認識できなかった。

とにかく彼らは、この潜水艦に遭遇するときにそなえて、プロテウスの将兵十二名でいそぎ移乗班を編成すると、準備をととのえて第三艦隊司令部からの命令をまった。

これまでに、太平洋の小さな島々での日本軍の降伏はあったが、日本本土で強大をほこった〝帝国〟が、はたして降伏するかどうかについては、だれも確信をもてなかったし、いま現実に、潜水艦は黒い旗をなびかせているものの、まだ連合軍は一隻も捕獲したことはなかった。

もとよりその潜水艦には、祖国防衛のための特別訓練をうけた精鋭が搭乗しているであろうから、移乗に抵抗したり、接近するわが艦に魚雷を発射したりはしないかというおそれがあるというので、将兵らはいささか興奮ぎみであった。

それでも移乗班には、多数の志願者のなかから長い経験をつみ、潜水艦に関する知識、また日本近海の哨戒で日本軍との接触をもったことがあることなどを考慮して、士官四名と兵員四十名が一チームを組む、つごう十二班が編成され、各班が潜水艦を最初に入港させる栄誉を競い合っていた。

この巨大な敵潜水艦をあつかう移乗班十二班のリーダーには、プロテウス艦上であらゆる面ですぐれた資質の持ち主と判定されたヒラム・カセディ中佐がえらばれた。その後に展開された状況を、同中佐の証言によって再現してみよう。

艦長日下中佐の涙

——その日の午後、われわれは全速力で護衛駆逐艦ウィーバーを走らせ、日没直後に正面に巨大な黒い物を見つけた。あきらかに敵の潜水艦だったが、それは米軍の駆逐艦に同伴されていた。われわれは他人に獲物を横どりされたと知って、意気消沈した。

しかし、これはわれわれの狙う〝巨大な黒い物体〟ではなく、べつの小型潜水艦であった。護衛の米艦には潜水艦乗組の経験者がいなかったので、やむなく日本人乗員だけの手で、本

州北部沖を東京湾に向けて航行している、ということだった。(中略)

われわれは夜中じゅう航行して、わが哨戒機が発見した位置へ接近し、翌早朝ついにめざす巨人潜水艦のシルエットを前方に発見した。それは巨大で、異様なシルエットをもっており、わが目を疑うばかりであった。船体は、これまで見た潜水艦はもちろん、噂や想像していたものよりもはるかに大きかった。

高い司令塔の上に黒い旗が風をうけてひらめくさまは、さらに異様であった。司令塔は艦の中央をややそれて左寄りにあり、そこから前方へ向けて三〇メートル近くはあると思われる搭載機用の射出軌条が突き出ていて、これだけでも今世紀のはじめにわが海軍が建造した世界最初のホーランド級潜水艦よりも大きかった。この司令塔より下の前後に、搭載機の格納庫が突き出ている。それにしても、なんと巨大であることか。

その巨大潜水艦は、米駆逐艦ブルーの護衛のもとに航行していた。このブルーは哨戒機からの無事を受信し、第三艦隊からの命令もうけつつ、公式移乗班が到着するまで護衛の任についているのであった。ブルーは排水量二二〇〇トンだが、このマンモス潜水艦と見くらべると、なんと小さく感じられることか。波をうけると、ブルーはローリングとピッチングをくりかえしたが、この日本の潜水艦は岩のようにどっしりとしていた。

われわれの獲物が〝特型《とくがた》〟であることはすぐにわかったので、私は公式移動班に優秀な通訳をつけて、できるだけはやく任務をはたすことを考えた。

その艦は伊四〇〇級〝海底空母〟の一隻で、世界最大の潜水艦であることが間もなくわか

左舷後方から見た、黒色の降伏旗が翻る伊400潜艦橋。右の格納筒後部上に機銃

った。この潜水艦については、噂だけは聞いていたが何もわかっておらず、いまのわれわれは何よりもまず、無傷で港に入港させることだけを考えていた。

さいわいトラブルはひとつも起こらなかった。もっとも、姉妹艦の伊四〇一潜については、ひやひやさせられたが、これはあとで述べる。しかし、ここではブルーが事態をうまく処理していたので、われわれ移乗班は安心していることができた。

移乗班はデッキ下の魚雷や、爆薬が降伏条件のとおりに処理されているのを確かめたのち、バルブを全部ロックして潜水できないようにし、要員を数ヵ所のコントロールセンターに配置した。

それから、艦長の日下敏夫中佐に、自分の命令にしたがうように指示し、艦はハルゼー提督の命令で〝戦利品〟となったことを告げた。やがて旭日旗をおろし、星条旗をマストに揚げる段になると、彼の目からは涙があふれ、その心情は察するにあまりあった。

ハルゼーの至上命令

第三艦隊長官からの命令は、護衛駆逐艦ウィーバーがエスコートして伊四〇〇潜を横須賀基地に回航し、潜水母艦プロテウスとランデブーさせることにあった。

そこでカセディ中佐は第一次報告書を作成するため、可能なかぎりの情報をえようとこころみた。しかし、日下中佐の返答は明らかに見当はずれのものが多く、しっくりいかなかった。

そのうち日下中佐は米兵のシャツについているドルフィンピンに気がつき、「あなたは米国潜水艦の乗員なのか?」とたずねた。

カセディ中佐は、「私も、ここにいる士官も下士官も全部ベテランの潜水艦乗員で、私は戦闘哨戒の任務についていた」と答えると、彼はふかく頭をさげ、以後はたいへん協力的になった。

そしていま、潜水艦の同乗者にすぎなくなった日下中佐は過去のことは忘れ、すべて、つまりほとんどすべて知っていることをカセディに話してくれた。あるいは潜水艦の専門家たちが艦内をくまなく調べた以上、必要な情報はほとんどわかってしまった、と判断したのかもしれない。

日下中佐は、胸の中にまだ言い残していることがあるようだった。やがてそれを話す最後のチャンスがやってきた。カセディは日下中佐が言うにまかせた。カセディには自分が知りたいことがほかにも沢山あったが、沈黙をまもった。そうしたのは、これまで捕虜というものは、あとで改めて公式尋問をすると、大部分の者は話すのを避けようとすることを知っていたからであった。

この潜水艦のモンスターは、このクラスの一番艦で、就役してから一年もへていなかった。つまりこれはパナマ運河を破壊するため、極秘のうちに建造された五隻の〝海底空母〟の一隻であった。

伊四〇〇潜とその姉妹艦は、艦体の中央にあるドーム状格納庫に三機の「晴嵐」水上爆撃機を積むことができるという。これが司令塔が左寄りに取りつけられている理由で、格納庫の通路をもうける必要から生じたものらしい。これらの水上機は真空油圧式カタパルトで発射され、カタパルトのレールは艦首まで、前部甲板いっぱいに張ることができ、使用しないときは大型クレーンでデッキのなかに格納できるようになっていた。

伊四〇〇潜とその姉妹艦は、全長一二二メートル、ビーム長一二メートルで、排水量は五七〇〇トン。フランス海軍のシュルクーフ（二八八〇トン）や、当時の米海軍のアルゴノート（二七一〇トン）などよりはるかに大きい。

日本海軍には晴嵐搭載の潜水艦としてもうひとつ、小型の伊一四級があった。伊一四潜は、さきにカセディたちが海上で最初に出会った艦で、もう一隻の伊一三潜は二～三週間前に撃沈されているが、ともに二機の晴嵐爆撃機を積むことができた。

捕獲されたとき、伊四〇〇潜は航空機はもちろん魚雷や弾薬さえ保有していなかったが、これは無線でうけた降伏指示どおりに、魚雷や弾薬などの武器をすべて投棄してしまったからである。

あとでわかったことであるが、降伏の無電をうけたとき、伊四〇〇潜と姉妹艦二隻は、ウルシー環礁に停泊中のアメリカ艦隊を攻撃する準備中であり、つづいての司令部からの命令は航空機を処分せよ、というものであった。

最初の計画は、片道のカミカゼ攻撃に晴嵐を発進させたのちは、シンガポールに向かうことになっていたという。

降伏を拒否した水爆〝晴嵐〟の悲惨

八月三十一日午前九時十五分――カセディ中佐は誇りにみちた顔で、伊四〇〇潜を潜水母艦に横付けした。母艦の将兵たちは、この異様なモンスターを驚異のまなざしで見つめていた。三十分後、伊一四潜も同様に横付けになった。

いっぽう伊四〇一潜については、まだ洋上で接触したという報告がなく、関係者をいらいらさせていた。伊四〇一潜は〝海底空母群〟である第一潜水隊の旗艦であり、艦長は大のアメリカ人ぎらいだったといわれていて、伊四〇〇潜の日本軍士官たちの言によると、その艦長が一戦も交えずに降伏するとは考えられないとのことであった。

逃走したのかもしれぬこの潜水艦のゆくえを追って、哨戒機の活動が強化されたが、何も発見できなかった。伊四〇一潜をついに発見したのは、はるか太平洋上で、しかも発見したのは米潜水艦セグンドであった。セグンドは排水量で伊四〇一潜の三分の一しかなかったが、暗闇がせまる中で伊四〇一潜に接近するように命じ、間もなく巨大な艦体が横にならんだ。

それからは長時間、メガホンをつかってのやりとりがつづいて、日本人艦長は、米人五名の移乗を認めると通告してきた。しかし、五名以上であったり、士官がふくまれていれば、ただちに艦は自沈する用意がある、と伝えてきた。

ジョン・E・バルソン少佐は、五人の中にまぎれて階級章をつけずに移乗していったが、たちまち甲板上で物議をかもし、全員ハッチの中へ入ることができなくなってしまった。

その間にも伊四〇一潜は、無電をくるったように打ちつづけていた。このころ東京の日本海軍司令部は、ハルゼー提督にメッセージを送って『伊四〇一潜は危険であるから、アメリカ艦船に接近させないでほしい』とつたえてきていた。しかしながら、セグンドのジョンソン艦長は、伊四〇一潜に東京へ向けて航行するよう命じ、強引に無線の使用を禁じた。

だが、その前にカミカゼパイロットたちは晴嵐を操縦して攻撃をかけてきた。これは幸いに撃墜できたが、こんどは晴嵐をつかって日本へ飛んで帰ってしまうような事態が起こりかねなく、それを防ぐ手だてもないというありさまとなった。

夜に入ると、伊四〇一潜は洋上で停止してしまい、セグンドがいくら航行命令を出しても、夜どおし動かずにいた。セグンドはこの

米軍接収後の伊400潜の艦上。黒帽に双眼鏡が日下敏夫艦長。左端カセディ中佐

時点で撃沈しても正当な理由がたったが、五名の米兵が移乗しているので、あえて差しひかえていた。

そのうちに、事態が悪化したときにそなえて、べつのアメリカ潜水艦タイグロンが応援にくわわった。そして夜明け前、移乗員のひとりは、伊四〇一潜から何か大きく重い物体が投げすてられるのを目撃した。暗号帳か？　いや、それはもっと大きかった。死体か？　たぶん……しかし彼は確かめることができなかった。のちにわかったことだが、それは降伏を拒否した有泉龍之助司令の遺体で、彼は拳銃を頭にあてて自殺したのであった。

このナゾの投棄物が、太平洋の暗闇の中に消えると間もなく、伊四〇一潜は航行を開始し、二隻の米国潜水艦に同伴されて東京湾の入口に達し、ここでA・C・スミス艦長の指示する移乗班が艦を接収し、その後はトラブルがなかった。

伊四〇一潜が潜水母艦プロテウスに横付けになって、ちかくに停泊したアメリカの潜水艦と比較してみると、この日本の巨艦は有史前のモンスターのように大きく、生存するにはあまりに大きすぎるように見えた。

とにかく、第二〇潜水艦隊のだれもが、この巨大潜水艦について、あらゆることを知りたがったのも無理はない。そこで日本軍の将兵は突然の降伏でショックをうけたままであるのに、気の毒にもこんどは矢つぎばやの質問をあびせられる立場にたった。

そして九月二日、戦艦ミズーリ艦上で降伏調印が行なわれた日、伊四〇〇潜の司令塔上にひるがえったのは、太平洋潜水艦艦隊司令官チャールス・A・ロックウッド・ジュニア大将の三ツ星旗であったのはまったく皮肉であった。

ハワイへの旅の果て

この〝海底のモンスター〟は技術的には良好な状態にあり、最新式のシュノーケル装置をつけて、潜水中でもディーゼルエンジンを運転でき、哨戒レーダーや対空火器も十分にそなえていた。また、上面はソナーで探知されるのを防ぐため、防音ペイントで塗りかためられてあった。

艦の中央にある巨大な航空機用格納庫は、直径三・五メートルの円筒状で、長さは三〇メートルもあり、晴嵐は主翼を折りたたむと、三機はゆうに収容できた。機体の出し入れは、前端の半球形の扉を開いておこない、扉は右へ開き、離陸時には艦首まで延びる引込式のレール（全長二六メートル）の上をカタパルト発射した。また着水した機体を回収するためには、前部甲板に引込式の大型クレーンがあった。

戦争が終了したあとの、これらの超大型潜水艦の処置については、潜水部隊の専門家のあいだでいろいろ議論がたたかわされた。結論として米海軍の計画に当てはまるものはなく、もし将来、この種の潜水艦の必要がおきれば、日本の図面から必要なものをぬき出して新型艦を建造したほうがよいということになった。

アメリカ海軍は一九二〇年代に航空機を搭載する潜水艦を試作したことがあるが、実用化しないままに終わったし、フランスとイギリスはアイデアを実用化してみたが、搭載機は哨

船体中央部に30.5m長の飛行機格納筒を持つ伊400潜。左端に14cm砲、機銃も装備

戒が主な任務であった。

このころ、横須賀では日本人乗員が米国の潜水艦乗りに、この巨艦を沖合いまで出して短期間のクルーズ中に操作方法を教えていた。しかし、潜水や航空機の発進は行なわれなかった。そして最後に、『艦をハワイに回航せよ』という命令がとどいた。

ハワイで一応の調査が行なわれたのち、晴れた一日、この世界最大の潜水艦は最後の航海に出航した。出航にあたって通った航路は、一九四一年十二月七日の夜明け前、日本の小型潜水艦が防潜網をくぐって潜入したさいと同じだったが、方向はまさに逆であった。

ハワイ沖へ運ばれた二隻の〝スーパーサブ〟伊四〇〇潜と伊四〇一潜は、ついに実戦で戦果をあげることもなく、航空機の標的に使用されたのであったが、さすがの巨艦も無防備のままの被弾にはたえきれず、間もなく波間に姿を没し、海底へ永遠の旅路についたのであった。

日本技術陣が挙げた大型潜設計の凱歌

潜水艦設計のなしうる極限を克服したアイデアの全貌

当時 艦政本部第四部設計主任・海軍技術少将 片山有樹

太平洋戦争がはじまって約一ヵ月後の昭和十七年一月中旬、伊号四〇〇潜水艦が新しく提案された。ちょうど日本航空機がハワイに、マレーに、はなばなしい戦果をおさめていたころである。

航空魚雷一個、もしくは八〇〇キロ爆弾一個を搭載する攻撃機をつんで、四万浬《かいり》を航行しうる潜水艦ができないかという相談である。そしてこれを、きわめて秘密裏に建造したいという海軍軍令部の意向であったため、もっとも秘密度の高い軍機の取扱いを受けた。私はその当時、艦政本部第四部の設計主任だったので、回答の立案にあたった。

片山有樹技術少将

この潜水艦は必然的に、当時の大型潜水艦にくらべて、さらに著しく大型になり、しかも急速潜航が可能で水中操縦性は良好、かつ戦時中の建造であるから、資材の入手が迅速に行なわれ、工事が容易でなくてはならない。そのうえ飛行機ならびに射出機の艦上における操作が、とくに便利であることが重要なことはもちろんである。これらを考慮した末、実現できる旨を回答することとなった。

艦政本部は船体、機関、兵器を担当し、航空本部は航空機、射出機、航空兵装をつかさどっていたので、これらの担当者とは緊密な連係を保ちながら設計を進めたのであるが、前述の趣旨のもとに各関係者の諒解がすみやかにえられたのは、さすがに非常時であったためであろう。

同年三月までに設計概案をまとめ、これを艦政本部から海軍省へ、海軍省より軍令部へしめし、軍令部はこの概案を検討して、あらためて要求事項を提出してきた。

それは次の通りである。

基準排水量＝約三九〇〇トン。速力＝水上約二〇ノット、水中約七ノット。航続距離＝一六ノットで三万三千浬、水中三ノットで三十五時間。兵装＝一四センチ単装砲一門、二五ミリ三連装機銃二基（六梃）、水雷＝発射管（艦首）八門、魚雷二十七本。航空＝攻撃機二機、射出機一基。防禦＝二〇ミリ徹甲機銃弾に対し潜航性能を喪失しないこと。安全潜航深度＝一〇〇メートル。連続行動期間＝約四ヵ月。急速潜航秒時＝約一分。

この軍令部要求事項の提出は、軍令部と海軍省との間において、建造にたいする意見の一致をしめすものである。

やがて要求事項を満たす設計ができあがり、同年四月下旬、艦政本部技術会議で審議し、さらに本会議において慎重審議の末、承認をえた。本案は艦政本部長より海軍大臣に提出され、そして第一艦を呉海軍工廠にて建造するよう訓令された。

この間の運びは、非常に迅速であったが、ここに日本海軍にとってまことに憂慮すべき事態がおこった。すなわち昭和十七年六月、ミッドウェー海戦におけるわが航空母艦陣の大損耗である。この敗戦によって、戦時建造計画は変更されることとなった。まず空母の補充を第一とし、ほかは多くの制限をみるにいたった。

航空母艦のほかは、工事の進捗《しんちょく》をとめられた。まことにやむをえない処置であった。しかし、本艦型の準備は急速に進んでおり、第一艦である伊四〇〇潜水艦は昭和十八年一月、呉工廠において起工され、つづいて第二艦、第三艦は佐世保工廠にて、第四艦は呉工廠、第五艦は神戸川崎造船所においてつぎつぎに起工された。

これと併行して、本艦型に搭載する飛行機は、海軍航空本部で基本設計をなし、愛知航空機会社がその詳細設計ならびに製造にあたった。カタパルトは横須賀航空技術廠が設計ならびに建造を行なった。

これらはすべて新型である。

ここで本艦の計画内容にふれてみよう。主要目をしめすとつぎの通りである。

全長一二二メートル、最大幅一二メートル、深さ一〇メートル。常備吃水六・五メートル、常備排水量四五五〇トン、満載排水量五五二三トン、基準排水量三四四五トン。

兵装＝一四センチ砲二門、二五ミリ機銃七梃。水雷五三センチ発射管艦首八門、魚雷五三センチ二十四本、四五センチ三本（航空機用）計二十七本。航空＝攻撃機二機、爆弾八〇〇キロ二個、二五〇キロ八個。無線兵装一式、電波探知機一組、水中聴音機一組、潜望鏡一〇メートル二本。

主機械二二号一〇型四基、合計軸馬力七七〇〇馬力。主電動機二基、合計軸馬力二四〇〇馬力。補助発電機四〇〇キロワット二基。水上速力二〇ノット、水中速力七ノット、水上航続力一六ノット三万三千浬、水中三ノットで九十時間。重油搭載量＝常備状態において八五〇トン、満載状態において一七五〇トン。

安全潜航深度一〇〇メートル、乗員一四七名、連続行動日数一二〇日。

艤装中もっとも力を入れた諸点

船体の外殻《がいこく》にMS鋼、内殻《ないこく》にDS鋼を使用した。内殻は、その横断面が中央部では横繭形《よこまゆ》、前部では竪繭形《たてまゆ》、後部では円形である。このようにすることによって、鋼板の厚さが比較的うすくてすむので、当時の大型潜水艦と同じ厚さのものが使用でき、かつ入手が容易である。つぎに中央部内殻を横繭形にしたのは、水上から水中に潜入するさい、艦が横傾斜をおこさぬためであった。前部の竪繭形は、発射管八門の装備を容易にし、かつ、魚雷の次発装塡《そうてん》をすみやかに行なうためのものであった。本艦の魚雷は自艦の防禦が主であり、八射線三回分を搭載している。別に飛行機用の魚雷が三本あり、総数二十七本である。

つぎに本艦の重油は全量一七五〇トンである。この重油搭載量は航続距離をしめすことになるので、量はとくに外部にもれぬように注意された。この量はじつに海大型潜水艦の水上状態排水量にあたり、約四分の一は内殻内に、他は内殻と外殻との間にある非耐圧タンク内に貯蔵されている。重油を満載したいわゆる満載状態では、五五二三トンという膨大《ぼうだい》なトン数となる。

本艦が潜航して潜望鏡を使用する場合には、船体主要部分をできるだけ海面から深く沈めておかないと、海上の波の影響を受けて、船体が海面に打ちあげられる心配がある。また艦の深度が定まらぬと、潜望鏡の水面にたいする位置を適当に保つことがむずかしくなる。

潜望鏡の最大の長さは十メートルであったから、この目的にそうためには、これを装備する司令塔を、図で見られるように飛行機格納筒の上面よりも、さらに突きだすように配置することが肝要になる。これはいままで例のない配置である。このようにして船体主要部は、潜望鏡を一杯に上げたときの頂上から、十二メートル以上の深さのところにあるようにした。

そこでつぎの問題は、水上状態から急速潜入をし、潜望鏡支基の上端が、水中に没するまでの所要時間を一分以内につめねばならぬことである（この時間のことを「急速潜航秒時」という）。大型潜水艦になると、予備浮量も当然大きくなる。したがってバラストタンク（沈降のため注水するタンク）の注水時間を縮めないと、これを満たしえない。本艦でいちばん懸念される点といえば、おそらくこれが指摘されると思う。

これは設計上の重要な点であるのみならず、操艦上も最も訓練を必要とする点となる。これらが実地において成功したことが、本艦が今日の大型潜水艦の参考資料となったものと信ずる。

細密な神経による大胆な設計

主機械、主電動機、蓄電池等

主機械としては当時、潜水艦用として最も信頼性があり、かつ製造が容易と考えられた艦本二二号一〇型内火機械を搭載することにしたが、馬力は常備状態四五五〇トン、速力二〇ノットにたいし七七〇〇馬力を要するので、本機を四基必要とした。

主電動機は一基一二〇〇馬力のものが、甲型潜水艦用として製造図面が完備していたので採用することを決定し、この主機械と主電動機とを連結する方法として、水力継手すなわちフルイドカップリングをもちいた。主機械二基と主電動機一基とをつなぎ、主電動機軸の先にプロペラをつけたわけである。

このほか、内火機械駆動の補助発電機二基、艦の中央部に装備してある蓄電池は大型潜水艦の一・五倍の容量のものを搭載した。水中において三昼夜航行しうる予定である。これには潜水艦自体の水中操縦性を良好にすることが、先決といわねばならぬ。完成した本型の実地試験によると、操縦は容易であるという結果をえた。

兵装関係

一四センチ二門、二五ミリ機銃七梃は、本艦の自衛の兵器であることはいうまでもない。一四センチ砲の用途は水上艦船に対するもので、有利な場合に使用する。二五ミリ機銃は対空防禦用である。いずれも潜水艦用としてつくられたもので、海水浸しであって、使用にあたっては、急速に準備し射撃することが可能のものである。

水雷関係

すでに述べたことであるが、あらためて付けくわえておきたいのは、本艦搭載の魚雷である。当時きわめて優秀な性能を誇り、圧縮酸素をもちいるいわゆる酸素魚雷であった。速力、射程、炸薬量いずれも大きく、まったく世界に誇りうるものであった。

その格納保管の安全性についても、十分な考慮がはらわれていた。本艦がとくに長途、長期間の航海の途中において遭遇する相手艦艇に対して、十分対抗しうるものであった。

航空関係

本艦の主要目的が、飛行機の搭載発進にあることは最初に述べた通りである。総重量三・五トンに及ぶ攻撃用飛行機を格納する耐圧筒は、相手飛行機の機銃弾に対して耐えうるように、材質ならびに厚さをえらんである。格納庫の直径は三・五メートルを必要とし、飛行機出入り口の扉もほぼ三・五メートルの径を有し、皿状を呈している。この開閉には機械力をもちいたが、最後のとめは人力によった。

格納庫から飛行機を取り出して射出機の上に乗せ、発進準備をするには、まず格納庫の扉をひらき、射出機レールと庫内レールとをつないで飛行機を庫外に出し、滑走台上で飛行機

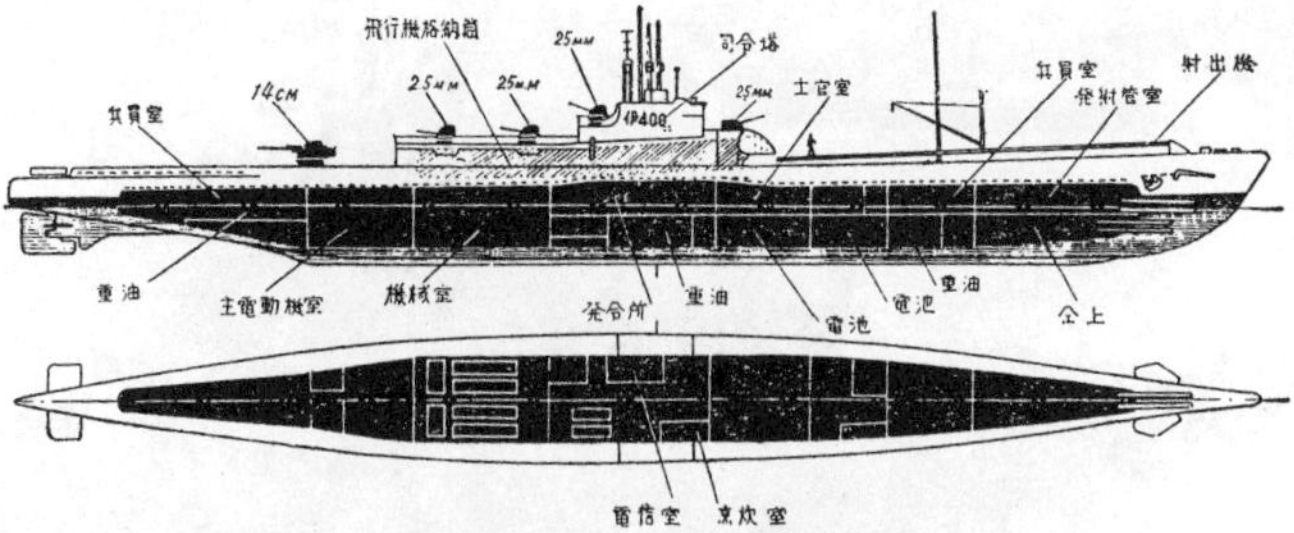

伊400号型潜水艦構造図

の翼をひろげ、爆弾または魚雷を装着すると発進できる。飛行機の発動機は、格納庫内で暖機が可能である。

潜水艦内殻と飛行機格納筒との間には、交通筒が設けてある。本艦に搭載する飛行機は奇襲用であるが、その訓練のときには浮舟を装着して、カタパルトにより飛び立ち、操縦訓練後は着水して本艦に帰還し、クレーンにより揚収する。

奇襲にもちいるときには、速力を増すため、浮舟を装着せずに飛び出し、攻撃後に帰るときは胴体着水し、潜水艦から出す短艇により、人員のみ収容するように設計された。飛行機に関しては、別にくわしく述べられると思うから、この程度にとどめる。

本艦の射出機は、潜水艦用として特に設計されたものであって、射出動力源として、圧縮空気をもちいた点に特徴がある。日本では水上艦に搭載した射出機は、射出にはもっぱら火薬をつかっていた。また、牽引鋼索と伸張器は水防筒に格納して、海水による腐蝕《ふしょく》をふせいだ。

飛行機用クレーンは三・五トンをつるすのに十分な能力のもので、起倒式である。潜水艦が潜航するさい、抵抗となら

甲型潜水艦を改造設計した伊14潜。艦橋構造物は伊400潜と同じだが搭載機は２機

ぬように上部構造物内に倒して納める。このクレーンは実によい出来であった。潜水艦用であるため、骨子となる基本設計は艦政本部で行なったが、詳細設計ならびに製造は石川島造船所があたった。

通信、航海、測的機器

無線としては長波、短波送受信装置、超長波受信機などを搭載した。この長長波受信装置は、全没の状態で非常に遠距離よりの電波を受信できるので、じつに有効なものであった。

航海用としての潜望鏡は、夜間用（あるいは遠距離用）と昼間用（あるいは襲撃用）との二種をそなえた。夜間用は少ない光線をできるだけ多く入れるため、対物鏡の直径は八センチにおよんだ。昼間用はできるだけ発見をさけるため細い頭部をもち、頭部金物の外径は三一ミリの細いものであった。

水中聴音機、水中探信儀、電波探知機なども装備した。

乗員行動日数

乗員は一四七名、このうちには飛行機搭乗員、整備員をふくんでいる。行動日数は一二〇日で、この期間に必要な糧食などの需要品を搭載しうる。

甲潜改型もともに計画

さて本艦型は、はじめ十八隻建造の予定であったから、搭載する飛行機は総数三十六機となるわけだった。昭和十八年の後期にいたり、資材逼迫《ひっぱく》などの原因で、着手していた五隻を残し、工事中止となった。

しかし、軍令部は本艦型の使用を改めて計画することになり、建造中の本艦型五隻のほかに、建造中の甲型潜水艦（潜水戦隊旗艦用）一隻を本目的のための改造の能否を検討した。これらの潜水艦をあわせても七隻にしか達しないので、伊四〇〇潜に対しては、飛行機一機増載の能否、甲型潜を改造するものに対しては飛行機二機の搭載の能否を研究した。

伊四〇〇潜型には飛行機三機を、甲型潜に対しては二機搭載のものとすることが可能である結果をえて、実行にうつされた。そのため伊四〇〇潜型は、飛行機格納筒を一機分延長した。一四センチ砲一門をへらし、二五ミリ機銃は三梃増し、重油搭載量は約一〇〇トン減とした。

したがって航続距離は最初の計画よりいくらか少なくはなったが、それでも日本からパナマ運河に二往復の航続力を有することになるので、太平洋上の戦場における行動には十分であるとされた。

この改造計画により、初期設計のものにくらべて、異なった点のみをかかげると、次の通りである。

兵装＝一四センチ砲一門、二五ミリ機銃一〇梃。魚雷五三センチ魚雷二十本、四五センチ航空魚雷四本。航空＝攻撃機三機。爆弾八〇〇キロ三個、二五〇キロ二個。

電波探信儀二（対空一、対艦一）、電波探知機一。

重油満載量一六六七トン、航続距離一六ノット三万一千浬、水中三ノット七十五時間、乗員一五七名。

この四〇〇型と甲潜改型をもって第一潜水隊を組織し、有泉龍之助大佐指揮のもとに昭和二十年八月、ウルシー環礁内にあった米国艦隊の前進基地にたいし奇襲の途についたが、八月十五日の終戦により空襲は実行されずにおわり、日本本土に向かって帰還したのであった。

伊号潜水艦〈出撃—帰投〉全行程ダイアリー

乙型潜水艦を例に一航海六十日の作戦行動の実相を全公開

元「伊二〇二潜」艦長・海軍大尉　今井賢二

潜水艦の特色は、忍者のような隠密性、長大な行動力による神出鬼没性、厚い水の隠れ蓑《みの》を利用した必殺肉薄攻撃力にある。その不気味さを活かすのが作戦の基本である。

出撃準備から帰投までの作戦行動の一般例というのがこの稿のテーマであるが、千差万別の作戦行動を一つの例としてとらえるのは、やや難しい注文ながら述べてみよう。

なお、説明の参考例として海軍の代表的な乙型潜水艦を採り上げる。ちなみに、乙型とは伊一五型ともいわれ、二十九隻が建造された。要目は常備排水量二六〇〇トン、水中排水量約三六〇〇トン、長さ一〇九メートル、幅約九メートル、内殻《ないこく》の直径五・八メートル、安全潜航深度一〇〇メートル、発射管六門、魚雷十七本、飛行機一機、一四サンチ砲一門と二五

今井賢二大尉

ミリ機銃二門。主機械は二基で一万三六〇〇馬力。水上速力二三・六ノット。航続距離一六ノットで一万四千浬《かいり》。水中三ノットで九〇浬。乗員九十五名である。

また、主な乗員は士官定員十二名、艦長の下に水雷長（先任将校）、航海長、機関長の三個分隊長。乗組士官は砲術長、掌水雷長、潜航長が兵科。機械長、電気長、分隊士が機関科。その他に軍医長と飛行長が乗る。

下士官兵は定員八十三名で、大多数が下士官である。掌水雷、内火、電気が各十数名で合計五十名、その他に操舵、応急、運用、信号、暗号、操縦、掌砲、通信、水測、電測、庶務、衣糧、看護、航空機整備等が一人または数名で合計三十三名。各パートの長が握り、各分隊に所属する。

乗員の部署訓練と隠密性の確保

造船所側が行なう水上、水中、武器、重心査定などの終末公試が終わると、艦は引き渡されて就役、軍艦旗掲揚、乗組員発令。ここからが艦長の責任となり、出撃準備に入る。乗員は術科学校と潜水学校で約一年、基礎教育を受けてきている。就役直後の訓練を慣熟訓練というが、訓練には個人の配置教育とチームワークの部署訓練の二種類がある。

艦には戦闘部署と保安部署があり、それぞれ十数種類の場面を想定、チームとして誰がどこで何を行なうかを定めている。戦闘部署には哨戒見張り、襲撃、潜航浮上、急速潜航、三直潜航、砲戦、対空戦闘、爆雷防禦、応急潜航、飛行機射出、洋上給油、臨検部署などがある。

また、保安部署には出入港、繋留作業、航海保安、舵故障、荒天準備、防火、防水、溺者救助、派遣防火隊などがある。作戦行動とは、実はこれら部署のいずれかの連続で実施される。なお、潜水艦は人が少ないのでほとんどの部署が兼務、一人十数役である。

さて、慣熟訓練だが、開戦後、瀬戸内海西部に第十一潜水戦隊が新編され、潜水艦は竣工後ここに配属され、訓練の援助を受ける。戦隊にはベテランの指導官と指導官付がいて、毎日、潜水艦に乗ってきて指導し評価・講評してくれる。

襲撃訓練の目標には旗艦が出動する。訓練の後半では指導官が乗員に知らせずに、実際に故障個所をつくるなど実戦的訓練を行なっていた。訓練期間は新造艦は約三ヵ月、大修理の場合は一ヵ月ぐらいだった。

乙型は六十日間と長期行動なので、三直哨戒で作戦する。哨戒長は艦長に代わって艦を指揮するが、兵学校出の水雷長、航海長、砲術長の三名が当たる。機関科も三直であるが、機関長は艦長と同じく当直に入らない。下士官兵もほとんど三直に区分される。参考までだが、両部署のほかに内規に役員の定めがあり、主なものは士官室係、食卓番、伝令、当番、厠番《かわやばん》、酒保係、甲板係などで、兵員が約二ヵ月交代で輪番に勤務する。

訓練でとくに重視されたのは、防火訓練と各直で行なう急速潜航訓練である。水上航海中に飛行機などを発見すると、哨戒長の「両舷停止、潜航急げ」の号令とともに、けたたましくアラームベルが鳴り、急速潜航部署が発動される。

艦橋にいる哨戒長以下約七名の見張員は、耐圧一二サンチ双眼鏡のレンズの蓋を閉め、ハッチから艦内に突入し、ある者は司令塔に、ある者は発令所にいって潜航部署につく。最後に信号長が入り、艦橋ハッチを内側から仮閉めし、「ハッチ良し」と報告する。

発令所当直員は速力通信器で電動機の両舷強速を指示し、潜舵《せんだ》を操作できる位置に出す。艦橋から降りてきた見張員と協力、ネガティブ（負浮力）タンク＝NTに注水、また第一ベントを開く（メインタンク＝MTは、あらかじめ第一と第二のベント系に区分され、急速潜航のときは第一ベントを当直員が号令なく開く）。

哨戒長は艦外に通ずる弁の閉鎖をランプで確認してから「ベント開け」で第二ベントを開いて潜航する。発令所では、潜舵、横舵《おうだ》、油圧、注排水、移水、空気などを操作し、集まってきた固有の配置員に引き継ぐ。深さ二十五で急速潜航御用済みの「NTブロー」。

機関科では主機械を停止し、排気を外に出していた第一排出弁と第二排出弁を閉鎖し、ランプを点灯。また、機械を冷却していた海水の二重弁を閉鎖する。機械・電動機間のクラッチを切り、スクリューを電動機のみで回す。

以上が急速潜航部署の概略である。

このうち、見張員らの行なう訓練を「艦内突入訓練」と称し、各直きそって繰り返し訓練する。艦橋ハッチから司令塔、発令所まで垂直梯子二本で結ばれている。消防署員が棒で滑るのと同じだが、二倍だ。手摺りが左右なのと、途中切れているのでなかなか難しい。

訓練初期には「ハッチ良し」まで三十秒近くかかるが、一ヵ月、数百回も訓練すると、十

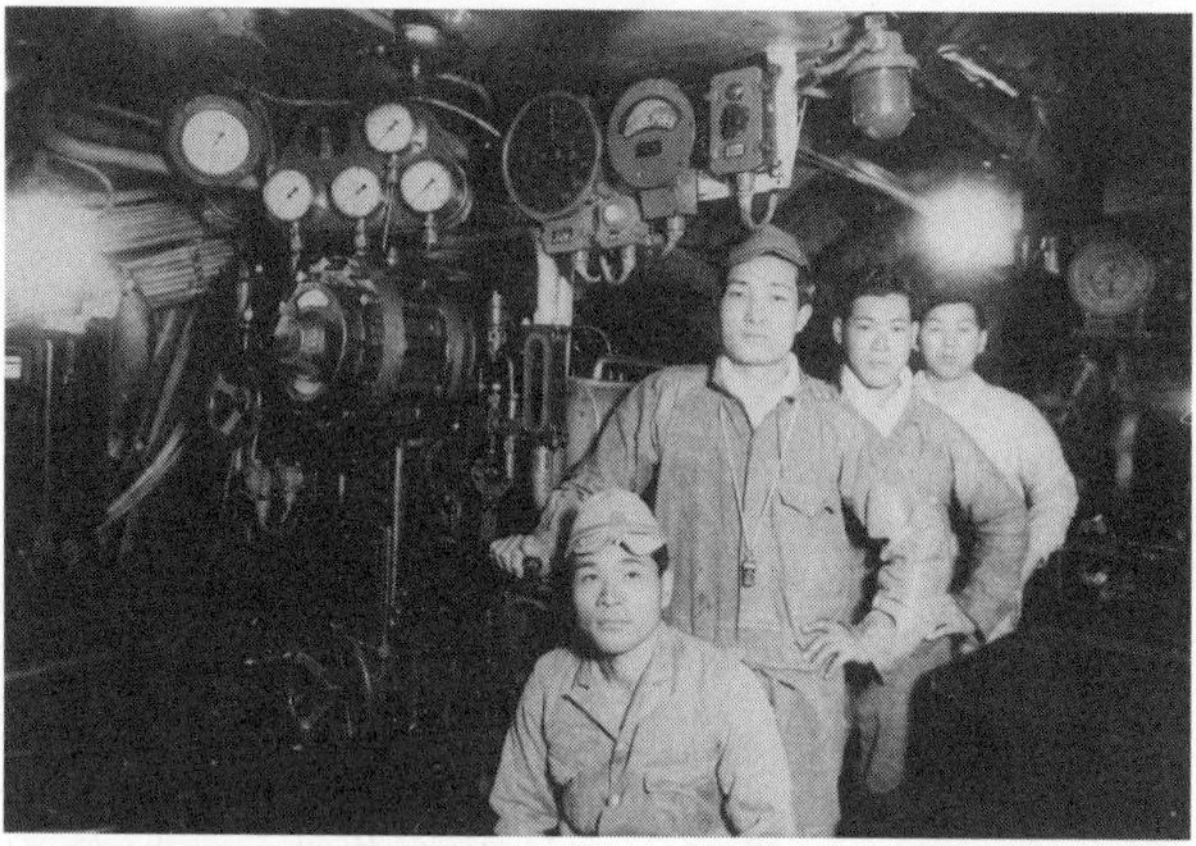

筆者の今井賢二大尉が艦長を務めた大型水中高速潜水艦(潜高大)伊202潜の機械室

秒を切る。下の人の頭を踏んだり、司令塔ハッチで腰を打ったり、発令所に墜落したりの連続だが、各直の成績が毎日グラフで張り出されるので、真剣そのものであった。

つぎは艦を忍者らしくすること。すなわち音を立てないこと、相手が捜索電波や音波を発射しても跳ね返さないこと、艦体自身が磁力線等を外に出さないことの三点である。

まず発生音だが、スクリュー航走音、キャビデーション（鳴音）のほか、百を越す機械やポンプの回転音、艦に当たる水流の音、舵や発射管の操作音、扉の開閉や人の足音等々、これが聴き耳を立てている敵の聴音機につかまるのだ。

このため重要な機械などには、建造後、ゴムやシュウイングメタルを敷く、ピストンポンプを旋転式に換装する等が行なわれた。小舟にハイドロホーンを積み、水中電話で連絡、一つ一つの発生音源を聴き、音圧をはかって作戦行動中の参考資料とする。これらを騒音測定試験、航走雑音測定試験といっていたが、昭和十九年暮れごろから公試として実施されるようになった。なお、乗員の皮底靴は禁止された。

つぎの電波（レーダー波）に対しては、ドイツからの情報によって、艦橋を垂直型から空に向かって朝顔が開いたような形に改造した。半数ぐらいの艦だったか。この斜めに角度を持たせる形が、新素材の開発とともに、現代のステルス飛行機の技術となったのであろう。

水中音波（アクティブソナー波）に対しては、昭和十九年ごろにゴムとセメントを混入した防探塗料が開発され、外側全部に塗られた艦があった。帰投した潜水艦で、厚さ数ミリに塗った塗料がほとんど剝がれてボロボロになったのを見たが、効果のほどはわからない。

最後は艦体から出る磁力線の問題である。磁力線は敵の対潜航空機がトンボの尻っ尾のような磁気探知器＝ＭＡＤを持っていることがわかったので、深刻な問題となった。申すまでもなく、鉄の潜水艦は造船台の上で長期間トンカチと造られるので、いわば巨大な永久磁石を造っているようなものだ。磁力線は水も空気も関係なく通るので、水中の隠れ蓑もＭＡＤの前では裸同然である。

磁力線の強さは距離の二乗に反比例するので、深く潜るしか対策がなかった。昭和十八年ころ、作戦全潜水艦の水面上二メートルくらいのところに、全周にわたって太いキャプタイヤの電線八本を束ねた舷外電路が巻かれ、通電配電盤につながれた。

詳細は忘れたが、いまの潜水艦は建造後、消磁所にいって永久磁力をはかり、電線を縦・

横十文字に巻いて強力な電流を流して反対磁力をつくって打ち消す。つぎに一時的磁化にたいしては潜水艦の針路によって異なるので、作戦中、表に示された針路に応ずる反対電流を通電して打ち消す。

昭和二十年春、関門海峡が磁気機雷で封鎖されたとき、同行の商船など四十隻の船団の二十数隻が沈み、潜水艦は五隻とも通電して無事だったが、機雷にも効果があったようだ。

熱線《ねっせん》についてはあまり関心がなかったが、昭和二十年に積んだ水中充電装置＝シュノーケルの排気管が水面下にブクブク泡を出しながら走るので、熱線を意識したのかも知れない。忍者となる技術は、太平洋戦争の二年前にはじまったヨーロッパ大戦で、連合軍の対潜技術が発達し、対抗したドイツ海軍が苦心して開発したものが多かった。

臨戦準備／燃料・糧食・魚雷などの搭載

人も忍者も準備ＯＫ。しかし、ジャスト・ア・モーメント（ちょっと待ち）。腹が減っては戦《いくさ》はできぬ。燃料、食料、魚雷、真水、予備品などを搭載しなければ動けない。

主機械の燃料は八二〇トン（筆者メモ・単位不明、キロリットルかも知れぬ）だが、比重〇・八四程度の比較的良質の油だ。これを艦外のＭＴ（メインタンク）の一部を改造した満載重油タンクに七五〇トン、艦内燃料タンクに七〇トンと分けて積む。

満載重油タンクは非耐圧、油水置換方式、均圧管で外圧と釣り合っているので、深く潜航できる。水上艦だと艦内の七〇トンだけだが、潜水艦は両方使えるので、途中、燃料を補給することなく、長大な航続距離を発揮できるのである。

油と海水は一つのタンク内にあり、境界はエマルジョン（乳化）状態で、使用するときは下から海水で燃料を押し出し、いったん艦内の小出しタンクに移し、少し落ち着けてから使う。

使用した場合、満載重油タンクの燃料は比重一・〇二五程度の海水と置き代わるので、燃料を使えば使うほど艦が重くなる。一トン当たり一・〇二五マイナス〇・八四＝〇・一八五トン、七五〇トンでは艦が約一三三トン重くなる。このことが、七〇トンの艦内燃料や後述の食料、真水、潤滑油などを消費した場合に艦が軽くなるのと釣り合って、重量調整用タンク（補助タンクと前後の釣合タンク）の容量が小さくてすむ。

艦は重からず軽からず、行動中いつでも潜航できる理屈である。他に機関科では、潤滑油が外部油・軸承油タンクに、電池液の水分蒸発を補う蒸留水が蒸留水タンクに積まれる。真水は真水タンクに二四トン。以上合計三八トン。外部油は清浄して再利用したり水は造水したりするが、これは使えば艦は軽くなる。

つぎに糧食だが、人間様とはよく食う動物で、九十五名の六十日分の食料、トラック十数台は壮観だ。状況によって異なるので総重量はわからないが、酒保や余裕をふくめ、三五～三〇トンくらいだろう。糧食には貯糧品と生糧品があり、平素は前者の米・麦、醬油等はまとめて、後者の肉・魚・野菜などはほとんど毎日積むのが通例であるが、今回は両方満載である。

冷凍技術は普及しておらず、一般社会では氷の冷蔵庫の時代だった。潜水艦の冷蔵庫はフレオン冷却機の開発によって、あることはあったが貧弱なものだった。冷たいところが好きな電子機器もあまり積んでいない。しかも冷却媒体の海水温度が高いと、あまり冷えない代物だ。加えて締めきった艦内では、かえって庫外の室温が上がる欠点があった。庫内の肉は腐らないが、人間様がゆだるのでは大きな冷蔵庫は積めない。

昭和九年、南洋演習以降の教訓により、海軍衣糧廠や軍需部、軍医、経理、潜水学校などが合同で粉末鶏卵、乾燥野菜、インスタント食品などの研究を行なっていたが、開戦時には成果不十分だった。ペナンで見たドイツ潜水艦はベーコン、チーズ、塩蔵肉、黒パン等が発達し、レモンを多く積んでいた。

さて、艦内には米麦庫、味噌醤油庫、野菜

伊202潜、発射管室隣の食堂兼兵員居住区。太い管は給気管と排気管。左に艦長室

庫、冷蔵庫、漬物庫などがあったが、容量は十分でなく、設計段階から通路や各室に積む計画だ。肉や魚や卵などは冷蔵庫、葉物は野菜庫だが、せいぜい十日間でなくなる。ジャガ芋、玉葱《たまねぎ》などの根菜類は、比較的涼しい発射管室で一ヵ月ぐらい。その他の副食は乾燥野菜や水煮をふくむ缶詰と漬物であった。これが三〇キロの米袋（移動用バラストと兼用）とともに、狭い通路に七〇センチくらいの高さに敷きつめられ、上に道板を置き通路となる。士官室のテーブルの高さとすれすれだ。テーブルの下にはいかの塩辛、ガン漬け、カルピス、ビール、酒などの嗜好品が積まれ、南洋ではときどき発酵、瓶が破裂する。楽しみであるはずの食料搭載は、出撃時にはこんな光景だった。

実装魚雷十七本は、訓練魚雷を陸揚げし、発射管に六本装塡、発射管室に十一本を積む。ここは掌水雷兵十八名の居住区なので、歌の文句のとおり可愛い魚雷を抱いて寝る。玉葱、ジャガ芋など二十数箱、前部厠《かわや》も同居だ。

余談だが、発射管室の後ろの区画が板敷きで二十畳敷きぐらいの六十数名の兵員居住区。食堂も兼ね、左右に十数名の三段ベッドがあるが、残りはここで雑魚寝《ざこね》。三分の一は当直なのでいくらか良い。その後ろが二段ベッドの士官室。食卓、事務机兼用だ。艦長室と司令室には海図・秘密図書・基準時計机などが同居する。

魚雷は陸の水雷調整所で調整されるが、縦舵機（針路を維持するジャイロ）は艦で調整する。一本の重量は一・八トンなので、全部で約三〇トン。艦の前部に積むので、何もせず潜航すれば、艦は頭を下に逆立ち沈没してしまう。そのため室内に約三〇トンの補重タンクを設け、これを空にして魚雷を満載すればよい設計だ。魚雷を打ちつくせば補重タンクは満タンとなる。

　また、七トンほどの補水タンクがあり、作戦行動中、「戦闘、魚雷戦」と「発射始め」の間に「発射管注水」という号令で、発射管と魚雷の隙間部分にこのタンクから注水する。発射の直前まで魚雷を水漬けしない配慮と、発射管の前扉を開いたとき空気が海面に飛び出し、発見されるのを防ぐタンクである。

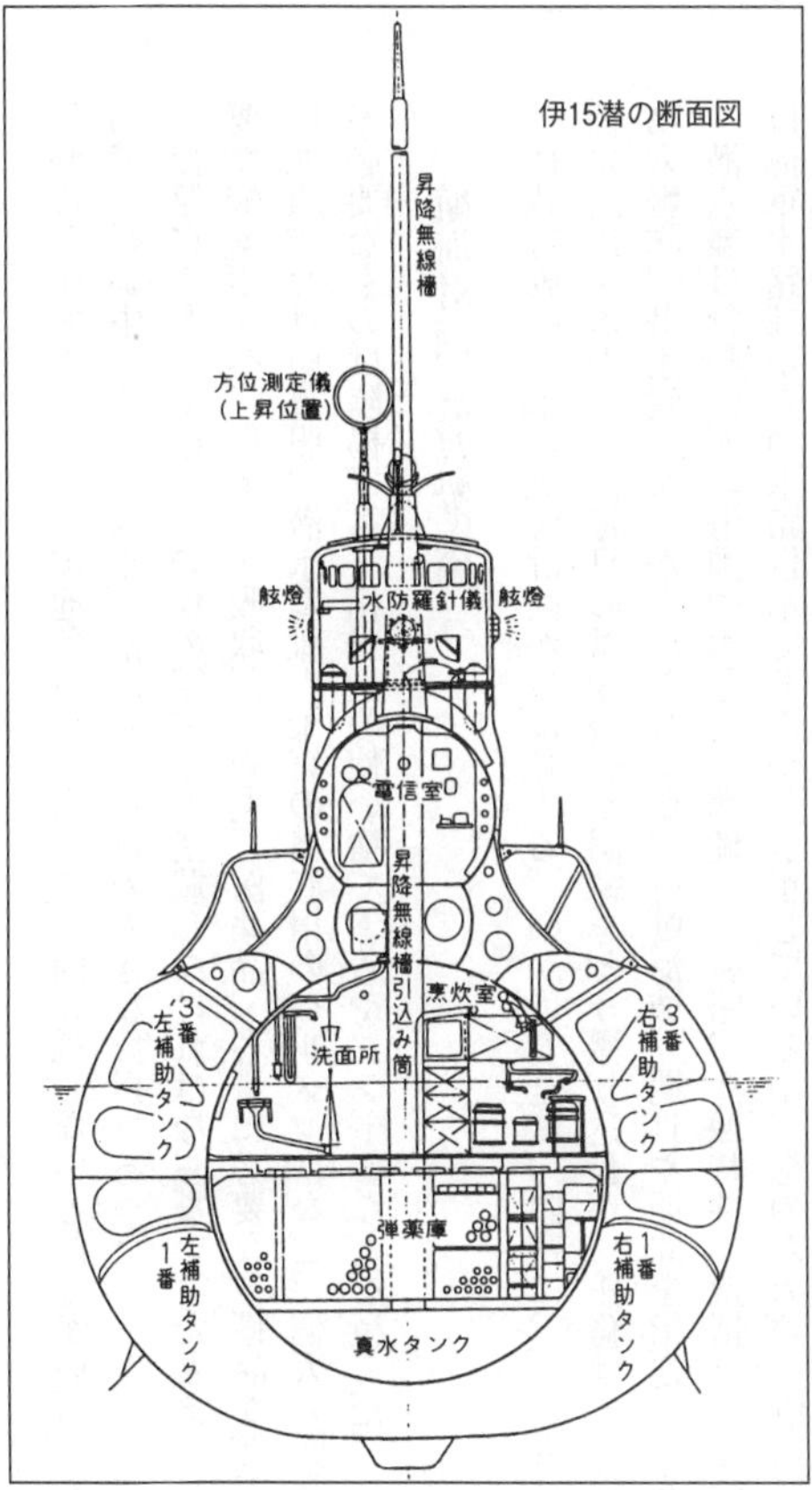

伊15潜の断面図

　戦争末期にはニッケル不足で九五式酸素魚雷の気室の生産が追いつかず、酸素が三八パーセントの九六式や電池で走る九二式魚雷を積むことが多くなった。電池魚雷は一週間に一回充電しないと能力がいちじるしく低下するので、行動中、その移動や整備は発射管員の大きな負担であった。

出撃に当たっては、その他の軍需品も搭載しなければならない。たとえば長時間潜航に必要な酸素ボンベ、炭酸ガス吸収剤、弾丸、医薬品、各科に必要な予備品などである。乗員の防寒服または防暑服、潜水艦靴、士官の当直用のヘルメットなど。個人の臨戦準備も、当面不必要なものは陸揚げし、相当量の使い捨て下着やフンドシなどを積んだ。

航海計画と潜航準備

作戦行動の基本は航海計画からはじまる。いかに安全に、隠密に、しかも経済的に作戦海面に進出するか。また毎日の試験潜航や訓練をどう織り込むか。任務は大本営、連合艦隊、第六艦隊、潜水戦隊などから出されるが、行動海域、期日や期間を指定されることが多い。潜水艦は行動海面の海図や水路誌を準備し、航路、海域特性、敵情などを研究する。海図は海軍水路部からの水路告示でそのつど訂正しているが、念のため鎮守府水路部へ照合にいく。南方の海図は外国領だったため、ずいぶん不備なものが多かった。

一般に作戦行動期間は往路、作戦地、復路の日数がそれぞれ三分の一といわれていた。内地での修理や訓練中の艦などを考慮すると、保有全潜水艦の二割程度しか実際の作戦に参加していないこととなり、効率が悪い。したがって、各地に潜水艦基地隊が設置された。開戦前に横須賀、呉、佐世保基地隊、昭和十七年に第六（クェゼリン）、第八（ラバウル）、第十一（ペナン）、第二十一（スラバヤ）、第八十五（トラック）、昭和十八年に大湊、舞鶴。昭和十九年に第三十（パラオ）、第三十一（セブ島）潜水艦基地隊がつくられた。基地隊の不足不備は潜水母艦が代行する。

基地隊では前記の諸搭載のほか、簡単な修理、整備作業の支援、宿泊や入浴などを行なう。潜水艦は前線の基地隊を足場として数回行動してから内地に帰り、年次修理や休養を取るサイクルとなっていた。

ご承知のとおり、大艦巨砲主義の日本海軍は、属領フィリピンに向かう米艦隊と内南洋で艦隊決戦を行なうと想定、潜水艦は米艦隊がハワイから来る間に食い下がり、五から三へと対等まで戦艦の数を減少させる戦法を考えていた。

そのため米艦隊速力より少なくとも三ノット速いことが要求され、乙型潜水艦の主機械二基一万四千馬力は非常に重くなり、艦は大型化した。米潜の艦隊型は千六百トン、主機械四基七千馬力、速力こそ二〇ノットだが行動日数、航続距離、魚雷数は我に勝っていた。ドイツの七型はわずかに七五〇トン、行動日数は七十日、魚雷搭載量は上構内をふくめ実に二十八本である。このことは日本の潜水艦が艦隊の補助兵力として、諸性能を犠牲に、いかに巨大なエンジンを搭載していたかがわかる。

これは敵潜の伏在海面を水上強行突破するには有利であったが、水中運動は鈍重となり、経済速力の燃料消費量を増加させ、航続距離を減少させた。米・独潜水艦はすでに第一次大戦の経験者、日本潜水艦は初陣だった。

さて、潜水艦が内地から直接または基地隊経由で作戦海面に向かう場合の航海計画で、もっとも問題になるのが一日の進出距離の算定であった。敵が潜水艦のみのときはジグザグを入れた水上強行突破、航空機哨戒海面に入ったら、適宜、潜航時間を増やすのが一般的な常識である。一日の進出距離は五〇〇浬から一二〇浬と幅広いものとなる。

高速進出の燃料消費は、対爆雷配慮で艦外の満載タンクから使いたいのが人情というもの。船が重くなる速度が、糧食や真水の消費のスピードを上まわって、次項関連、ツリム調整がやや困難となる欠点があった。乙型は建造時から艦が重めで、先任はつねに苦労していた。

つぎは潜航準備である。各艦の舷門には大きな秤《はかり》が置いてあり、番兵が重量と搭載場所を記入させている。人間の出入りはもちろん、陸揚げ物件も同じである。

潜水艦は水上状態では、多少の重量や釣合い変化は問題ないが、潜航する場合はアルキメデスの公理どおり、内殻《ないこく》の排除する海水の量(浮力)と、艦の全重量が等しくならなければ潜航できない。しかも前後、左右が釣り合っている必要がある。潜航できる最適の状態を「ゼロ・ゼロのツリム」という。潜舵《せんだ》と横舵《おうだ》で支え得る重量変化はプラマイ数トン、前後は二〇〇メートルトン(艦の中央から二〇メートルのところに六トンの物を置けば、一八〇メートルトン)程度である。

飛行機と同様、艦に五度程度のアップをかけ、七ノットで走ると一〇トン程度の重さでも操縦できたが、これはあくまで応用動作だ。また、安定は水上状態では一般船舶と同様だが、水中状態では振り子のように、浮心より重心が下にあれば安定する。

重心を下げるため、乙型ではいちばん下のバラストキールに鉛を約一三〇トン積んでいた。この特性を理解し、重量物をどう搭載・配置するかが潜航準備のポイントである。

作戦行動中の潜航指揮官は、総員配置のときは先任将校、哨戒直のときは哨戒長が行なう。潜航中、頻繁に微妙に動く潜舵と横舵の動きを見て、重いか軽いか、釣合いはどうかが十秒でわかれば一人前だ。実際の艦の重量や釣合いの状態の把握は潜航長が行なっていて、ときに当直にも入らず、船体や潜航装置に目を光らせている。

彼の下にはツリム手（補佐が移水手や潜・横舵手）がいて、舷門の記録をもとに、燃料や糧食消費報告も入れ、毎日つねにツリム計算を行なっていた。ツリム計算簿は一日一ページを使用し、変化の可能性のある重量と中央からの距離がビッシリと印刷され、その空欄記入値を計算し、ツリムを作る。

参考のため潜航装置について説明する。艦にはツリム調整用として三種のタンクがある。中央外側に一〇〇トンの耐圧補助タンク、艦内の前後にそれぞれ約一一トンの前・後部釣合タンクを持っている。この合計一二二トンの海水の量は変化に即応できるよう、おおむね半分くらいが適量だ。敵に長時間押さえられたときの排水余力から少し多くてもよい。

前後タンクは移水管でつながれ、釣合ポンプにより一〇〇キロ単位で移水する。補助タンクは左右に分かれ、うち二個は自動懸吊《けんちょう》装置（空気を張った排水用と自然注水用）に使用する。補助タンクの排水には、大型の主排水ポンプを使用する。深度三十以上の排水には、能力は十分の一と低いが、圧力の強いピストン形式の補助排水ポンプを使用した。

さて、戦局が苛烈になると、神頼みするのは人情というもの。私は横須賀からの出撃では鎌倉の鶴岡八幡宮、呉は亀山八幡、舞鶴は神戸の湊川神社にお参りしてお札をいただき、艦内神社におさめていた。ときには「必勝」と書いた白鉢巻の総員分に、御朱印を押してもらったこともあった。

以上、竣工百日にして用意万端ととのった。備えあれば憂いなし。

いざ、出撃！

今日はいよいよ出撃の日、主要幹部は前夜から泊まり込みである。出港四時間前、縦舵手《じゅうだ》のジャイロ起動からはじまる。機械部員は二時間前から主機の試運転・暖気をはじめた。一時間半前に「出港準備」が下令された。水兵部員はワイヤをバイトロープに替え、移動物を固縛したり音の出そうなものを括《くく》ったり、味方識別の日の丸、艦名などを取りつけたりの準備に余念がない。潜航長は艦内をまわり、異常のないことを先任将校に届ける。

十五分前、「航海当番配置につけ」。艦長、航海長などが艦橋に上がり、舵取りや伝令など航海関係員が配置につく。手空きは整列、機関科は総員配置。定刻、待ちに待った「出港用意」だ。勇ましい出港用意のラッパが鳴ると、見送りの人々が一斉に帽を振る。なかには登舷礼式で見送ってくれる艦もある。

「もやい離せ」

艦は静かに岸壁を離れる。突如、信号長が短波マストに真っ白な垂れ幕をひるがえした。

そこには「南無八幡大菩薩」の文字が大書してある。これは伊三六潜の稲葉通宗艦長がはじめられたもので、乗員の士気を鼓舞するためのものだ。昔のもののふの旗指し物にも似ていよう。司令部に止められたこともあったそうだが、戦局が苛烈になると、ほとんどの艦がこれに倣《なら》った。なかには艦橋に大楠公ゆかりの菊水の印を書いたり、「七生報国」「非理法権天」、鯉幟《こいのぼ》りを掲げた艦もあった。

港を出ると、いったん錨を入れる艦が多い。忙しかった十日間の臨戦準備の一息、最愛の者へのしばしの別れ、未練を断ち切り気を引き締める意味もあったろう。何よりも気密試験による開孔部閉鎖の確認、一〇〇トン以上の重量変化にたいする試験潜航などである。

味方の機雷堰を航海保安部署で乗りきり、いよいよ太平洋に船出する。敵の潜水艦の待ち伏せに対し二三ノットに増速、左右に変針の「之字運動」を行なう。

運動は二十種ほどで、敵潜の襲撃を困難にするためのもの、なかには四五度も基準針路を変えるものもある。敵の潜望鏡は二分間に五秒上げる程度なので、全没の間にまったく違った態勢にしてしまう意味である。敵潜水艦長との一騎打ちがはじまった。読みと勘と技術の勝負だ。行程の損失は一割から三割程度である。

敵潜の危機を乗り切ると二〇ノット程度に落とし、波をかぶる前に前甲板上の味方識別の白い布を撤去する。味方の飛行機から攻撃される危険もあるが、止むを得ない。

「艦内哨戒第三配備、第一直哨戒員残れ」で見張り警戒部署が発動される。

一日二十四時間を七つに分け、各直が輪番当直にあたる。すなわち〇四〇〇〜〇八〇〇を

艦橋で見張りに専念する乗員。右手斜めに連装機銃、中央の無線檣前方に潜望鏡

明け直、以下〇八〇〇～N、N～一六〇〇、一六〇〇～二〇〇〇、二〇〇〇～M、M～〇二〇〇、〇二〇〇～〇四〇〇（Nはヌーン、Mはミッド）の七直で、毎日一直ずつ繰り上がるので公平となる。

食事は朝八時、正午、午後四時、夜食が八時で交替の前後に行なう。夜間は立直の三十分前くらいから発令所の暗闇で目を慣らす。

一般に朝と夕方に、「昼戦に備え」「夜戦に備え」が下令される。総員配置がたてまえで、引きつづき毎日一回は潜航し、ツリムをチェックするが、これを日施《につし》潜航という。一時間ほどの部署訓練を加えるのが普通だが、これから起こりうる無動力、無気、無油圧潜航など応急訓練が多い。ツリムで、燃料、消耗品などの使用や整理について関係者に要望や指示を出す。

艦がガブりはじめた。一日約八時間の立直

だが、訓練や食事、たまった実務で自分の時間があまり取れず、ものすごく眠い。反面、時差ぼけや緊張などであまり眠れない。ほとんどの者がこんな状態で、睡眠不足がつづき、身体がきつい。

しかし、つぎの一週間は時化《しけ》にも慣れ、死んだようになって眠ることができる。ガブらないと飯《めし》がまずいくらいだ。三週間目になるとようやく平常に戻り、非番のときは読書やカードを楽しむ者もいる。乗員のほとんどがこんな同一の肉体的ペースを辿る。

四週目くらいになると、敵前緊張がたかまり、南洋の高温多湿の環境や、何でも缶詰の食事となるので、個人差はあるが食欲が落ち、体重が減りはじめる。立派な無精髭をのばす者も増える。

作戦地要務／哨戒、通信、充電など

作戦海域についた。行動を秘匿しながら任務を遂行しなければならない。神出鬼没性を発揮させるためには、潜水艦に大幅な行動の自由を与えることである。この点、上級司令部は必ずしも十分とはいえなかった。たとえば敵を阻止するバリヤー線だが、参謀が机の上で作図、突破されないようにと個艦の位置を点や線で指示することが多い。

某海域で一隻が敵の駆逐艦のヘッジホッグで攻撃され、芋づる式に手《た》ぐられ、数隻の潜水艦が全滅したこともあった。潜水艦は面の兵器で、意表をつくよう使用すべきである。

さて、戦争の後半、レーダーが搭載されたが、能力も低く積極的に使用する艦は少なかったと思う。アクティブ兵器は「闇夜に提灯」で、瞬間一発使用をのぞき、一般に潜水艦には向かない。哨戒は、水上では逆探、水中では聴音のパッシブ兵器を主流にすべきであろう。

聴音哨戒深度について、深度の範囲は一〇〇メートルまで任意だが、考慮すべき要件は、飛行機からの透視可能深度（南洋とインド洋四十メートル、日本太平洋側三十五、日本海側二十五。キールまでの深さ）、他船と衝突の危険（三十五）、環境（深い所は冷たい、昔の厠の排水、ポンプの力量等）、安心感（荒天時の揺れの安定と安全深度までの余裕）などで、四十メートル程度だった。

敵機のＭＡＤ（磁気探知器）が現われ、聴音も深い方が遠くまで聞こえそうなどというので、深さ七〇メートルの艦が多くなったようだ。潜望鏡や推進軸・舵軸などからの漏水量が増え、補助排水ポンプの効きが悪くなるが、涼しくなるのが何よりであった。伊二六潜では、ＭＡＤで奇襲攻撃を受けた後は、深さ九〇と深くひそむことが指示された。荒天の影響深度は普通は六〇、大時化では九〇メートル潜るとほとんど動揺は感じない。

なお、安全潜航深度について付記する。鋼材は当然安全率があり、計算上、永久歪みの発生深度から安全率を引き、性能として安全潜航深度が指示されていた。さらに規定によって、艦齢に応じ八年以上は一割減、十一年以上は二割減と制限率が定められていた。

戦況が苛酷になり、爆雷攻撃を受け否応なく安全深度を越えて潜航をつづけ、生還した艦が続出した。なかにはすべての深度計が破壊されて、何メートル潜ったか自分でもわからない艦さえあった。

昭和十八年には安全率を無視して行動する風潮が蔓延することを恐れ、中央では技術的に指示すべしとの論が起こり、許容深度が、気休めだが安全率を食って一割増しとなった。潜高大（大型水中高速潜水艦）伊二〇一型の許容深度は一二一メートルと、もっとも深かった。

補助タンクの海水保有量について前にも少し触れたが、補助タンク容量一〇〇トンの半分を持ち、中正の構えに置くべきであろう。経験からその必要性を述べたい。

乙型潜水艦は艦が建造時から重めなのはすでに述べた（燃料が替わったか満載が増えたか）が、昭和十八年八月、私は伊二六潜の水雷長を拝命した。ラバウルからの便乗者や托送品も多かったが、入港時の申し継ぎの補助タンク残量は一〇トン足らずで、艦内燃料もほとんど使い、まさに潜航不如意の状態だった。

今回の改造修理でレーダーを積み、司令室をレーダー室に改装した。飛行機も降ろして飛行艇用航空燃料一万八千リットル（重量一一トン）を積む。国内の鉛不足からバラストキールの鉛一三〇トンを比重四・五（？）の鉄セメントバラストに替えるなど、まことに厳しいものであった。

造船設計の主導だが、キールを延長、片舷の錨全部と反対舷の錨鎖の一部を降ろし、不明重量をさがし、カタパルトの一部や予備品の相当量を陸揚げし、ようやく補助タンクに二〇トンほどの排水余裕を確保できた。しかし復原性や安定性は悪化し、自動懸吊装置は空気を張るタンクがとれず、排水できないので使えない。悲しく辛い思いで出撃した。

同年暮れ、インパール作戦に呼応し、インド西岸カラチに後方撹乱要員として、元インド文部大臣、師団長以下十八名を揚陸する任務があたえられた。それまでもツリム作成に苦労していたが、マルジブで燃料補給後、離水に失敗した飛行艇員十二名も乗ってきた。

インダス河口に近づくにつれ、排水で補助タンクの海水がしだいに減りはじめた。海水比重は何と一・〇一七。夜が明けて潜望鏡で見ると、茶褐色の濁水のド真ん中である。沈坐し、艦内燃料をふたたび満載タンクに移すなどして、ツリムを再構築、ようやく揚陸に成功した。インド人は身体が大きく、舟艇二隻のほか一人当たり電信機、武器、スコップなど八〇キロの携行物件だったので、それだけ軽くなり助かった。後日談だが、バラストキールの鉄セメントは、昭南ドックで修理のさい、錫塊約一三〇トンと積み替えられ内地に運搬した。

潜水艦にたいする通信は、超長波ＶＬＦによる放送形式が主流である。一日十二回、定時に東京（のちに呉で送信所は依佐美）から放送される。新聞電報もこの波である。潜水艦は自分の都合のよいときに受信深度まで浮き上がり、受信した。

受信アンテナは艦橋トップに取りつけられ、南洋では水面下四メートルくらいまで聞こえるとされていたが、実際は水面すれすれなので、浮上充電中に行なうのを例とした。その他の受信では、命令などは指示により短波を待ち受けていた。

発信について、当時、敵側は潜水艦電波の方位測定技術が発達していて、電波を出せば内容はともかく、ほとんど潜水艦の所在をつかめたらしい。したがって厳重な注意が払われ、緊急電を除いて、場所を変え時間を遅らせて発信していた。

つぎは航走充電についてだが、乙型は水上最大速力を重視、必ずしも節燃料、節電ではなかった。

日本の潜水艦は主機械、Aクラッチ、モーター、Bクラッチ、スクリューの順に一本の軸に直結されている。モーターは発電機と電動機の兼用であり、漂泊充電ではBを、潜航中はAを切る。作戦中はA・Bをつないで航走充電を行ない、主機械の一部のエネルギーを充電に、残りを推進用につかう。充電にははじめ四時間率、つぎは八時間率などだんだん少なくして、できるだけ多く充電する。

さて、燃料の搭載量が一定なので、いかに効率的に、経済的に現場で航走充電するかが重要な課題となる。往路と復路は水上が中心だが、作戦地では昼間潜航、夜間浮上充電が一般的行動だった。作戦地の水上と水中の比率をどの程度にするか？　敵情にもよるが、水上を多くすれば所在を暴露する危険はあるが、機動性が増すのは自明の理である。

敵の対潜哨戒機の数がいちじるしく増加し、サンチ波レーダーが猛威をふるいはじめた昭和十九年以降は、昼間に浮上して充電、夜間に潜航して進出するという異常状態となった。なお、漂泊充電は経済的にはもっとも有利だが、艦の行き脚がないと急速潜航秒時が延びるので嫌われた。

つぎに水中持続力の問題がある。よく一般の人から「潜水艦が敵に押さえられた場合、何時間くらい潜航できるのですか」という質問を受ける。「電池と空気の問題です」と答えていたが、電池の持続力について簡単に説明したい。

要目表によれば、水中航続力は三ノット九〇浬とある。電池が満から空まで三ノットで三十時間走れるということだが、実際はこんな状況にはならない。襲撃などすでに相当の電力を使用しているし、爆雷の回避にも高速を使うことがある。

逆に電力節約のため、停止や自動懸吊装置を使う場合もある。しかしこの場合でも、推進器以外に操縦や生活上の電力が必要なので、消費量は複雑だ。作戦行動中の艦長の最大関心事の一つが、電池の保有量である。忍者の生命は電池なのだ。

私が昭和十九年暮れから艦長を務めた伊二〇二潜は、水中速力が従来の三倍に近い一九ノットの画期的高速潜水艦であったが、モーターが乙型の四倍で消費電力も大きく、しかも電池が特殊潜航艇用の二千余基をそのまま積んだので、充電に長時間を要し、水素ガスが爆発する不安があった。現に電池室の大火災が起こり、五百余基の電池を焼損した。

ついでに艦内の空気について述べておくと、十時間目ころから眠くなり、炭酸ガスが二パーセント増えると頭が痛くなり、五パーセントになると人は死亡する。酸素量にはほとんど関係ない。反面、人は酸素が少ないと生きられない。よって出撃時には、酸素ボンベと炭酸ガス吸収剤を搭載することはすでに述べた。潜航が長くなると、軍医長は手空きを寝かせ、炭酸ガス検知器を持って調べはじめる。ちなみに、乙型は一人当たり十七立方メートルの空気保有量である。

作戦海域での一コマ

潜水艦に与えられる任務は、時期や戦況によってまことに多岐であった。開戦当時は、

「敵基地の動静を航空偵察・報告、機を見て出港艦を攻撃せよ」「特殊潜航艇を運搬、湾内攻撃後収容せよ」「○本土を砲撃せよ」「○○海域において敵の交通路を破壊せよ」などと勇ましい。

中頃になると、「ドイツに往き技術交換せよ」「○海域の敵の動静を監視し、機を見て攻撃せよ」「某方面に作戦輸送を行なえ」「○○の孤立した友軍を収容せよ」「○方面で不時着の味方搭乗員を救出せよ」「○○で二式大艇に航空燃料を補給せよ」等々、忍者ならではだが、戦略上は些細な任務が多くなる。

末期になると、「○○島の南東に監視線を構成、敵の進攻を全力阻止せよ」「○泊地の敵を回天攻撃せよ」「回天の洋上攻撃を実施せよ」「本土決戦配備につけ」など悲壮なものとなる。

このころになると、わが水上艦や航空機はほとんど壊滅し、あっても燃料なく、潜水艦は燃料に食用油を混入、細々ながら連合艦隊の主力となり、本土決戦に備えていた。

さて、これら任務の具体的行動は、手に汗握る戦記物に譲るとして、これら任務を因数分解すると、襲撃とか応急潜航といった戦闘部署そのものとなる。冒頭に作戦行動は戦闘部署の連続と申した所以《ゆえん》である。ただ、ここで戦闘部署個々の細部について触れる紙数が残念ながらない。よってここでは作戦中の一般的な乗員の行動・生活の一コマを中心に述べたい。

某島への輸送任務も完了し、現在は指定海域で敵を求めてパトロール中と想定する。

まず現地では、日本時間の採用と一日の潜航時間が十数時間、外界遮断なので昼夜の感覚が麻痺する。「三直哨戒」部署の一コマとして、聴音哨戒中だが、水測員が二名なので、電測員四名が部署所定で応援する。発令所では縦舵、潜・横舵の操縦員、油圧、空気、ツリム（注水手と移水手）の潜航関係員、伝令などが配置につき操縦する。

発射管室では魚雷の点検整備。機械室では独立補機の運転や、時に主機械のシリンダーの開放検査、各部の油差しなど。モーター室では電気員が主管制盤、舵機室をまもるほか通風やスクリューを回している。時に電池液の比重を測定する。ほかに食卓番などの役員が芋の皮むき、缶開けなどを手伝っている。

司令塔では哨戒長が各部の状況をにぎり、庶務や信号の記録やログを整理、艦位を推定したりしている。また二時間に一回の潜望鏡観測のほか、海水温度や比重の測定からツリムを修正する。海水比重が〇・〇二減ると、艦は七トン重くなるので排水する。非番直は適宜休養。太陽灯で紫外線を浴びる者もいる。

暗闇が広がり、空気は濁り、気圧が五〇ミリ上がり、電池や気蓄器空気の残量も少なくなってきた。サニタリー便溜も満に近い。今日も敵に会えなかったが、艦長から浮上充電する、と指示された。作戦中、最もありふれた「浮上部署」の一コマがはじまる。

哨戒長は「深さ三十五、精密聴音」「ゴミ捨て用意」「ビルジ引け」など矢継ぎ早の号令をかける。発令所にゴミが集められ、沈むように前処理される。ツリム手はゴミの重さ、ビルジの量を調査して次のツリムを計算している。

艦長が「もらうぞ（哨戒長より指揮権をもらう）、夜戦に備え」で蛍光灯が赤灯に変わる。

「深さ十九、アップ三度」「二番（夜間潜望鏡）上げ」航海長も一番で観測する。「浮き上がれ、メインタンクブロー」、ズズッと二〇〇キロの高圧空気ブローの音。艦が揺れはじめる。

「艦橋ハッチ開け」、気圧を逃がし、艦長、見張員らが水の流れ落ちる艦橋に跳び上がる。

「機械用意、両舷前進原速、充電はじめ」

二十時間ぶりに新鮮な空気がドッと入ってきた。縦舵手が艦橋操舵に切り替えて、「九〇度宜候《ヨーソロー》」

「ブロー止め。低圧に換え」低圧排水ポンプ（三段式の旋転空気ポンプ）でMT（メインタンク）を完全排水する。

「補気はじめ」

空気手が空気圧縮ポンプへ飛んでいく。水測室にいた電測員は電測室に移動し、逆探知機のスイッチオン。「逆探感なし」付近にハ

伊202潜の発射管室。53cm発射管４本が見え、予備魚雷は床下に格納

ック（ハンターキラー）はいない。

「手空き、ゴミを捨て」、発令所がサッパリする。

「サニタリーブロー」「艦内換気別法第一はじめ」

機械室の防水扉が閉鎖され、風は発令所から士官室、兵員室、発射管室といったん前に流れ、通風管を通って機械室に吸い込まれる。士官室の風速は二十五メートル。机の引出しを開け、隅をあおぐ者もいて、居住区の空気は一気にきれいになる。

航海長が天測をはじめた。信号長は時計係。通信はマストを上げて電報を受信する。浮上部署が終わり、三直哨戒となる。

「タバコ許す」愛煙家が発令所に集まる。敵がいないので一回五名、一人十分間、早い者勝ちで、胸に札を下げ輪番で艦橋に上がる。緊迫時は二名、五分。見張員以外は二ヵ月間、外に出られないのでタバコ好きが増える。

つぎは食事だが、出撃後一月もたつと、生糧品は一切なくなり、漬物や缶詰のみの生活となる。普段はうまい大和煮の牛缶も数日つづくとあきる。水煮の野菜缶詰や乾燥野菜は、どれも同じ味・匂いだ。このころ、鉄分で総員が緑色の便となる。好かれる物はご飯に缶詰バターとトマトの水煮、ガン漬けのビン詰め。焼のり、酢漬け切干大根などだ。

各種ビタミンは錠剤だが、外側の砂糖をなめて中身をすてる不心得者もいる。艦内は気温三十六度前後なので、冷却水飲場の食塩錠剤がよく売れる。炊飯で湿度一〇〇パーセントは日本の潜水艦食の宿命だ。

インド洋では飛魚が艦橋や飛行機カタパルトに衝突、バケツ三杯も取れたこともあり、皆に喜ばれた。シャワー室の片隅でつくる「もやし」は、量は少ないがこれも貴重品である。

真水の搭載量は二四トン。一人一日八リットル（含炊事）で単純計算すると、三十日間。一方、四八〇個の電池は蒸発が激しく、一週間に一回は蒸留水を必要とする。注液の電気員も忙しいが、水作りも大変だ。一週間に三十時間、蒸化器を連続運転するが、五トンの水をつくるのに一トンの燃料、しかも室温が上がる。ついでに人間様も飲み水やシャワーの恩恵を受ける寸法だが、飲み水は自然水を混ぜないと下痢を起こす。混ぜる真水は六十日間細々と使う。

シャワーは週一回だが、干し場がないので洗濯はできない。下着類は表が一週間で裏が一週間、ひっくり返しの使い捨てである。歯を磨かぬ人もいるので、虫歯予防のチュウインガムがあったが、代用ゴムなので歯に付着して困った。

前線での戦いが終わり、いよいよ帰途につくが、ホームスピードである。指令速力よりも暗黙の了解で、機関科は十回転ほど余計にまわす。今度入港すると、一週間の熱海の保養所の官費休養が待っている。乗員は意外に元気だが、体重は平均五キロは痩せているだろう。戦闘記録や戦時日誌の整理も必要だ。溜っていた分隊事務や月例書類の整理も忙しい。

痛恨の極み潜水艦作戦

ミッドウェーで敗れ、私は戦艦大和分隊長から潜水艦に身を投じ、三年余で終戦。十数キロほど痩せた。

ハワイ空襲で米戦艦多数を撃沈破し、皮肉にも日米艦隊決戦は起こらなくなった。修理成った敵戦艦は、当時主役の航空母艦の防空砲台として再出発した。この機動部隊は猛威をふるい、さらに数十隻の護衛空母は、それぞれ数隻の駆逐艦をともないハンターキラー部隊として、わが潜水艦狩りに専念した。米潜水艦は本来任務の艦船・商船攻撃をし、日本を苦しめた。

わが潜水艦は大艦巨砲政策のもと、艦隊補助兵力として水上速力のみを重視、戦術兵器として整備されたが、そもそもこの建造方針や要求性能が誤りであった。戦略的大局観から、海の忍者として辛抱づよく海上交通破壊戦や敵後方補給路遮断に使用すべきであったが、戦線の拡大によって相当数の潜水艦が離島の輸送任務につぎ込まれた。面子や人道のしがらみもあったろう。一撃よく数万トンを撃破できる魚雷を降ろし、数十トンの物資を輸送した。非効率さに気づき、輸送を止めればよいものを、既製の建造線表を変更してまで二十数隻の輸送潜水艦を建造し、一般艦の建造を遅らせた。また要地防禦に戦術的散開線をしき、多数の潜水艦を失った。点に張りつけたのでは神出鬼没にはならない。

今度は逃げ足の速い水中高速潜水艦の建造と小型化に切り替えた。猫の目行政であった。終戦前、本来の任務に戻りかけたが、時すでに遅かった。ちなみに、日本の命令者は建造も輸送も防禦線構築も、ほとんど鉄砲屋があたった。対するアメリカの海軍作戦部長キング、太平洋艦隊司令長官ニミッツはともに、潜水艦乗りだった。

百二十余隻と一万余名の先輩同僚を失い、私のクラスも五十三名中、軍神横山・古野をはじめ四十名は未だに海底に眠る。痛恨の極みであり、謹んでご冥福を祈りたい。

必殺の大艦撃沈法教えます

雷撃で敵艦を沈める潜水艦の索敵、接敵、射法のテクニック

元「伊二六潜」水雷長・海軍大尉　今井賢二

魚雷で敵の大型軍艦を撃沈することは、潜水艦乗りとして男子の本懐だが、私は水雷長のとき大型商船を沈めた経験はあるが、軍艦を撃沈したことはない。しかし襲撃そのものは警戒の度合いや速力などの違いを除き、軍艦とほとんど変わらない。

潜水艦の術科には潜航術、機関術などのほかに水雷（襲撃）術がある。それは三要素からなり、すなわち襲撃指揮法（敵艦を沈めうる好射点に操艦する法）、射法（効果的射線構成、撃ち方等の計数的方法）、発射法（魚雷を発射し良好に走らせる技術的方法）で構成され、これらが組み合わされて襲撃が行なわれる。ここでは襲撃指揮法のほか、射法、発射法のごく概略についてもふれてみたい。

索敵哨戒段階

襲撃指揮法には索敵哨戒、接敵襲撃、魚雷発射、回避運動の四段階がある。

潜水艦は敵の現われそうな海域に配備され、一日約二十時間潜航し、約四時間シュノーケル充電する。索敵パトロールは、深度五十メートル前後で聴音機に耳を澄ます。この間、数回は海面に顔を出し、外の状況や位置を確認し、換気したりする。

深度の選定は飛行機からの見え具合（南方で四十、日本近海で三十五～二十五メートルくらい）、敵の磁気探知能力（空気と海水に関係なく、磁気の強さは距離の二乗に反比例する。当時は百メートルくらい）、聴音の聞こえ具合（海中には音が良く伝わるトンネルがあり、場所や深さによって違う）、推進軸管その他の海水の漏れ具合、天候等によって決める。深度とはキールから海面までの距離で、潜望鏡深度は大型で十九メートル前後である。

さてある朝、集団音が聞こえてきた。この海面では六十キロメートルくらいだろうか。感度一で少しずつ右に移動しているようだ。艦は敵の前程に向け十二ノットに増速し、時どき三ノットに落として精密聴音する。早く走ると自分の雑音で聞こえにくくなるからだ。

音源はタービン艦数隻らしく、ディーゼルやピストンの音は聞こえない。ピンピンと探信音が聴音に入るとのこと、敵は軍艦群とわかってきた。敵の方位が少しずつ上がり、このままでは先方が早過ぎて、わが艦が後落して襲撃できそうもない。

接敵・襲撃運動段階

突然、聴音手から「感二、〇度方向、右に変針したらしい。タービン音は二種類数個。回転を上げた」の報告。潜水艦はただちに左に大きく変針、二八〇度で前程に進出する。浅くして潜望鏡を上げて見るが、〇度方向には何も見えないので距離二万三千以上だ（略算式＝

潜望鏡で敵の動静をうかがう潜水艦長、緊張の一瞬

視認距離D浬＝$2\times\sqrt{H}$。Hは目標の高さメートル。例、三十四メートルのマストは十二浬で見える。富士山からは一二二浬の水平線が見える）。

波頭を見ると南南西の風らしい。深さ三十五として聴音をつづけ、その方位変化を頼りに作図がはじまった。わが方が上りぎみで、このままの態勢なら今度こそ襲撃できそうだ。

「配置につけ、魚雷戦用意」

敵針二〇〇度、敵速三十七ノットと仮定すると、出会針路（衝突針路）で本艦は二九〇度平均七ノットがよい（200頁／第1図）。水中速力が速いと、この衝突針路は内分と外分の二ヵ所にある。こんなことが接敵運動である。

聴音手から「音源五個、飛行機が低空を飛んでいる」の報告。敵は航空母艦だ！　しかも駆逐艦四隻に護られた敵H／K《ハック》（対潜掃討攻撃部隊）である。どうやら風に立って飛行作業をはじめたらしい。

「敵は航空母艦、戦闘、魚雷戦」を下令。

上り過ぎ真方位二度となったので、四ノットに落とす。落ちはじめたので再び六ノットに上げ、針路二〇〇度とした。敵速は二十四ノット付近、〇度を中心に聞こえ、等方位運動の衝突針路だ。これで良し。このあたりから射撃運動に移る。

潜望鏡深度に露頂し一番は艦長、二番は航海長がついて同時にすばやく観測する。一番は昼間用で先が細く、見つかり難いが上空二〇度までが限度、倍率は無倍（一・五倍だが片目で見ると、両目の無倍に見える）と六倍、レバーで切り替える。二メートルほどのエレベーターがあり、観測者が乗り潜望鏡とともにウエル内を上下する。

二番は夜間襲撃用で大きな少し上向きの対物鏡を持ち、視界はマイナス一〇度からプラス七〇度、倍率は一・五倍と十倍である。上げるときは速力を落とさないと、白波で見つかる。観測間隔は遠距離では約十分と長く、近づくと数分だが「之字運動」をやる船には三分置きのこともある。上げる時間は十秒から数秒ときわめて短い。

我に有利な太陽を背にして

一番がマストらしいものを水平線に発見した。高さ三十二メートルとすると距離は十一浬《かいり》か。二番も対潜機を発見。飛行機がいるので観測間は深さ三十五まで深度変換する。敵はセンチ波レーダーがあるので、露頂回数は少な目に、また短くせねばなるまい。

今は午前十時、太陽を背にして攻撃できるので、我は見やすく、敵からは見にくい。敵が二十四ノットとすれば一秒間に十二メートル、一分では七二〇メートル、攻撃は十時二十六分ごろか。敵が之字運動をやっているときは、観測のつどこちらも針路を変えねばならないが、長い観測の間には基準針路を判断、これにたいし大局的に襲撃できる場合もある。

一番を上げる。艦橋と煙突が見えてきた。陽炎《かげろう》でぼやけているが確かに大型空母だ。方位角（視線と敵の首尾線との角度）左二五度くらい。駆逐艦のマストの頂きも見えはじめた。バラバラの方向を向き、ウィービング（左右に絶えず頭を振りながら走る）を行なっている。

「四本発射する。調定深度六メートル、起動弁（塞気弁）開け」

起動弁とは魚雷の酸素室から燃焼室へ酸素を送るトリクレンで洗った弁で、摩擦熱が起きないよう五分もかけゆっくり開く。発射管室では掌水雷長監督のもとに操式所定の作業が行なわれ、号令はそのつど整備を報告してくる。艦内に戦況が放送された。

司令塔では作図がつづいているが、航海長が見張要表から、敵のマストや艦橋の高さ、兵

〈第１図　出会針路〉

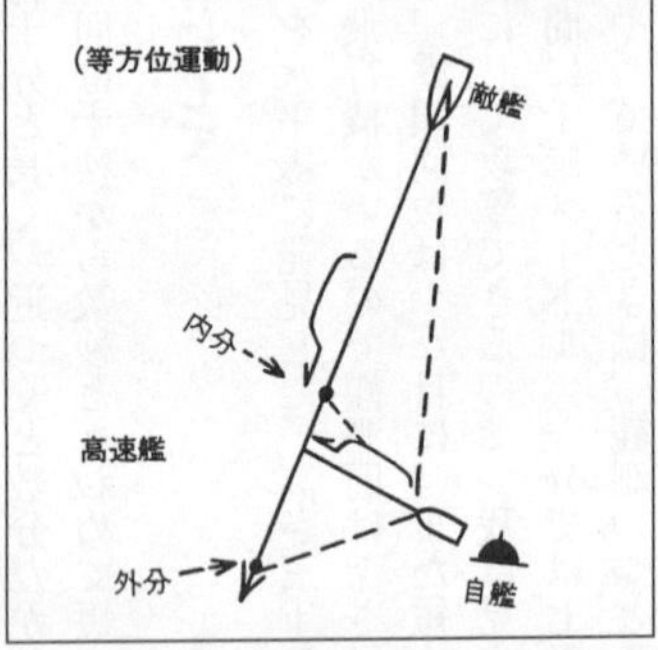

〈第２図　発射管構造〉

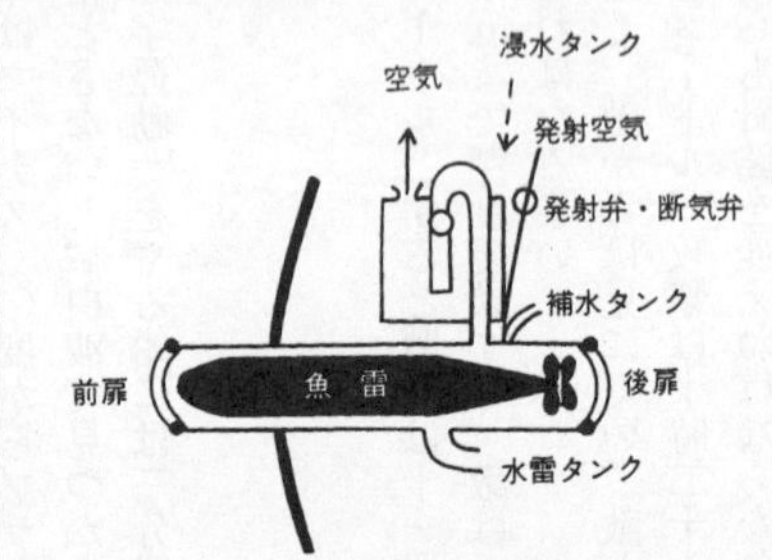

装などを艦長に報告している。相手の速力対回転数は平素から調査船などで調べておけばよいのだが、日本はスパイが苦手《にがて》で、回転数をはかっても速力はわからない。

一番の中に分画目盛りがきざんであり、三つと四分の三などと読むと信号長は「マスト高さ分画距離表」を見て「距離九五〇〇」などと答える。距離の変化で、敵速を計算する。今までは地球の丸さ利用の測距だが、今度は直接の分画測距で、高さが大切だ。

「発射管注水」つづいて「高雷速」を下令。補水タンクから発射管に注水する。九五魚雷の高雷速度は四十九ノット、九千メートル、低四十五ノット三千メートルで、もう遠距離発射は要らない。つづいて「順撃、開度三度、時隔三秒、二番管から撃つ」を下令。

あとは針路や速力を調整しながら間合いをとり「いちばんよい射点に向かう」「前扉開け、発射はじめ」（第2図）水漬けされた魚雷にさらに外の水圧が掛かる。

こうすれば魚雷は命中する

観測すると空母まで七五〇〇、直衛駆逐艦まで四千だ。駆逐艦の艦底を通過しなければならないが、相変わらずウィービング。艦首の白波から二十八ノットくらいの高速と判断した。主体は二十四か？　直衛は距離一一〇〇で、再観測九〇〇で潜りはじめないと間に合わない（第3図）。

「防水扉閉め、深さ二八急げ」

駆逐艦の下に潜り込む。探信音と物凄く早いスクリュー音が肉耳でも聞こえ、高速の負圧で、艦が敵の推進器に吸い込まれそうだ。方位盤に「敵速二四、時隔三十秒」を予令。三十秒間は彼我の態勢は直進と判断。聴音は全周音源、感五で使えない。

「深さ一九急げ」もう空母は目の前だ。時間を見ると二分遅れの十時二十八分、敵速は七パーセント遅い。潜望鏡をあらかじめ右三五度に旋回し数秒待つ。

この三五度が難物で艦長は頭の中で、六度一割とか1、2、√3とか、二十四ノットは一秒間に十二メートル走るとか、略算式を駆使し変角率を計算する。

「上げ」「これ！ 主力、これ直衛、降ろせ」

降ろしながら無倍にして回転し、全周を見る。この間わずかに五秒、空母のうしろにトンボ釣りが一隻、敵は六隻だ。目に残る空母の映像の分画は距離二千だ。一千で撃つにはあと一千、二十四ノットとして一分二十秒。

「方位盤、方位角度六五度、距離一〇〇〇」

「方位盤よし」

「次に撃つ」「三度取舵《とりかじ》のところ」

「潜望鏡右三〇度」に回させウエル上で待つ。緊張の一瞬だ。三〇度は斜針〇の方位盤計算の先取りである。一分十七秒後、

「上げ、これ！(方位盤)発動、両舷強速、深さ八〇、ダウン五度、爆雷防御」

訓練や襲撃演習機で何百回となく繰りかえし掛けなれた号令だ。敵速が七パーセント低かったので、敵速調定が間に合わぬ恐れがあり、照準点を艦の中央より心持ち後ろにしたが、

あれでよかったのか。

発動三十秒後に魚雷は発射ボタンで、三秒間隔でズシンズシンと出ていった。艦内の気圧が一発ごとに一五ミリバール上がり、耳がツンツンする。聴音から魚雷音異状なし。

〈第3図　艦底通過〉

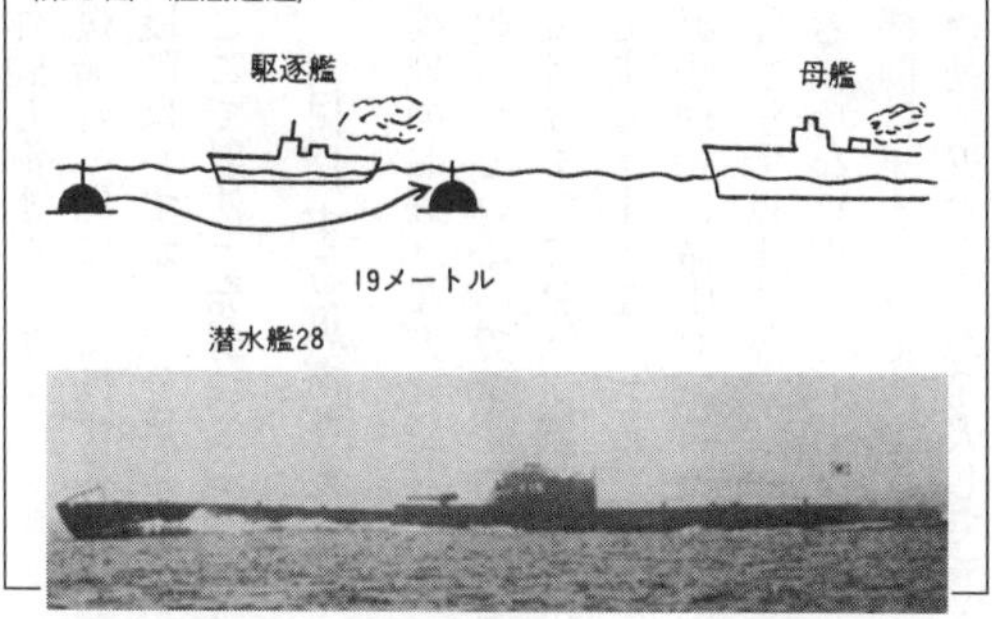

〈第4図　命中射三角〉

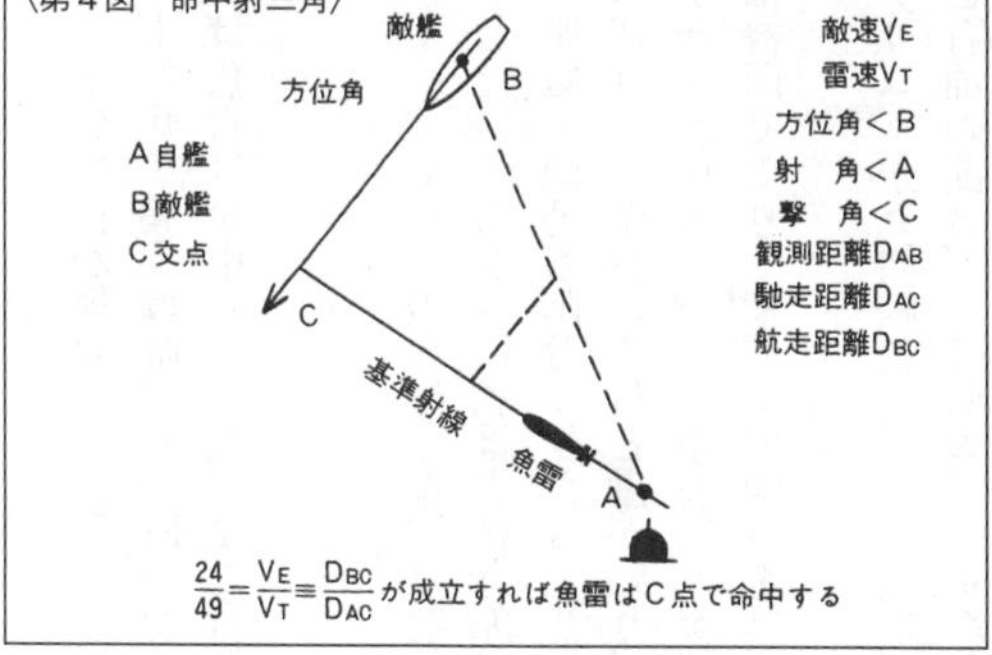

魚雷発射は、発射気蓄器の空気をつかうが、発射空気圧三十五キロ／平方センチ、断気圧二十四キロ。これで魚雷を半分押し出し、あとは自力で走る。空気は管の半分で断気されて外に出す、同時に艦内に向け開く浸水タンクを通り、ドッと入ってくる海水に押し戻され、艦内に逃げる。海水が入りはじめると、浸水タンクの浮き子弁

が作動し海水を止める。

爆発音の聞こえるはずの四十四秒、総員の目が敵の方向の天井をにらみ、耳を澄ます。発射段階はわずかに十分足らずだが、十年兵を養うは唯この一時のためであった。

ここで射法と発射法にふれなければ魚雷は命中しないし、また自艦が危険である。

〝自殺〟する魚雷さえある

機械のお好きな方は発射法を、sin、cosのお好きな方は射法をといいたいが、紙数が限られているのでごく簡単に説明したい。ちなみに私は機械野郎である。

読者はすでにお気づきと思うが「距離も敵速も随分ラフだな、魚雷も初めから四十九ノットで走るはずがない」と。全くその通りで、艦長の片目と勘が頼り、根拠がほしい。

射法理論に命中射三角というのがある（第4図）。これがないと根拠が出ない。

発射法ではまず魚雷だが、魚雷は機関で走り、横舵《おうだ》系で深度を維持し、縦舵《じゅうだ》系で真っすぐ走る精巧なロボットである。

機関はまず空気で冷走させ、スクリューが九回転したとき（魚雷が発射管を離れたころ）点火遅動装置の火管が発火して酸素と石油の混合ガスに引火、熱走に移る。

ぐんぐんスピードを上げ、約二五〇メートルで命令した四十九ノットとなるが、カール・ルイスとジョンソンのように、個々の魚雷にクセがあり、スタートダッシュの早い奴（早くても遅過ぎても失格）、流す奴もいて、一本一本、来歴簿という戸籍を持っている。九二式電池魚雷は十二秒でトップの二十八ノットとなり、一二七メートル走る。

速力を上げる段階で、各距離の平均雷速を出すのに微分、積分が必要となる。魚雷が転舵すると速度が落ちるが、こんな雷速低下や各種の雷速公誤をどう命中率に結びつけるのか、といった問題を生ずるが、これは射法の分野である。魚雷がコロコロと転動し千鳥足となるのは、ツリムや射入状態で発射の問題だ。

敵が近すぎて当たった場合、弾庫が誘爆を起こせば自艦も巻きぞえを食って沈む危険があるが、どうするか（水車のある回転で、爆発尖の安全装置が解ける）。たしか四六〇メートル相当の回転数だった。爆発尖は湯飲みのかたちをした鍮の慣性体が入っていて、衝撃をうけると慣性体が倒れて爆発、魚雷頭部も爆発する。その感度は調整できた。

一発目が命中し、その爆圧で二発目が自爆してはつまらない（実験では隣の魚雷が誘爆する範囲はハート形をしていて、近い所で約六十メートル）。さりとて、離しすぎれば後述の公算射法の射線構成が成り立たなくなる。爆発尖の感度をどうするか。

つぎは横舵系。横舵は深度器によって動くが、深度器は魚雷傾斜姿勢と深さを組み合わせて横舵に命令する機械で、重い鉛の固まりが振り子のように下がっている。

魚雷は重さ一・七トン、排水量一・一トンなので、発射された途端にストンと沈み、尻の浮力が少ないのでアップがかかる。艦首の複雑な水流や艦の傾斜などで射入状態は一律でなく、潜りすぎる魚雷もいる。深く入ると水圧板は、驚き慌てて横舵にアップを取らせ、指令深度を通り越し、勢いあまって海面に飛び出してしまうものもある。

しかもこのころ、魚雷は点火加速され、鉛（揺錘という）は後ろに取り残されて、魚雷にダウンを命ずる。ほんの数秒間のことだが、魚雷はどうしてよいか判らなくなり、衝撃が大きく横舵系で自殺してしまうのもいる。

湾岸戦争のとき、戦艦から発射されたトマホークが、最初はフラフラ頼りなげに飛んで、あとはアップ十度くらいでスマートに飛んでいった。あれに似せればよい。

魚雷の自爆や海面に飛び出すのを防ぐため、魚雷には発射の前から横舵にダウンを掛け（横舵初度）そのうえ一定距離、揺錘の動きを止めてしまう（横舵制止）ことにより、おおむね解決した。あとはアップ五度くらいの姿勢で重さに耐えながら走ると、酸素や石油を消費してだんだん水平となり、指令深度を走るようになる。操舵は微妙なアナログであった。

針路を決めるのは縦舵機であるが、発射、用意打て！　とともにジャイロを発動、以後は細い高圧空気をコマに吹き付け、毎分二万回転を維持しながら、ひたすら地球の一点を指向し、魚雷にあたえられた針路を走るよう指示する。縦舵は左右舵一杯のデジタルだ。

この縦舵機の調整が面白く、私は重巡筑摩の水雷士いらい、十本は振った。伊二六潜の水雷長で魚雷の命中率十一／十四の世界新記録（自称）を出し快哉を叫んだこともあるが、これら三種の相関関係というか、相互の干渉作用は複雑過ぎるので省略する。

要するにここで言いたいことは、雷速、深度、針路ともにエラーが出る宿命にあり、このロボットの公算誤差が射法の命中射三角を歪めてしまうという点である。公算射法というか、複数の魚雷で補う射線構成が必要な所以《ゆえん》である。

魚雷のエラーは当然のことながら発射直後に集中し、ある程度走ると安定する。

最もよい射点の確保が決め手

何百本も撃ってそのデータを集積し、たとえば九五式、四十九ノットの発射では、距離五〇〇〇までの平均雷速は四十五ノット？　で、これが方位盤の計算機構に組み込まれている。距離四千で初めて平均雷速四十九ノットを使用できた。

ついでに九五式の、変針のときの新針路距離（舵を取って実際に回り出すまでの直進距離）は五十メートル、旋回圏は三十メートルが入力されていた。あまりクセのあるものは、海軍の領収発射のさい落第させた。

この辺で射法に移るが、ノートに誤差学とか動的公誤とか予期命中公算などｓｉｎ、ｃｏｓが数十頁ならぶが、難しい理論は抜きにして、襲撃に結びつくような話に絞りたい。

ふたたび命中射三角の第四図。敵の針路と速力、照準距離には観測誤差がつきもので、新米艦長の観測データでは、現実の射三角とちがって艦の中央をねらったのに、命中しないことも起こりうる。

これで魚雷に三個（偏斜量）、測的に三個、計六個（偏倚量）の不確定要素を説明した。複合すると十数個になるが、専門家にまかそう。

射法では真ん中の一本の魚雷を基準射線といい、これを正しく命中させることが基本である。今回は四本を撃ったが、基準射線は架空ということになる。

〈第５図　射法用語〉

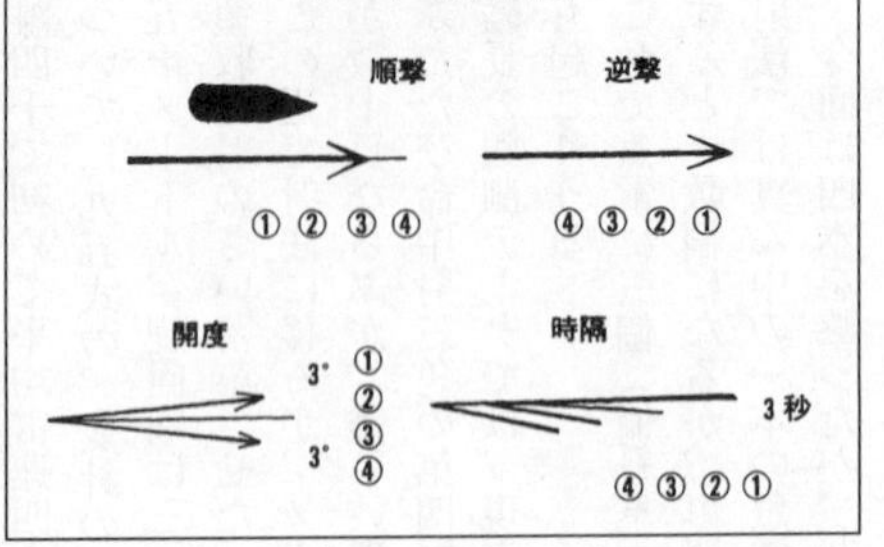

この基準射線を命中させるため、潜水学校の頭のよい専門の教官が数十名の補助員を動員して動的散布帯等を計算し、射法効果図を作図して「照準角図」（俗称ダンゴ）を各艦に配っていた。それによって命中照準角（発射時に潜望鏡を向ける方向）を出していたが、射角の傾向を覚えるのに苦労した。

　このころには方位盤が各艦に搭載され、便利になった。ダンゴはこのお目付役だ。方位盤は命中射三角を算出するカムを持った機械的計算器で、敵針、敵速、雷速、距離などを入力すれば、自艦の針路《ジャイロ》、速力《ローグ》が自動的に入っているので、艦長が潜望鏡で狙い、「これ！」というと照準角が決まり、命中射三角が完成する。

　自動的に魚雷の進むべき方向、つまり斜針を計算して発射管室に送り、この指示針を追尾して、魚雷に斜針をあたえる。

　斜針とは、発射管は艦首に固定され、おいそれと敵に向かないので、撃った後、魚雷に縦舵を取って敵に向かわせる。この曲がる角度を傾斜角という。

　斜針は複合エラーが最も大きいので嫌われものだった。反面、斜針○は、距離の誤差を吸収するのでみな心懸けた。ただし目標が頭からかぶってきた場合（方位角○）頭をチョイとひねって、わざわざ斜針をかけ魚雷の当たる角度を大きくする。プロゴルファーが、意識的にスライスをかけたりするあれだ。

さて、実際には前記の各種の誤差をカバーするために、何本も撃ったり、開度をかけたり、順撃にしたり、逆撃にしたり、どれかを命中させるように発射する。これを射法計算というが、一発必中射法ではなく、公算射法である。

射法計画で余談になるが、筑摩時代（橋本信太郎艦長、水雷担当艦）有馬八Ｓ水雷参謀の「連合艦隊射法計画」の射法効果図を手伝った。九三魚雷百数十本が一斉に発射され、距離三万で敵艦の半数近くに命中する図ができて、興奮した記憶がある。しかし艦隊決戦は起こらず絵に画いたモチとなった。

先に述べた発射運動中の号令で「順撃、開度三度、時隔三秒、二番管から撃つ」の目的だけはおわかりいただけたと思う。それでは内容を説明しよう（２０８頁／第5図）。

順撃とは敵の艦尾から艦首に向かって複数の魚雷が出ること、逆撃はその逆である。開度とは隣の魚雷との開き度合で、斜針角度に加減される。時隔とは何秒ごとに撃つか。自爆を避ける意味もある。いずれも動的散布帯を構成する重要な要素である。

今度の発射は、敵針、敵速に自信があったので順撃とした。もっと自信があり、八〇〇メートルまで肉薄できたら、予期命中雷数四本をうる確率が高くなったろう。肉薄すれば奏効角（魚雷から見て当たる前後の幅）が大きく、動的散布帯は小さくなる。

さて発射運動段階で「最も良い射点に向かって艦を持っていく」と申し上げた。これこそが襲撃の最終目的であるが、それはどこか。

一般的結論からいえば、斜針〇度、距離八〇〇～一二〇〇、方位角六〇～八〇度である。しかしこれとてもあまり単純なものでなく、斜針が小さいことが条件で、敵の大きさ、直衛の警戒状況、各エラーの命中率におよぼす影響、艦の針路、回避運動等もろもろのことを考慮しなければならない。これら瞬時の判断は数年の経験と、平素の研究演練を必要とする。

近ければエラーがもろに響く反面、エラーを無視して当たることもあるが、第一わが身が危なく、方位盤が急激な変化に対応できなくなる。遠ければ命中雷数が減るし、敵に逃げられる（回避方向を察知できれば方位盤が計算してくれる）。

われ空母ヨークタウンを撃沈せり

ミッドウェー海戦で敵に一矢を報いた快挙

当時「伊一六八潜」艦長・海軍少佐　田辺彌八

田辺彌八少佐

昭和十七年一月三十一日、潜水艦長として伊号一六八潜水艦（海大六型）に着任した。当時、同艦は呉軍港に停泊して、乗員の休養と艦体の修理を行なっていた。

四月十八日、ドゥリットル中佐が指揮する敵機が東京を初空襲したので、わが艦は僚艦とともに、敵空母をもとめて外海に出撃したが、四国沖にさしかかったさい、機関に故障を生じたので、やむをえず単艦、呉軍港に引きかえした。

修理工事も終わり、出撃命令を待っている昭和十七年五月二十三日、わが艦に対して次のような重大任務があたえられた。

「連合艦隊は六月六日を期し、ミッドウェー島を占領せんとす。伊号第一六八潜水艦は、準備でき次第に出撃して、隠密裡にミッドウェー島付近の敵情を偵察せよ」

すなわち、連合艦隊の斥候を仰《おお》せつかったのである。まことに任務は重大である。乗員のなかには真夜中ひそかに亀山神社に詣《もう》でて、任務の成功を祈願するなど、こころの準備はすでにでき上がり、糧食、魚雷、弾薬、燃料の準備を完了した。

明けて五月二十九日、伊一六八潜水艦は勇躍して呉軍港をあとにした。柱島水道に錨《いかり》をおろしていた連合艦隊の各艦は、登舷礼をもって見送ってくれた。艦は瀬戸内海、豊後水道を通って四国、九州のみどり濃い山影に名残りを惜しみながら、艦は一路、東へ東へとミッドウェーめざして進んだ。

六月三日未明、白みかけた東の水平線に一粒のうす黒い島影を発見した。太陽がのぼるにつれて、クッキリと姿を現わしたミッドウェー島は、まだ眠っているようである。海も空も、すこぶる穏やかである。しかし敵に発見されては一大事と、ただちに潜航偵察にうつった。

艦はまずこの環礁の北側にせまり、そこから東側、南側へとまわり、最後に西側の港口に肉薄して陸上施設や敵の動静を偵察した。

陸上には、飛行機格納庫や重油タンクなどが立ち並び、哨戒機がひっきりなしに発着している。潜望鏡が低いため、飛行場を直接に見ることはできないが、敵は数十機の哨戒機を使用して、付近の海上を厳重に哨戒している様子である。湾内には、数隻の小型哨戒艇らしいものが停泊しているほか、艦船の姿は見あたらない。

これらの敵情を連合艦隊に打電し、艦はなおも索敵をつづけながら、友軍の攻撃をいまかいまかと待ちわびていた。

友軍の悲報あいつぐ

六月五日、わが攻撃機隊は、このミッドウェー島に殺到し、爆弾の雨をふらせた。重油タンクが爆発して、全島が黒煙につつまれ、火炎は天に冲するばかりである。いままでの平和境は、たちまち修羅場と化している。

艦内へ友軍機の戦果をつたえてやった。ドッと歓声が上がる。司令塔にいる航海長や砲術長、伝令員に、この光景をかわるがわる見せてやり、一同、手をたたいて喜びあっている。

そうこうしているとき潜水戦隊司令官から、わが艦に対して、「サンド島の敵飛行場を砲撃せよ」との電令に接した。太陽はすでに西に没している。

わが伊一六八潜は、ただちにサンド島にもっとも近い、南側の環礁に近づきつつ、艦内へ砲戦準備を下令した。岸から三八〇〇メートルのところで急速浮上、砲戦を開始した。あたりは早くも薄暗くなっている。

「飛行場に十数発の砲弾を撃ちこんだ。敵もいち早く砲台から応戦してきた。艦は敵の照射の眩惑《げんわく》にあい、やむなく潜航して避退しはじめた。まもなく敵の哨戒艇が頭上にやってきて、爆雷数発を投下したが、これをうまくかわし、沖の方へ潜航をつづけ、敵の追跡をふりきってようやく浮上した。

そのときである。暗号長が艦橋にかけ上がってきて、「特別緊急電報です」とさしだした。

見ると、次のような重要電報である。

「わが海軍航空部隊の攻撃により、エンタープライズ型大型空母一隻、ミッドウェーの北東一五〇浬に大破漂流しつつあり。伊一六八潜は、ただちにこれを追撃、撃沈すべし」

さっそく艦内へこの新しい任務を放送させた。乗員のなかには〝さあ戦わん〟と大声を発するものがあり、武者ぶるいをするものもいる。それもそのはず、この時のために将兵たちは長い年月、いわゆる〝月月火水木金金〟の猛訓練をしてきたからである。鍛えにきたえた腕はムズムズしている。

士官室へ先任将校や機関長など准士官以上をあつめ、戦闘の諸準備を命じ、すこしの手落ちもないようにと指示をあたえて、ふたたび艦橋に上がった。

艦は真っ暗な海面を、計算で出した出会《であい》針路で、全速力で進んでいる。

伊168潜。ミッドウェーで大戦果をあげた後の昭和18年7月、米潜の雷撃を受け沈没

艦橋の椅子に腰をおろした。頭のなかでは、これから起こるであろうと思われるいろいろな戦況や、どうやったら一撃必殺ができるだろうか、この広い海原で、はたして運よくこの敵空母を捕捉《ほそく》することができるだろうか。しかも夜明けに捕捉しなければ、昼となっては敵機の哨戒もあろうなどと、つぎつぎと思いが浮かんでくる。

その間も〝友軍苦戦〟の電報が、あとからあとからあとから入ってくる。そのたびに怒りと失望と闘志のまじった感情が沸騰してくる。

望月電機長が艦橋に上がってきて、水天宮《すいてんぐう》のお守り札を渡してくれた。彼の話では、呉軍港を出発するとき密《ひそ》かに受けてきたもので、いまから乗員全部にくばるということである。まことに微笑《ほほえ》ましくも、頼もしいかぎりである。

理想的な敵空母の位置

そのうち、先任将校から〝戦闘準備が完了したので休養させる〟との報告を受けたので、艦内を一巡《いちじゅん》してみると、白鉢巻をしたまま寝ているもの、ヒソヒソと語り合っているものなど、乗員すべてが落ち着きはらっており、そこここに冗談さえとんでいる。まことに頼もしく、〝われすでに勝てり〟の感がしてきた。

時は六月六日午前一時十分、前方見張員の一二センチ双眼鏡が、ようやく白みはじめた東方海上に一つの黒点をキャッチした。

「黒点一つ、右艦首に認む」一番見張員の声は、黎明のもの静かさをやぶった。

「どれ見せろ」といいながら双眼鏡をのぞくと、どうやらめざす空母らしい。思っていた時刻に、しかも理想的な相対位置で捕捉できたうれしさで、胸がいっぱいになった。敵の空母は、明るさをます東の空を背景にして、その存在をだんだんと明確に浮かばせつつある。付近には、警戒艇らしい小さな黒影が数点見えはじめた。

見つけられては一大事と、ただちに潜航を開始した。食うか食われるかの戦いがはじまったのである。海面は油を流したように、小波《さざなみ》一つ立っていない。こんなに静かだと、潜望鏡の頭をほんのわずか出しても敵に発見されるので、かえって苦労する。

水中速力三ノット、艦はひそかに敵に近づいている。魚雷発射管室では魚雷の最後の調整にいよいよ急であり、主計科員は艦内に〝戦闘食〟の握り飯をくばっている。

敵艦へ忍び足で接近

「本日、天気晴朗《せいろう》にて波静か、視界良好」

いままでの数回の観測で敵の針路、速度が推定できた。ヨークタウン型空母を中心に、一千メートルくらいの距離で、二段構えの警戒駆逐艦を配している。その数、約七隻であることもわかった。敵から見つけられることを防ぐため、しばらく聴音潜航にうつった。潜望鏡昇降台に立ったまま、攻撃計画などを考えた。

敵空母は、きのうの友軍航空隊の攻撃によりやや左に傾いているが、見たところでは、すでに損傷個所も修理が終わったのか、飛行甲板も異状なく、火災の様子もない。しかし推進器に損傷を受けたものらしく、最低速で針路をハワイに向けている。早く戦場を離脱しようと必死にもがいているようだ。潜望鏡を上げて見た彼我の距離は一万五千メートルにちぢまった。哨戒駆逐艦の厳重な警戒ぶりが、手にとるように見える。

やがて敵の探信音が聞こえはじめた。艦内に「爆雷防禦」を下令した。深度計や打電の処置など、艦内準備はととのった。情況いかにと固唾《かたず》をのんで待っている全員に、ときどき敵情を放送してやった。

海面は五メートルぐらいの東の風が吹き、わずかに、うねりも出てきた。襲撃には、だんだんとわが方に有利になってきた。敵はほとんど停止しているように見えたが、その後、潜望鏡で観測するたびに、航海長の作図による予想とちがっていることに気がついた。

敵の前方に進出しようと努力しているにもかかわらず、方位角はむしろ大きくなっている。敵の速力は何ノットか、敵の基準針路はいったい何度か、まったく判断がつかない。あるいは、敵は風に流されているのかもしれない。

最初は、敵の左舷側から襲撃しようと行動したのだが、いまではこれは困難なことである。右舷側からの襲撃を決意し、思いきって右に出た。敵の警戒幕を突っきるために、作図をたよりに無観測運動をとった。

必殺の魚雷四本命中

敵を見ないということは、じつに心配なものである。しかしこの場合、ちょっとでも潜望

伊168潜の魚雷が命中、大水柱を上げる米空母ヨークタウンと駆逐艦ハンマン

ない。運を天にまかせて、たちまち発見されるにちがいない。運を天にまかせて、盲目的な進出運動をとらざるをえなかった。敵駆逐艦は、わが伊一六八潜の直上を幾度も往復している。そして敵の探信音は、あちこちからひっきりなしに聞こえてくる。

午前九時三十七分、神に念じながら上げた潜望鏡から見ると、敵空母が山のようにわれにのしかかっているではないか。本艦との距離約五〇〇メートル、これでは近すぎて、魚雷が敵の艦底を通過するおそれがある。

この警戒厳重な敵を仕留めるには、一回で成功しなければならない。失敗してやり直しはできない。八〇〇メートルから一〇〇〇メートルの間隔をとろうと決心し、三六〇度旋回をはじめた。するといままで騒々《そうぞう》しく鳴りひびいていた敵の探信音が、ピタリとやんだ。ちょっと不思議に思って航海長に、「敵は昼食をとるために、探信当番が休んだな」と話しかけた。

このときこそ襲撃のチャンスだと潜望鏡を上げて、敵情いかにと観測すると、距離一二〇〇メートル、しかもこちらの注文どおりの位置にグッと回頭して来た。

「発射用意」、つづいて「射てっ」

第一回目が二本、つづいて二秒後に第二回目の二本と、一撃必殺を期して四本の魚雷を、二本ずつ重ねて発射した。一秒、二秒、三秒と時計の針を見つめる。四十秒、命中音がはげしく艦をふるわせたかと思うと、ひきつづいて重苦しい大爆発音が、海も裂けよとばかりに耳を打った。

乗員の魂をこめた四本の魚雷は、全部命中してくれたのだ。艦内は命中音を聞くと狂喜して抱き合い、バンザイの連呼である。司令塔へかけ上がってきて、おめでとうという下士官もいるほどである。

すると一人の乗員が、サイダーをコップに入れて持ってきてくれた。その心づかいに対し、感謝の涙が流れた。

それもそのはず、敵発見いらい、潜望鏡昇降台に立ちつづけているので、一安心したいまは、むやみにノドがかわいて声もろくに出ないほどだ。このサイダー一杯は、本当にありがたかった。

乗員の喜びの声が落ちついたときを見て、「戦いはこれからだ。いっそう緊張せよ！」と艦内に号令した。

爆雷攻撃に耐える

発射と同時に避退運動にうつり、沈みつつある敵空母へ近づくように針路をとった。敵の乗員は、海面に放りだされて泳いでいるだろうから、ここに突入すれば、敵もかんたんに爆雷は投下できないだろうと判断したからである。

魚雷命中に敵はあわてはじめ、一時は、なすすべもなく付近を走りまわっていたが、約一時間後、わが頭上を右から左へ通過した駆逐艦が、爆雷二発を投下した。いよいよ爆雷攻撃がはじまったのだ。敵駆逐艦は、伊一六八潜を四方からとりかこんで狙いつけている。

聴音係から〝右舷に推進器音〟〝同じく左舷〟と、しきりに報告が入ってくる。その報告をたよりに面舵《おもかじ》、取舵《とりかじ》と蛇行《だこう》しながら、敵から遠ざかるように運動するが、まわりに敵がいるのでどうしようもない。

敵は入れかわり立ちかわり、直上を通過しては爆雷を投下する。発令所にいる先任将校から、「いままでに六十発も落とされました」との報告を受けた。

その直後であった。頭上を通過した敵の推進器音が、やや遠ざかったかと思った瞬間、伊一六八潜は三十センチほどもハネあげられ、天井の塗料がバラバラと落ちてきた。電灯が消えて艦内は真ッ暗だ。

先任将校が、「応急灯をつけろ!」と命令している。

そして、「艦内損傷箇所を調べろ!」と下令したと同時に、「前部発射管室浸水、後部舵機室浸水」を報じてくる。

機関長から「電池破損」の報告があった。そのうち、浸水箇所は乗員の適切必死の努力で防ぎとめたが、電池管の破損はまったく致命傷である。漏れた硫酸液と艦底にたまっていた海水とがまじって、クローリン（塩素）の毒ガスが発生したため、艦内はしだいに呼吸困難を感じはじめた。ネズミがこの毒ガスに酔って、フラフラと足もとに出てくるほどである。

敵の爆雷攻撃は執拗につづき、なかなか止《や》みそうにない。電池をこわされてしまっては、電動機が動かないので、艦は停止してしまった。こうなると潜舵《せんだ》も横舵《おうだ》も縦舵《じゅうだ》も、まったくきかない。空気で注排水を行ない、人員を移動して前後傾斜をなおす以外に、潜航を持ちこたえる方法がない。

先任将校は適切な命令をくだして潜航をつづけている。十数人の下士官は、一団となって先任将校の命ずるままに、前部へ後部へと走り、あるいは止まる。機関長と電機長はガスマスクをつけて、部下とともに電池の応急修理作業に死物ぐるいである。ガスに中毒して、電池室からかかえ上げられる下士官も出てくる。

「日没まであと二時間だ、総員がんばれっ」

と号令して、士気を鼓舞《こぶ》した。

しかし圧搾《あっさく》空気は、残りわずかに四十キロ、潜航はそうながくつづけられない。艦内の空気はますますにごり、呼吸も苦しくなってきた。応急灯も消え、わずかに懐中電灯がわれわれの運命を暗示するかのように点滅するだけである。

激闘十三時間の末に

午後一時四十分、万策つきて艦は三〇度の仰角をもって浮上しはじめた。乗員のあらゆる努力も、いまはもう効果がない。事ここにいたっては、一艦をひっさげて肉弾突撃し、敵と刺しちがえるほかに方法はないと決心した。

「砲戦および機銃戦用意」、つづいて「急速浮上砲戦」を下令した。

ハッチが開かれるのを待ちかねて艦橋にとび上がった。まず近いところから周囲を見たが、敵の姿がない。「しめたっ」と、思わず声が出た。眼を遠くにうつすと、約一万メートルの彼方に敵の駆逐艦三隻を発見した。さっき攻撃した空母やいかに、と探したが、すでに姿はない。撃沈は確実である。このことを艦内につたえて喜びをわけあった。

しかし、敵駆逐艦三隻は伊一六八潜を発見したのか、にわかに反転して、轡《くつわ》をならべて近寄ってくる。浮上前の報告では「電力なし、空気の残り三十キロ」であったから、「急速充電補充」を命じ、敵からはなれるように全力で突っ走った。

しかし、いかんせん速力においては駆逐艦にはかなわない。敵との距離はしだいにつまってくる。敵駆逐艦三隻のうち一隻は、途中で追跡をあきらめ、両側の二隻だけとなった。

通信長に命じて連合艦隊あてに、「われヨークタウンを撃沈せり」と打電させた。その間にも、敵はいよいよ真近にせまってくる。艦橋にいる航海長や見張員からは「敵が近づきます」と、悲壮な報告をくりかえす一方、艦内からは「電動機はまだ使えません」と、潜航不能の訴えがくる。

潜航か、それともこのまま水上避退をつづけるか、敵と刺しちがえるかの決断にせまられる。このときほど苦しい思いに追い込まれたことは、いまだかつてなかった。

空気はどのくらいとれたのか、と先任将校に聞くと、すぐに「八十キロまでとれました」との返事である。百余名の乗員と、その家族のことが脳裡にうかぶ。時計を見ると日没まであとわずかに三十分である。敵はすでに砲戦を開始しており、その弾着は、伊一六八潜をはさんで前後左右に落下している。一刻をあらそうときだ。

〝よし、もう一度潜航しよう〟と決心して、急速潜航を下令。ついで「深度六〇メートル」を命じた。所定の深度についたとき、

「本艦の推進器音が、かすかに聞こえます」と、伝声管に耳をあてていた伝令員から報告がきた。これほどまでに乗員の一人一人が、電動機のことに心をくばっていたのだ。つづいて、「電動機は使えます」との機関長からの報告だ。全乗員がホッとした様子である。

忍耐こそ、真の潜水艦魂である。敵の砲弾は、見当ちがいの方に落下している。あたりはようやく暮れかかっている。こうなると、わが雷撃におじけづいた敵艦は、威嚇的に最後の爆雷数発を投下して、頭上を去っていった。

午後三時五十分、伊一六八潜は勝利にかがやく艦影を、暗い海面に現わした。

空母ワスプ撃沈「伊一九潜」機関長の手記

正規空母とともに戦艦と駆逐艦も同時に撃破した快挙

当時「伊一九潜」機関長・海軍大尉　渋谷郁男

伊号第一九潜水艦（乙型）の所属する第一潜水戦隊は、北方部隊としてキスカ、アッツの奇襲上陸を支援、その任務を終わって昭和十七年七月十一日、母港の横須賀に帰港し、人員の交代休養、船体、兵器、機関の補修整備を行なった。そして、開戦以来、第四次の作戦行動として八月十五日に横須賀を出撃、風雲急をつげている暑熱のソロモン海域に向かった。

当時の戦況は、北太平洋において北方部隊の作戦は成功したが、ミッドウェー海戦においては、わが機動部隊は大損害をこうむった。ここ南太平洋のガダルカナル島をめぐる戦いも、八月七日、米軍の反攻が開始されるにおよんで、ソロモン海域は陸に海に空にと、日米両軍の果てしない死闘がくりひろげられるようになった。

われわれの任務は、このソロモンの海に潜水艦の網をはって、ガ島へ進出してくる敵部隊を、捕捉襲撃することであった。しかもあくまでも隠密に行動して、敵空母とか戦艦のよう

佐世保工廠で整備中の伊19潜。艦橋上に方位測定機のループアンテナが見える

な大物をねらい、へたに小物に手を出して、敵に己れの所在を知らせるような愚は避けなければならなかった。

八月二十三日、敵機の哨戒圏内に入ったとみえ、午前十時三十一分、敵機の来襲を受け急速潜航、十時三十五分に爆弾一発をみまわれたが、被害はなかった。明くる二十四日からは、毎日午前三時半から午後四時半ごろまで長時間潜航を行なった。

潜水艦の機関は故障が多いので、昼間潜航して電動機航走をしている間に、暑い機械室で修理とか予備品の換装を行なう。そして夜間に浮上すれば、ただちに主機および補機で充電や空気、蒸溜水の採取を行なう。

このように、まことに多忙である。敵中においてそれが円滑に行なわれなかったならば、潜水艦は戦わずして自滅するほかはないのである。

二十五日十二時四十五分に浮上すると、敵機、巡洋艦一隻および駆逐艦一隻を発見したので、急速潜航して敵巡を襲撃しようとしたが、目標を見うしなって失敗した。

翌二十六日午後二時二十五分、聴音により敵を発見した。空母、戦艦、巡洋艦各一隻および駆逐艦数隻の大部隊である。きのうの失敗をきょうこそ取り返そうと雷撃の態勢をとったが、またしても発射の機会を得られず、逃がしてしまった。しかも空母は、本艦が虎視たんたんとして狙っていたことをまるで知らないように、ゆうゆうと本艦の真上を推進器の音をシャワシャワと響かせながら通過していった。

もし下の海中からなにか突き上げるような兵器でもあったら、一発で仕止められるものを、と、乗員一同、切歯扼腕《やくわん》した。しかし、そのあとどうやら敵駆逐艦にかぎつけられたらしく、後をつけられているように感じられたので、深度七〇メートルに潜航回避し事なきをえた。

二十七日、水上航走でバニコロ島飛行偵察のため行動中、午前十一時五十八分に敵飛行艇を発見し、ただちに潜航する。しばらくして浮上してみると、また飛行艇があらわれたので、こんどは午後二時四十五分まで潜航した。

二十八日午前一時半、本艦搭載の水上偵察機を発艦させ、バニコロ島を偵察したが、敵影をみとめることができなかった。四時半に飛行機を揚収する。

二十九日午後十一時半、ふたたび水偵を発進させ、ヌデニ島の偵察を行なった。三十日午前三時半に飛行機が帰艦し、その報告によれば、ヌデニ島には敵の基地があって飛行艇六機、また海上には駆逐艦一隻が停泊中とのことであった。

所定の配備点に向かう途中の午後六時ごろ、先遣部隊から本艦にたいし、『ヌデニ島飛行艇基地を奇襲撃滅すべし』という命令を受けたので、ただちに水上航走で引き返した。

敵をもとめて一ヵ月

このころ日米両軍は、それぞれガダルカナル島の味方増援に必死となり、また、たがいに相手の行動を阻止しようとして、海空全力をつくして戦っていた。

ソロモン諸島の東方海域は、米軍の増援船団の通路であり、これを支援する機動部隊の出没する海面であった。戦後、アメリカ側の発表するところによれば、ここに配備されていた米空母はサラトガ、ホーネットおよびワスプの三隻であったようである。

日本の潜水艦は、その大部分をこの決戦海域に投入され、敵の増援遮断に、あるいは敵艦艇の捕捉撃滅に必死の努力をつづけていた。敵もわが潜水艦がこの海域に沢山いることはもはや承知しており、その対潜哨戒は厳重をきわめていた。

八月二十九日、本艦がヌデニ島の空中偵察を行なった日、サラトガの一機がガ島東方でわが伊一二三潜を探知し、連絡を受けた駆逐艦ガンブルによって撃沈された。このことが戦後、米側の発表によって判明している。

その二日後の八月三十一日の電報によれば、『伊二六潜は今朝、米空母一隻に魚雷六本を発射し、その一本を命中させたが、敵駆逐艦の爆雷攻撃を受け、電池槽各群二器を破損した』といっている。

戦後の米側の発表によれば、この空母はサラトガであり、沈没の危険はなかったが、工廠修理を要する損傷を受けた。そして、伊一二三潜の復讐をされたのだといっている。サラトガの避退につきそうため、ワスプは北方へ引き返さなければならなかった。そのあと、海面の哨戒をつづけるための米空母は、ホーネット一隻しか残っていなかったのである。

九月七日の電報によれば、『本日伊一一潜は、敵空母に魚雷二本命中させ、命中後三分にして爆発音を聞く。二時間後、爆雷攻撃を受け、電池の大部分が破損、潜航不能、飛行艇二機と対空戦闘撃攘せり』という。

この空母はホーネットであり、米軍にとっては幸運にも爆雷をつんで発艦したばかりの若い搭乗員が雷跡を発見し、ただちに爆雷を投射して、魚雷の進路をくるわせたと称している。

一方、ガ島においては、陸軍一木支隊による攻撃に失敗したわが軍は、九月十二日、川口支隊による総攻撃を決行した。

『十三日一〇三〇、ガダルカナル島の敵航空基地を奪回す』という電報が入り、一同大いによろこんだのも束の間で、やがてそれが誤報であることがわかり、残念でたまらなかった。またしても戦運われに利なく、この総攻撃は失敗に帰したのである。

本艦の士気も、ややもすると沈滞気味になった。潜航中の艦内は暑い。海水温度は二十八度である。エンジンはあいかわらず小さな故障を起こして、毎日のように潜航中に修理しなければならない。水雷科員は発射管や魚雷の手入れに精を出している。

横須賀を出港してから約一ヵ月、真っ昼間の空をもう何日見ないことであろう。潜航中は喫煙もできないから、夜間に浮上したとき、艦橋にあがって一服する。うまいけれども、深く吸いこむと、煙草に酔って頭がフラフラする。それでもある老兵曹長などは、一度に二本もくわえて吸っている。

食事は生野菜などはすでになくなっていて、味気ない乾燥野菜ばかりである。暑く、また疲労もしているので、食欲がおとろえており、缶詰の稲荷《いなり》寿司や赤飯、はては鰻のかば焼きもさっぱりおいしくない。こんなときには、だれかがもってきた佐賀の蟹漬のような強烈な味のするものがよい。

大物喰いの真価を発揮

僚艦はうまく会敵捕捉して、敵空母に魚雷を命中させている。本艦は八月二十五日と二十六日に会敵しながら、武運つたなくこれを逸して、魚雷発射の機会がない。

潜水艦は電池を電源として、電動機により推進器を回転しているので、速力がさわめて遅い。速力を速くすれば放電量が増すから、長時間潜航はできなくなる。したがって、せっかく敵を発見しても速力のためによい発射点が得られないで、みすみす逃がしてしまうことが多いのである。

毎日、単調な日課をくりかえしていたのでは、たまらない。ここらで一つ士気を鼓舞する上からも刺激がほしい。乗員一同、なんとかして日ごろ鍛えた雷撃の腕前を見せ、敵艦をみごとに撃沈させる機会はないものか。ぜひよき敵に出会いたいと念じていた。

ついにその時はきた。

九月十五日、例のごとく潜航中の午前九時五十分、聴音感三を得た。集団音だ。敵大部隊と思われる。艦長木梨《きなし》鷹一少佐は、潜望鏡を出して見張ったが、まだなにも見えない。十時五十分、ふたたび潜望鏡を出してみると、こんどは見つかった。機動部隊である。空母一隻、重巡一隻、駆逐艦数隻が本艦の四五度、距離一万五千メートルのところにいるではないか。

敵発見の通報が艦内につたわると、乗員一同、一ぺんに張り切った。ぶっ放すぞ。しかしまだ距離は遠い。はやる心をおさえながら、本艦は敵の方へ向かって進んでいった。しかし乗員にとってみまだ襲撃できる情況ではない。艦長は辛抱づよく前進していった。しかし乗員にとってみれば、三度めぐりあった敵をまた前のように逃がしたら、もう機会はやってこないぞと気がもめてならなかった。

ところが、運はわが伊一九潜に幸いした。敵は西北西に進路を変更し、さらに十一時二十分、南々東に変針、敵自らわが餌食となるべく目前にせまってくるではないか。まことに幸運中の幸運である。しかも待ちに待った米正規空母である。

敵は日本潜水戦隊の哨戒区域であることを知っているので、ジグザグ運動をしていたものと思われるが、それがかえって敵にわざわいした。木梨艦長はなおも隠忍自重、肉薄をつづけて距離九〇〇メートルに達した。

方位角右五〇度、絶好の射点を得て、満を持した必殺の魚雷全射線（六本）を発射した。

時に十一時四十五分。ズシンという手ごたえがあって、命中音四発を聞いた（敵の発表によれば三本命中という）。やったぞ。なんという爽快さ。今までの苦労がいっぺんにふっ飛んでしまった。一同思わず「万歳」を叫ぼうとして声をのんだ。敵に聴知されるかどうかわからないが、とにかく無音潜航である。

こちらの存在を敵に知らせたからには、今度はこちらが一方的に攻撃を受ける番だ。敵空母に魚雷を命中させた以上、こちらも無事にはすまされない。あるいは撃沈されるかも知れない。敵空母が沈没したかどうか戦果の確認ができないまま、われわれも艦と運命を共にするのである。これが潜水艦の宿命である。

本艦はただちに深度八〇メートルに潜航し、敵空母の航跡の下に隠れた。魚雷命中から六分後に敵爆雷の第一弾の爆発音を聞いた。つづいて第二弾、第三弾と本艦の各方向から爆発音が聞こえて

昭和17年９月15日、伊19潜の魚雷で炎上する空母ワスプ（左）と駆逐艦オブライエン

きて、船体に震動をあたえる。

数隻の敵駆逐艦が本艦の周囲を取り巻いて、いっせいに爆雷攻撃を行なっている。艦内各室の防水扉は厳重に密閉されており、私は電動機室にいて、爆雷一発を受けるたびに、隔壁へしるしをつけていった。正の字を書いていったのであるが、攻撃のやんだ午後五時十五分までに計八十五発を数えた。

前に述べた伊一一潜や伊一二三潜の場合は、至近弾を受けて電池をやられているが、幸運にも本艦は一発も至近弾がなく、ぜんぜん損害がなかった。すべてが伊一九潜に幸いしたように思われる。

しかし、攻撃を受けている最中は、いつ至近弾が見舞ってくるかわからない。つぎの瞬間の運命はまったく予測できないのである。潜水艦には水遁《すいとん》の術があるとはいえ、一度攻撃を行なったら、そこではもはや対等の戦いはできない。一方的に攻撃を受けるばかりであって、まことに歯がゆいかぎりである。

僚艦が確認した大戦果

いつもならば、午後四時半ごろに浮上するのであるが、きょうは時折り爆雷攻撃を受けるので、なかなか浮上できない。南海の月明は昼間のように明るいので、月没後の八時十分に浮上した。

もう海上にはなにも見えない。初めてしみじみと勝利の感激を味わうことができた。しかも無傷である。われわれの一方的勝利である。こんな幸運がまたとあるであろうか。一同ビールで祝盃をあげた。

本艦は浮上後、ただちに司令部に左記要旨の報告を打電した。

『本艦は一二度一八分南、一六四度一五分東付近で〇九五〇聴知、一〇一五、四五度方向一万五千メートルにワスプ型空母一、巡洋艦一、駆逐艦数隻を発見し、一一四五魚雷六本を発射し命中音四を聴知したが、敵駆逐艦爆雷約八十発におよぶ制圧を受けて、効果を確認し得ず』

同時に司令潜水艦である本艦に、隣接配備の僚艦伊一五潜からつぎの電報がとびこんできた。

『味方航空機より大火災を起こせる敵空母は、左舷に大傾斜、巡洋艦二隻、駆逐艦数隻は一五一五これを見捨てて南方に避退。一八〇〇空母沈没を見とどけたり』

われわれの戦果は、ただちに確認されたのである。

敵空母撃沈後の十日間は戦果なきまま、九月二十五日、トラック島に入港した。行動日数四十二日、長時間潜航二十六日の第四次行動では、伊一九潜は大戦果をあげて成功裡に終了したのである。

十月二十七日にいたり、米軍は『九月十五日、空母ワスプは日本潜水艦の魚雷三本が命中し、十五分後ガソリンタンクに引火爆発、五時間後に沈没した』と発表した。これであのときの空母はワスプであることが判明した。開戦以来、わが潜水艦が敵空母を攻撃したことはたびたびあるが、完全にこれを撃沈したのは、伊一九潜の場合だけであった。

なお、この伊一九潜の攻撃は、ワスプを撃沈しただけではなく、他の戦果もあげていることが戦後に判明した。

すなわち英国で公刊された『THE WAR AT SEA』(S. W. ROSKILL 著)によれば、

「空母ワスプは魚雷三本を受け、鎮火の手段なき大火災をおこしたので、放棄撃沈のやむなきにいたった。これとほとんど時を同じくして、戦艦ノースカロライナおよび駆逐艦が雷撃を受けて損害をこうむり、ホーネットは危うくこれをまぬがれた。敵潜水艦がもう一隻(注、伊一五潜)この付近にいたが、同艦は魚雷を発射していないので、これらの戦果は伊一九潜の一斉射で獲得したものと認められる」

と記している。

ワスプの前方を通過した残り三本の魚雷は、約五浬はなれて東方を航行中のホーネット隊に到達し、虎の子新鋭戦艦ノースカロライナにその一本が命中して損傷をあたえ、さらに護衛中の駆逐艦オブライエンにも命中、損傷後に沈没させるという偉功を奏したのである。

伊二六潜 空母サラトガを撃破す

ガ島東方海域で放った二本の命中魚雷

当時「伊二六潜」艦長・海軍中佐　長谷川 稔

「発射用意、射てっ」
「潜望鏡降ろせ、深さ百、急げ」

潜水艦は魚雷を発射すると、ただちに深深度に避退潜航して、つぎの襲撃にそなえて次発装塡にかかるのである。いつまでも潜望鏡を出して戦果を確認しようとしていると、敵に発見されて、命中前に緊急の転舵回避をされたうえ、反撃をうける懸念がある。

だから発射と同時に潜望鏡を引っ込め、増速して深度を深めながら全神経を集中して、魚雷の爆発音に耳をかたむけるのである。これを待つ間のながく感じられること、艦長にとってはじつに寿命のちぢまる思いの一瞬である。

横田(戦後・長谷川)稔中佐

缶詰のような潜水艦の生活、太陽を仰ぐことのない毎日、新鮮な空気から遮断され、湿気と三十度をこす熱気のなかに、油と汗とにまみれた昼も夜もない作戦行動の労苦も、この一発の爆発音を聞くためのものである。〝ドカーン〟と一発、命中の轟音がはねかえってきて艦体をふるわせたときの全艦の感激は、それこそ大変なものである。それまでのどんな苦労も一瞬にふっ飛んで、つづいておこる爆雷攻撃の脅威もなんのその、思わずおこる拍手喝采は、興奮のつるぼと化してしまう。

すると主計兵は、さっそくお祝いの赤飯缶詰の配食準備をはじめるのであるが、そのときは誰一人、その攻撃した敵艦名を知る者もなく、またあたえた損傷の状況も知らない。ただ艦長が〇〇型と知らせるだけで、あとはいっさいを想像するだけの潜水艦乗員なのである。

このように伊二六潜（乙型）が昭和十七年八月三十一日、ソロモン海域で敵機部隊の輪形陣に突入し、レキシントン型空母を襲撃したときも同様で、いっさい不明のまま時がすぎた。その後、十年たった昭和二十七年二月、級友の井浦祥二郎・元海軍大佐から、

「巣鴨在所中にモリソンの海軍戦史を見たら、伊二六潜がサラトガを襲撃して大損傷をあたえ、この修理に三ヵ月もかかったそうだ。その日、駆逐艦で終日攻撃したが、サラトガはたくみに逃れた。また、その年のうちに巡洋艦ジュノーを撃沈した、とあるが、所在中の誰にも記憶がないので、真実のところを知らせてほしい」

と連絡をうけて、その時はじめて空母と巡洋艦の名前を知ったほどだから、おそらく伊二六潜の乗員だった人たちも、艦名を知らなかったであろう。

双眼鏡に映った敵空母

昭和十七年八月、ミッドウェーの日本軍大敗につづいて、敵の反攻がガダルカナル島の奪回に向けられ、その増援補給を支援する敵機動部隊が、連日のようにガ島周辺を遊弋《ゆうよく》する状況となった。そこでわが第六艦隊も、これを阻止し撃滅するよう命ぜられ、伊二六潜をふくむ六隻の潜水艦がガ島の東方海面で配備について、網を張ったのである。

伊二六潜は八月三十日の夜半、配備海面で充電しながら、哨区内を水上で南北に移動哨戒していると、見張員が南東方向の暗夜の水平線上に、黒々ともり上がって見える大型艦二隻と小型艦多数の艦影を発見した。ただちに総員を警備配置につけ、充電をやめて襲撃位置を占得《せんとく》するため、敵の斜め前方に出る行動にうつった。

南方海面では、暗夜といっても内地とちがい、鼻をつままれてもわからないような暗さではなく、かなりの視界があって水平線も薄暗く見えるのである。私（旧姓横田）は双眼鏡で水平線を静かに見わたすと、小山のように隆起した左方に空母が、そして右側に戦艦と、これらを中にしてその左方および右方に小型の黒い隆起が各数隻、視野に映った。

ちょうどそのとき、見張員が叫んだ。「駆逐艦、右九〇度、向かってくる」

私も叫んだ。「両舷停止、潜航急げ」

警急ブザーが艦内に鳴りひびいて、艦橋の見張員は猿《ましら》のように敏捷に艦内に飛びこんできた。機関員はディーゼルエンジンを急停止して、電動機推進に切り換え、通風筒を閉鎖して

伊26潜。昭和17年８月31日、空母サラトガ撃破。11月13日には軽巡ジュノー撃沈

整備灯でこれを報じてくる。

最後の信号員がハッチを閉めて、「ハッチ良し」と報ずると同時に、

「ベント開け、深さ八〇」

艦は急速に避退潜航する。水上航行から艦体が全没するまでに六十秒とはかからない。

「爆雷防禦、防水扉閉め」

いまに爆雷のお見舞いがくるぞ、と肝《きも》を冷やす思いで全員が耳をすましていたが、爆雷の攻撃はなかった（戦後に知ったことだが、ヘッジホッグという爆雷攻撃があったのかもしれない）。

艦の水中聴音機によると、敵は執拗に付近海面をぐるぐる探索していたが、しだいに遠ざかっていくとの報告である。それから約一時間半後に浮上して見ると、すでに視界内には敵影の姿は一艦もなかった。そこで北上したらしい敵艦をもとめて、わが艦もまた水上三直哨戒（乗員の三分の二は休養）の状態で索敵のために北上したが、ついに敵の行動の手がかりもないまま黎明をむかえた。

しかし、いつまでも北上をつづけて、散開線の網に穴をあけておくことはできない。もし、その間に敵がこないとも限らないので、「取舵《とりかじ》」と転舵反転を命じたのである。

全発射管「魚雷戦用意」

私は、双眼鏡を艦首方向に向けて艦橋の窓枠に乗せ、艦の回頭するままに水平線を見張っていたところが、とつぜん不思議なものが左から右に視野を横切るのを見つけた。それは水平線上にわずかに頭をだしている、ガスタンクの頂部とも思えるような巨大な円筒の一部である。

「もどせ」―「宜候《ようそろ》」

私は艦の反転を止めて、これに向進しながらなおも注視していると、その異様な円筒の高さがしだいにせり上がってきて、それにつれて、その周辺に黒い針状の尖端がちらりと林立するのが見えはじめた。これはまさしく、昨夜の機動部隊が南下してくるものと判断した。

「両舷停止、潜航急げ」

ふたたび艦内に警急ブザーがなりわたって、油と汗にまみれた乗員の寝苦しい暁の夢を破ったのである。その日は八月三十一日朝、天候晴れ、風向南東、風力三、海上はときどき小さい白波が立つ程度であった。

おそらく敵は、早朝になって艦首を風に向け、高速で直進しながら飛行機を発艦させて、上空に直衛機を配すると同時に、周辺の偵察に機を飛ばせたのであろう。隊形も輪形陣にととのえ、普通速力に減速して対潜警戒のジグザグ運動もはじめているらしい。潜望鏡を上げて見るが、なかなか敵は視界に入ってこない。さいわいにまだ太陽ののぼり方が低いので、飛行機に透視される懸念は比較的少ないと思ったので、できるだけ潜航深度を浅くして、潜望鏡を一杯に上げて見る。すると、いるではないか。たしかに敵は近接してくる。

「魚雷戦用意」

艦首の全発射管に六本の魚雷を用意する。魚雷深度は六メートル。開度一度半、すなわち、六本の魚雷が各一度半の開きで扉をひらいたように開進するのである。この酸素魚雷は無航跡であり、速力は四十五ノットを出し、五千メートルの距離をはしる。

ともあれ、「魚雷戦用意」の令を下してから艦長は、急に忙しくなる。ジグザグ運動をする敵の斜め前千メートル以内に潜入しようとすれば、敵の変針に応じて当方も変針しなければならない。潜望鏡をのぞくのは艦長である私のみ。私の一瞬の観測ですべてを決定しなければならない。このときほど、艦長としての責任の重大さを痛感させられるときはない。

傍らでは直接補佐する航海長も緊張している。司令塔にいる人の視線が全部、私にそそがれているような気もする。また艦内の見えない乗員の全神経も、私ひとりに集中されているのをひしひしと感じる。

一瞬のうちの潜望鏡観測

伊二六潜の潜望鏡で観測できる深度は、十九メートルまでであるが、南洋の海は海水が透明なので、上空から水中を透視できる深さは三十メートルを越す。自分では潜航して隠れたつもりでも、空からはまる見えのことがあるのだ。

したがって、射点に進出する運動中は、できれば二十五メートル以上の深度が望ましいのだが、それを実行すると、深度の変換に時間がかかり、潜望鏡観測の間隔がのびる。その間に敵の変針に気づかず、振り落とされてしまうことがある。

また観測するときは、速力を微速力三ノット以下にしないと、潜望鏡が白波を蹴立てて、すぐに発見される。しかし、観測のために減速していると、進出運動が足りなくなってしまう。

敵との距離が遠いあいだは五分間隔でもよいが、それもしだいに二分間隔にちぢめ、一分間隔、一分以内と短縮し、観測時間、すなわち潜望鏡を出す秒時も五秒以内にちぢめていくのである。

艦長は直径一メートルもない小さいエレベーターに乗り、潜望鏡に目を当てたままで、井戸の中を上下する。「上げ」の号令で信号員がスイッチを「上げ」にすると、艦長は井戸のなかより潜望鏡といっしょに上がってくる。まず自艦の前甲板が水中に青白く見え、つぎに上にキラキラ光る水面の波紋が見えたと思うと、潜望鏡はサッと水を切って水面に出る。

すぐに「止め」と令して潜望鏡の太い部分が水面に出るのをふせぐ。そのとき太い部分まで出したら、それこそ一度で敵に見つかってしまう。一瞬に観測して「降ろせ」を令すると、ふたたび井戸のなかに降りながら、いまの観測の結果を考えて、航海長に知らせるのである。こうして見るのと考えるのとを別べつにして、露頂秒時をちぢめるのである。

また一回の観測では、敵の方位角（照準線と敵艦首との角度を測り、つぎの観測では敵の距離、潜望鏡の目盛りに対して敵の檣の高さが何分画に見えるかで、表より求める）のみを測定し、そのつぎの観測では全体の隊形を知るといった具合にわけて観測する。このように露頂秒時を局限するので、けっして一度に何もかも全部見てしまうといった、のんびりしたことはできない。

この観測の結果によって、航海長が方位距離の変化から敵の針路や速力を判定する。また聴音員も推進器音のリズムから、敵速を判定して報じてくるので、目で見た艦首尾波の状況などとを綜合して、敵の速力を決定する

九五式53センチ魚雷発射管６門を装備した伊号潜水艦（丙型）の艦首発射管室

のである。

私はこの艦の目となる潜望鏡の対物鏡は、誰にもさわらせぬことにしていた。ふだんでも予定の潜航時刻になると、私自身で得心のいくように磨いたものである。もしも潜航して曇ったり塵がついていたりすると一大事なので、自分の目のように大切に扱ったものである。

空母にみごと魚雷命中

こうして潜望鏡をのぞいているうちに、敵はしだいに南下してくる。

「爆雷防禦、防水扉閉め」艦内は完全に交通遮断となる。しかし、魚雷戦用意はまだ完了しない。

「魚雷戦用意はまだか」「○○番管の魚雷準備がまだできません」「急げ」

この応酬が数回繰り返された。敵機動部隊はだんだんとせまってくる。潜望鏡の昇降がますます頻繁になる。敵はレキシントン型空母と新式戦艦を基幹とし、これを取りまく巡洋艦、駆逐艦の直衛を配した堂々の輪形陣である。いまからこの陣形のなかに突入すると思えば、武者ぶるいがおこる。

潜望鏡の露頂は、一秒でもただの半秒でも短縮せねばならぬ。もはや目ざす空母以外は眼中にない、一瞥する余裕などあろうはずもない。

「潜望鏡上げ」「降ろせ」

このときは、すでに「止め」の号令を省略するほどに緊迫していた。

水中速力のおそい潜水艦は、移動する機械水雷だといわれていたくらいで、射点占得の能否は一に敵の出方いかんにかかっているので、理想の射点に到達できない場合でも、最善の位置で襲撃を決行しなければならない。この現態勢では、とうてい三千メートル以内に接近できそうもなかった。残念だが、魚雷一本準備未了のまま、すなわち扇の骨が一本折れたままの射線構成でも発射しなければならない。そう決意したそのとき、「魚雷準備完了」の報告がきた。

「よし、このつぎに射つ」「方位角右五〇度、距離三千、敵速十三」

すぐに「方位盤よし」の報告がある。これで魚雷のすすむべき方向を方位盤が計算し、機械的に魚雷に調定してくれるので、艦長が潜望鏡で照準すればよいのである。あらかじめ、予想方向に潜望鏡を旋回しておき、

「発射用意、潜望鏡上げっ」「止め」

いけない、敵は外方に変針したようだ。

「方位角右九〇度」「方位盤よし」

艦内は寂《せき》として声なし。すぐに空母の中央が潜望鏡の十字のマークにしずしずと寄ってくる。

「用意、射てっ！」

この号令を怒鳴った瞬間に、間髪を入れず左の方から備前の名刀のような反《そ》りのある鋭い駆逐艦の艦首が、ニューッと視野いっぱいにかぶさってしまった。ああ万事休す。いまにも

潜望鏡が折られ、艦橋が圧し潰されて、司令塔もろともにぶっ飛ばされるか。

「潜望鏡おろせ」「深さ百、急げ」

しかし、覚悟した衝突の衝撃はなかった。すぐにと思われた爆雷も飛んでこなかった。まったくの幸運である。第一の危機は突破したのだ。やがて深度は急速に深まっていく。

全員身をかたくして、「魚雷が命中しますように」と祈っている。と、一分経過、二分経過、そして二分十秒たったとき〝ドカーン〟ときた。さあ大変、艦内ではいままでのコチコチの緊張が一瞬にとけて、感激の拍手がまきおこる。顔が自然に笑ってしまう。どうしようもない。

潜望鏡を踏みつけそうになって、たしかに慌《あわ》てたはずのあの駆逐艦の爆雷が飛んでこないのも、不思議でたまらない。

執拗きわまる爆雷攻撃

やがて深度百メートルまでは無事に潜ったが、ついに敵に探知されたようだ。聴音員から、「推進器音、近寄る」「感三……感四……感五」

〝ドカドカドカーン〟いよいよ爆雷攻撃がはじまったのである。かなり近い。大きなショックをうける。脳天をドヤシつけられたようだ。やがて「敵は遠ざかる」と感度低下を報じてくる。

やれやれと一安心する暇もなく、またも、「推進器音、近寄る、感度が高い」

ドカドカドカーン。だんだん爆雷が近くなる。一隻ではないらしい。天井のペンキが剝げてパラパラ落ちる。司令塔の傾斜針が破れて、なかの赤い液体が飛びちり、信号員の頭から顔に流れて、チャンバラ役者のような顔になったが、誰も笑わない。

つぎから次と直上を走り過ぎては爆雷を数発ずつ投下していく。いちばん近い爆撃で電球がこわれ、深度計の針が飛ばされたが、致命傷ではなかった。

最微速の一・五ノットに下げ、音を殺し息まで殺して、百メートルの深海をなめくじのように徐々に逃げまわっているだけの、完全な受け身である。しかし、いよいよ最後となれば、潜望鏡を出して敵に一矢《いっし》を報いねばならない。とはいえ、発射管には一本の魚雷も残っていない。そこで攻撃の間隙をぬうように、魚雷の次発装塡をおこなった。

艦内の空気はにごる一方である。一人が一時間に三十リットルの酸素を吸って、同量の炭酸ガスを排出するが、空気を清浄するための通風も、爆雷防禦でストップしている。温度もまた上昇する一方だ。後部の電動機室では、とうに四十度を突破している。前部の発射管室でも三十数度、それに全艦の温度が高まって、しかも空気の流動がソヨともしないのだから、半裸の乗員は脂汗が滲《にじ》むどころではなく、ポタポタと流れて落ち、しかも少しも蒸発はしない。

やがて呼吸がだんだん短く、浅くなる。不快指数はまさに百パーセント。ところどころでロッカーや引出しを開けて、潜航前から詰まっていた大気中の空気をうまそうに吸う者もいる。そんななかでの次発装塡は大変な仕事であった。

ようやく潜水艦本来の攻撃力をととのえた。執拗に爆雷攻撃を反復する敵もしだいに精度が低下し、間隔ものびていく。まことに長い時間であったが、ようやく危機は脱したらしい。しかし、探信儀はちょうどメガホンを旋回するように有効範囲があって、そのなかに入ると捕まってしまう。したがって、攻撃準備ができたとはいえ、見えざる敵のかまえている聴音機や探信儀のなかに過早に浮いていくと、深度が四、五十メートルになったとき、とつぜん爆雷を喰うことが多く、辛抱を要する時機なのである。

敵もきわめて執拗であったが、当方もまた慎重にかまえたので、さすがの敵もついにあきらめて遠ざかったようだった。

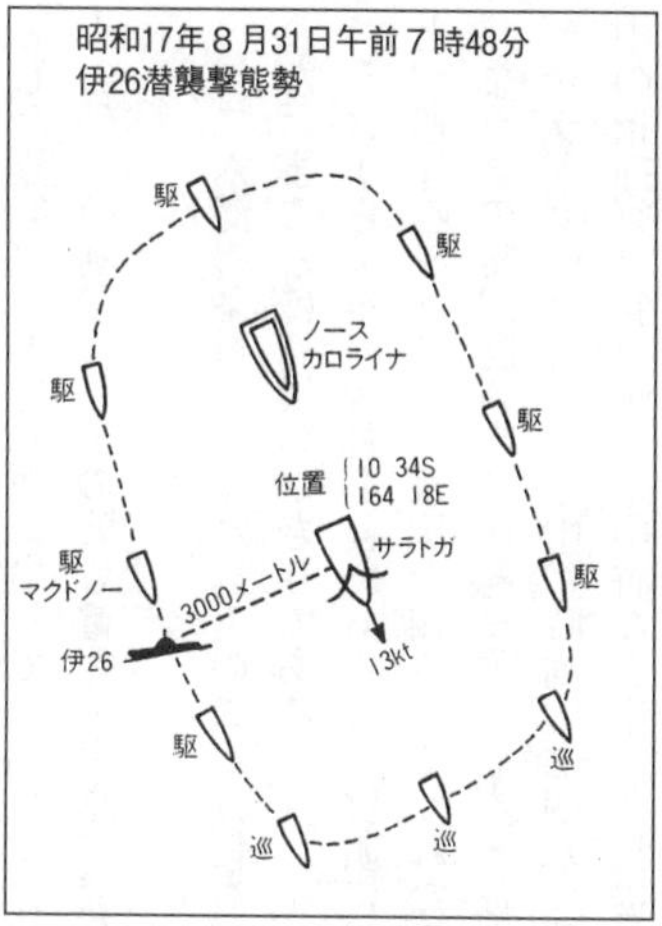

「四周をよく探せ」と聴音員に注意しながら、徐々に露頂深度に浮上して、ソッとのぞいてみた。大急ぎで潜望鏡を一回転して、まず水面至近に敵の有無をしらべ、つぎに上空に飛行機の有無をたしかめてから、あらためて入念に水面の異状を点検する。

すでに海面は何事もなかったかのように静まりかえっていた。制圧された時間はじつに七、八時間にもおよび、爆雷は計四、五十発をうけていた。さっそく、潜望鏡とおなじ形をした無線マストを水面に出して、「レキシントン型空母襲撃、発射雷数六、命中音一、地点〇〇、時刻〇〇」との緊急電報を全軍に発信、ついで損傷艦の追撃にうつった。

伊二六潜の乗員は、それ以上のことは何も知らないまま、大部分の人々はその後、戦没された。まことに痛恨のかぎりである。

それから十年の歳月を経たある日、冒頭に述べたとおり井浦元大佐が空母サラトガの大破と、巡洋艦ジュノーの撃沈を知らせてくれたのであった。

またその後、防衛庁の南部一佐や坂本一佐からは、

「サラトガに魚雷二本命中、時刻〇七四八、巡洋艦ミネアポリスでトンガタブに曳航、乗艦中の指揮官フレッチャー中将など十二名負傷、戦艦はノースカロライナ、護衛部隊は巡洋艦三隻、駆逐艦七隻、距離三五〇〇ヤード、駆逐艦マグドノー艦首三十フィートに潜望鏡発見、全軍に警報……」

など、あらためて詳しく知らせてもらったのであった。

伊二六潜はその後、幾多の戦果をあげて各海域に転戦し、昭和十九年十月、レイテ海戦で力尽き、ついに全乗員とともに沈んだ。こうして数少ない生存者をのこして、その赫々たる武勲の幕を閉じたのであった。

伊一七六潜　ソロモン海底街道を突っ走れ

もぐら輸送といわれた潜水艦によるガ島への海中補給作戦

当時「伊一七六潜」水雷長・海軍大尉　荒木浅吉

昭和十七年六月、ミッドウェー作戦を転機として、太平洋の戦勢は急速な転回を見せつつあった。この海戦で、日本海軍としては唯一の戦果ともいえる空母ヨークタウンと、その護衛駆逐艦を撃沈するという殊勲の伊一六八潜艦長田辺《たなべ》彌八少佐は、修理のため内地帰投後、伊一七六潜（海大七型＝新海大型）艤装員長に補せられた。

そして八月四日の竣工後、日ならずして、米軍部隊がガダルカナル島に上陸し、米軍の本格的な反攻がはじまった。本艦の就役訓練も、八月末で切り上げなければならなかった。

荒木浅吉大尉

ようやく秋風の立ちはじめた九月十日午後三時、それぞれの思いを胸に、母港呉を出撃して、一路トラック島にむかった。つい数日前、最愛の夫人を失われた悲しみを深く秘めて、艦長は静かに艦橋に立っておられた。

平穏な航海をつづけ、十六日午後一時、トラック島に入港した。艦隊訓練でしばしばおとずれて、見なれた環礁にかこまれた椰子《やし》の樹の島々ではあるが、そのころの絶海の別天地という感じはすでに失われていた。ここには第四艦隊司令部、第六艦隊潜水艦基地隊などが所在し、艦艇、輸送船が多数浮かんでいる。

水交社をおとずれると、ここは騒然とした雰囲気につつまれていた。ガ島増援の陸軍部隊の士官が船待ちをしているのだ。意気軒昂、「われわれが上陸したら、米軍なんか鎧袖《がいしゅう》一触して見せる」「荷やっかいな大砲など必要ない」などとさかんに気炎をあげている。

九月十八日午前十時、伊一七六潜はトラックを出港した。そして、風雲急を告げるソロモン群島南方の潜水艦散開線に加入すべく急行する。

十月五日、本艦は甲潜水部隊に編入され、五隻の潜水艦とともにインディスペンサブル礁の南西海域を、南北に掃航索敵した。しかし、めざす敵機動部隊を捕捉することは難しかった。固定的な補給路をさがすことはそれほど難しくはないが、戦術的に不規則な行動をとる艦隊を発見することは難しい。

海は茫々といたずらに広く、潜望鏡にも水中聴音機にも、何も入らない。海は静かで美しく、国運を賭けた血みどろの戦いがつづけられているとは、想像もできないほどである。

夕映は神のすさびの筆に似て色も奇しき雲連ねたり——潜望鏡にうつる美しい夕焼けの景色を手帳に書きとめる。

乗員も単調な日々に、いささか退屈をおぼえてきたころ、敵の上陸により後方にとりのこされたコロンブス岬の海軍見張所員約二十名に糧食を補給せよ、という電報が入った。すでに伊七潜がこの任務のため約一週間行動したが、厳重な敵の警戒と複雑な地形にはばまれて失敗したという。

いつもは静まりかえっている士官室だが、まわりの寝台からみなが起きだしてきて、この一通の電報をかこみ、いろいろ意見が出てにぎやかになった。

「自分たちの糧食さえ満足に積んでいない潜水艦に補給せよとは」

「二十名のために、精鋭の潜水艦とその乗組員を賭けるほどに、重要なことなのだろうか」

しかし、いずれにせよ、無聊をかこっていた矢先であったので、この任務はかえって乗員の士気を鼓舞した。

「先任将校。助けてやってください」

理屈をいいやすい士官にくらべ、下士官兵は情にもろく、義俠心が厚い。情況を説明する私をとりまいて、口々にそういう。

「伊七潜は失敗したのだ。難しいぞ。いいか」というと、「大丈夫ですよ。私がついている」ひょうきんな森兵曹が、みなを笑わせる。

最高潮に達したガ島争奪戦

田辺艦長をかこんで、真剣に作戦がねられる。

コロンブス岬なるものが、まずはっきりしない。昼間、浮上して探せるならばいいが、敵に気づかれないように潜望鏡をときどき使うだけで、あまり確実性のない海図で探さなければならない。そして、進入路をいずれにとるべきか。ガダルカナル島の西側から入れば、厳重な敵の警戒線を正面から突破しなければならない。反対に東側から入れば、敵の交通路にそって行動するので、たえず敵に遭遇する危険がある。

「どうするか」と艦長に問われ、

「現在の配備点から考えれば、時間的には東からの方が余裕がありますが」と答えた。

艦長は腕を組んでじっくり考えておられたが、やがて、「ウム、東から入ろう。それで検討してくれ」といわれた。

これより先、敵上陸の報により、第八艦隊は長駆ツラギ沖に奇襲を敢行し、重巡四隻を沈めて敵艦隊を敗退させたが、肝心の輸送船団に手をつけることなく引き揚げた。

連合艦隊は機動部隊に出動を命じ、山本五十六長官は大和に座乗してトラック島に進出した。機動部隊は八月二十三日、敵空母部隊をスチュワート島の南東海面に発見して攻撃をくわえ、エンタープライズおよびサラトガに損傷をあたえたが、止《とど》めを刺すことができなかった。

潜水部隊は、ミッドウェー作戦以前から、新鋭艦を特攻作戦にあてて主戦場をはなれていたが、作戦地から帰投中の潜水艦をも投入して、要撃作戦を展開した。真っ先にかけつけたのは老齢の機雷潜三隻と旧式呂号潜水艦二隻で、八月九日以後にガ島方面に進出したが、すでに敵艦隊の姿はなかった。わずかに呂三四潜が、ルンガ泊地で荷役中の輸送船を雷撃して撃沈しただけであった。

新鋭潜水艦七隻からなる第一潜水戦隊は、八月十五日に内地を出撃し、二十四日に戦場に到達した。八月、九月のあいだ、伊一二三潜、呂三三潜をこの方面で失ったが、伊二六潜は八月三十一日、ヌデニ島西方で米空母サラトガを雷撃して、魚雷一本を命中させた。

また九月六日、伊一一潜は空母を攻撃して二本命中と報じ（米側発表なし）、九月十五日、伊一九潜は空母ワスプを攻撃して三本を命中させ、僚艦伊一五潜はその沈没を確認した。そのときの魚雷二本は、さらに直進して大遠距離の戦艦ノースカロライナに一本、駆逐艦に一本命中して、駆逐艦は轟沈した（戦後判明）。

ミッドウェー作戦後の再建になやみ、充分に戦力を発揮できなかった機動部隊にかわって、わが潜水艦部隊は敵の空母部隊に打撃をあたえ、本艦がガ島南方に行動をはじめたころは、この海域に出現する敵は戦艦、巡洋艦を中核とするものであった。作戦可能の残存敵空母は約一～二隻で、遠距離からヘンダーソン飛行場に航空機を空輸するもののようで、その行動をとらえることは困難であった。

陸軍の川口部隊の一木先遣部隊は、八月十七日にタイボ岬に上陸し、八月二十一日、飛行場東端から突撃を開始した。しかし、激しい十字砲火を浴び、戦車の蹂躙《じゅうりん》するところとなり、手兵約八百名は全滅し、一木清直大佐は軍旗を焼いたあと、自決した。

伊176潜水艦。新海大型の一番艦として昭和17年８月竣工。ソロモン方面に進出、ガ島輸送ラエ輸送等に従事。その間、重巡チェスター雷撃。19年５月、米駆逐艦により撃沈された

ついで川口支隊主力は、九月五日にタイボ岬に、舟艇機動した岡部隊は九月四日、エスペランス岬に上陸し、東西呼応して十五日に総攻撃に転じた。しかしながら、圧倒的な火力の差はいかんともなしがたく、わが軍は千五百にのぼる屍《しかばね》を飛行場に残したまま撤収して、後図をはからなければならなかった。

百武晴吉中将の第二師団は、九月二十日にラバウルに集結し、十月四日に出撃、九日にガ島に上陸した。いまや、ガ島飛行場の争奪戦は最高潮に達しつつあり、第二師団による総攻撃は十月十五日を目途とし、その前哨戦が日夜くりひろげられていたのである。

短艇による輸送に成功

伊一七六潜は、腹一杯に電池を充電しながら、闇にまぎれてインディスペンサブル海峡を突破した。さいわいにして敵影も認めず、ガ島の無気味な山影が黒く覆いかぶさるようにせまってくる。

マラバ島を左舷に見てまわりこみ、夜の明けないうちに潜航する。海岸に近いので、いつサンゴ礁に触接するかわからない。ときどき、水中聴音機に推進器音や探信音が遠く入る。このさい、これらは敬遠して、潜望鏡の使用は艦位を求める最小限度にとどめ、測深をおこないながら敵地に深く進入する。

緊張のうちに、ようやく日も暮れかかり、夕闇の中に海岸の密林が無気味に静まりかえっている。激しい死闘がくりかえされている飛行場は、まだ三〇浬《かいり》西の方である。連絡予定時刻も近づき、総員配置となし、潜望鏡の波紋を立てるのもはばかるように観測するが、電報で打ち合わせた緑の標示灯は見えない。

「何かあったのか、それとも場所をまちがえたのか」

不安にかられながら、艦はおなじ場所をぐるぐる旋回しているうちに、約束の時間もすぎてしまった。司令塔を見上げると、艦長と中川航海長が位置を確認していたが、どうやら進入の基準につかった小島がまちがいで、もう一つ西の島が正しいことがわかった。やがて艦内放送で、「連絡を一日延期する。充電を終えたら、沈坐して待機する」と伝えられた。

熱帯樹の大きい青い葉が覆いかぶさるように繁る小島に、艦を擦り寄せるように浮上して、急速充電をはじめる。エンジンの音がいやに高く、敵に聞かれはしないかと、耳を押さえたくなる。飛行場の方角でときどき、赤い炎が空を染める。音は聞こえないぐらいの遠さではあるが、はげしい戦闘がつづいているのであろう。

充電が終わるまでの五時間は、しびれが切れるぐらい長く感じられた。どんなに慣れても、潜航警鐘が鳴るたびに、ギクリとするが、この時ばかりはホッと解放された気持ちで、ベルの音を聞いた。六十メートルの海底に艦を横たえたときは、夜半に近かった。

思えば、このときサボ島沖海戦がはじまり、エスペランス岬沖で第六戦隊青葉、衣笠、古鷹を基幹とする日本艦隊が、米巡洋艦部隊の要撃を受け、レーダー射撃で古鷹および駆逐艦吹雪を失ったのであった。

翌十月十二日、日没を待つだけの艦内は、ひさしぶりに緊張から解放された。寝台でゆっくり休養するもののほか、レコードを聞いたり、雑誌を読んだり、食卓をかこんで談笑したり、文字どおり彼我決戦場の真下での休日を楽しんだ。

内地を出るとき、「戦時中にレコードでもあるまいに」という声が下士官兵にも多かったのを、「まあ、そんな堅いことといわずに」と無理に蓄音機を積みこませたのが、こんなところで役立つとは思わなかった。

十二日の夕刻を待って離底し、浮上予定地点に近寄ると、こんどはまさしく潜望鏡に、緑灯がかすかに見える。周囲に気をくばりながらソッと浮上し、見張員をつけて一二センチ双眼鏡で精密に見張らせたが、異状はない。規約信号をかわすと、陸上にも異状はないらしく、緑灯が消された。

「揚搭作業はじめ」の令がくだり、上甲板の格納所から短艇ダビットをとり出して組み立て、短艇を吊り出さなければならない。短艇は平時に、母港で使う交通艇であり、潜航中は水づけになるので整備もままにならず、いざというときには機械がなかなか掛からず、艇員泣かせの代物《しろもの》である。

一方では、手送りで米袋を上甲板にあげる。後年、エスカレーター付きの輸送用潜水艦が建造されたが、そんな便利な設備は何もない。砲術長加藤少尉は、艇員を上甲板に整列させ、元気に武装点検をしたり、注意をあたえたりしている。

突然、「艦影左四〇度、東に向かう」の声。七倍双眼鏡を眼にあてると、たしかに輸送船二隻が見える。艦橋をあおぐと、「このまま作業を継続する」と艦長の声。いつしか輸送船は闇の中に消えていった。

準備はほとんどととのったのだが、肝心の内火艇の機械がなかなか掛からない。篠崎機械長がけんめいになっているが、いうことをきかない。しびれを切らして、艦長まで艦橋を降りて来てのぞきこむ。長いあいだ水づけになっていた機械も、だんだん正気をとりもどしたのか、ブルーンと発動した。

「よし。出発」、艦長は加藤少尉の手をにぎり「頼むぞ」

「ハイ。かならず成功します」

少尉が乗りこむと、短艇はコトコトコトと頼りない音を立てながらも、海岸の闇に吸いこまれていった。

潜水艦は沖に艦首をむけ、沖を移動する敵艦船の動静に注意しながら、短艇の帰りを待つ。海岸までの距離は、わずか五百メートルほどなので、それほど時間がかかるとも思われない。それなのに、予想時間を過ぎても姿は見えず、三十分はとうに過ぎた。

「連絡がとれずに探しまわっているのかな」「敵につかまったのではないか」

不安と焦慮のうちに一時間もたったころ、闇の中にピシャピシャッと櫂《かい》を漕ぐような音がして、だんだん近づいてくる。

敵か、味方か緊張して眼をこらしていると、本艦の内火艇だ。やがて舷側にたどりついて、

「遅れて申し訳ありません。途中で機械が故障して漕いで帰りました」「連絡に成功しました。艦長にくれぐれもよろしくとのことでした」

さっそく、短艇を揚収し、出発準備をととのえる。加藤少尉は艦内に入りながらいった。

「ジャングルかと思ったら、上陸点は椰子の樹がきれいに植林されていました」

こんどは迅速に準備が復旧され、東にむかって脱出する。少なくとも黎明以前に、インディスペンサブル海峡に達しなければならない。警戒を厳重にしながら水上航走をつづけ、あと少しでガ島東端のマラバ島にさしかかろうとするときであった。

「左舷後方駆逐艦、接近します」と見張員が叫んだ。とっさに眼鏡をとりあげて見ると、距離は約六千メートルである。哨戒長として艦橋に立っていた私は、出発後、ずっと艦橋におられた艦長に、「潜航しましょうか」とたずねると、艦長は「そのまま。少しずつ陸岸に近寄れ」と指示され、ついで「魚雷戦用意、急げ。一、二番管注水」と命じた。

潜水艦は敵に横腹を見せないように、注意深く測深しながら、遠ざかる針路をとって海岸に近寄る。高速の駆逐艦は、しだいに本艦を追いこす態勢に入ったが、まだ気がついた様子はない。やがて方位角が正横付近に近づくと、敵の艦影が急に大きくなる。

「見張員は敵の大砲に注意せよ。砲口がこちらを向いたら、すぐ知らせよ」

艦長はキビキビと指示されながら、速力を落とし、すぐにでも魚雷を発射できるよう、そして少しでも発見されないように、艦首を敵にむける。艦長は敵に眼をむけたまま、「敵に何かの動きがあったら、魚雷を射って潜航する」と私にいわれる。

刻々と高まる緊張に、艦橋の屋根をにぎりしめている手に、思わず力が入る。機械を電動機に切りかえ正眼にかまえる本艦の中心に、大きな同心円を描きながら、駆逐艦は南下していく。

「艦長、射ちましょうか」

いつまでも敵の横腹を見ていると、思わず魚雷をお見舞したい誘惑にかられる。艦長も恐らくおなじ気持ちだったと思うが、「待て待て」と静かにたしなめられた。そのうちに敵はしだいに後ろを見せて遠ざかり、水平線の闇に消えていった。

本格的〝もぐら輸送〟はじまる

日本潜水艦による最初の輸送作戦は、こうして終わった。以後、伊一七六潜は、ふたたびガ島南方の潜水艦散開線にくわわった。

昭和十七年十月二十日夜、敵艦隊に遭遇し、直衛の艦底を突破して襲撃、重巡チェスターに魚雷二本を命中させて大破、再起不能ならしめた（当時はテキサス型戦艦沈没と判定された）あと、トラック島に帰投した。

その後、ガ島の戦況はますます急迫をつげ、二万数千に達する日本軍にたいする補給は意のままにならなかった。舟艇機動による蟻《あり》輸送から、駆逐艦による決死的な鼠《ねずみ》輸送にうつったが、第三次ソロモン海戦で事実上、止《とど》めを刺された。こうして人や物をはこぶには最もふさわしくないと思われる潜水艦による、いわゆる〝もぐら輸送〟がはじまることになった。

第一線艦長は猛然と反対し、第六艦隊の旗艦である香取の後甲板の研究会場は、異様な雰囲気につつまれた。しかし、司令長官小松輝久中将の「ガ島の陸軍に糧食弾薬を送れとの大命なり」とのツルの一声に、沈黙するほかはなかった。

十一月中旬、潜水艦十隻で乙潜水部隊が編成され、輸送任務につくことになった。すでに戦機を逸したこの頃になって、伊一六潜、伊二〇潜、伊二四潜が戦線に参加し、甲標的作戦を開始した。伊一〇潜と本艦は哨戒隊として、敵船団を捕捉攻撃してこの部隊に通報するため、サンクリストバル島南東海面で哨戒にあたった。

この作戦で、甲標的により輸送船約四隻を撃沈破したが、敵はもはやガ島にすっかり根をおろし、わずかな常続的輸送だけで間に合うようになり、この作戦も十二月十八日でとりやめになった。

そして、いよいよ本艦も輸送作戦にとりくむことになった。

このことを乗組員はどのように受けとめているのか、艦長と話し合って乗員のアンケートを求めた。すると乗員が予想以上に戦局を正しく認識し、地味な輸送作戦をも喜んでやろうという気持ちを持っていることがわかった。なかでも、「弾丸だ弾丸だと血に染む友に海の底から弾丸運び」の一句には、胸をしめつけられる感動をおぼえた。

波瀾万丈の伊一七六潜の輸送作戦はこうしてはじまった。この間、ガ島方面では、十二月九日夜、伊三潜がカミンボ岬で魚雷艇の攻撃を受け、魚雷二発が命中して沈没した。

伊一七六潜はニューギニア方面で、海図に書かれていないサンゴ礁にとじこめられるなど苦心の末、十二月十八日、マンバレ河口への第一回輸送に成功した。その後、ふたたびガ島方面に転じ、昭和十八年一月二十日の夜、魚雷艇の警戒を突破して、エスペランス輸送に成功した。

しかし、これにつづいた伊一潜は一月二十九日夜、カミンボ岬沖で魚雷艇の爆雷攻撃により、至近弾を受けて潜航不能におちいった。そして、浮上砲戦に転じたが、数隻の魚雷艇の集中機銃掃射により、坂本栄一艦長以下、艦橋のものは酒井航海長ひとりをのこして戦死した。

先任将校是枝貞義大尉以下は、軍刀を片手に舷々相摩す凄烈な戦いをつづり、わが一四センチ砲弾も敵駆潜艇に命中、敵は魚雷も銃弾も射ちつくして、ひきあげてしまった。潜水艦はしだいに沈没に瀕《ひん》し、是枝大尉は、もはや止むなし、と陸岸に座礁させ、暗号書などを処分したあと、約六十名とともに陸上にうつった。

あいつぐ悲報に、六艦隊司令部は、輸送作戦中止の結論を出して東京に上申したが、やはり陛下の御意向ということで却下されたという。

一月二十七日、伊一八潜はエスペランス岬に運貨筒を発進させ成功したが、戦局はすでに撤退作戦にうつっていた。そうして二月八日のガ島撤収作戦をもって、約八ヵ月におよぶ血みどろの戦いは終わったのである。

伊一〇潜 アデン海湾の船団攻撃

アフリカ東岸の通商破壊戦に出撃した潜水艦と駆逐艦の対決

当時「伊一〇潜」砲術長・海軍大尉　小平邦紀

艦長の身体が潜望鏡筒とともに、しずしずと上がってきた。艦長は両手で潜望鏡把柄を握りしめ、いくぶん前かがみになってレンズに目をつけている。その艦長の身体に、われわれの目は吸盤のように吸いつけられる。

つい今しがた、聴音機員が音源をレシーバーで感知した。それを、潜望鏡で――目で確かめようというのである。目標は何であろうか。また先日のように商船が出現したというのか。

潜望鏡はすでに水面に現われたらしい。艦長は食い入るようにして見ている。潜望鏡がじりじりと回る。果たして目標は襲撃可能の態勢を示しているというのか……。静かな司令塔内では、ジャイロコンパスがひとり、ジジーッジジーッと低い音を立てているだけだ。

小平邦紀大尉

ところが、殿塚謹三艦長が発した言葉は、まったく意外なものだった。

「総員配置につけっ！」

見れば、艦長の横顔はいつになく引き締まっているではないか。その顔で、さらに続けていった。

「一隻、二隻……。全部で九隻の商船。大船団だ」

むしろ歓迎すべき敵ではないか！　そう思ったのも一瞬だった。たちまち敵発見の喜びは「船団」という言葉で、冷水を浴びせられるような思いになった。船団を組むからには、必ず護衛艦隊がいるはずだ。果たして、

「駆逐艦が前後に一隻ずつついている」

艦長の言葉は冷静であった。が、それだけ、ひんやりとした響きをもって、われわれの心に食いこむのである。われわれのこの作戦行動は、激戦の太平洋とは違って、敵の警戒も手薄なインド洋方面での通商破壊戦であった。

昭和十八年九月二日、マレー半島西岸の基地ペナンを出撃以来、インド洋の真ん中で、まず独航の商船一隻を血祭りにあげ、さらにインド洋を突っ切って、このアデン海湾に侵入し、身の毛もよだつようなペリム島泊地の飛行偵察をすませた後、つづけざまに敵商船二隻を撃沈するという戦果をあげ、艦内の士気は最高潮に達していた（278頁地図参照）。

出撃以来、すでに一ヵ月半ほどにはなるが、精神的には楽な戦いであった。太平洋戦線の苦闘にひきくらべると、むしろ「狩り」とでもたとえられるような作戦行動であった。

行なうべくペナン基地を出撃してゆく伊号潜水艦

停泊する潜水艦乗員たちの帽振れに見送られて、インド洋で通商破壊作戦を

それが、こんどはわれわれの最も苦手とする駆逐艦が現われたのである。インド洋方面の潜水艦部隊に配属されて、すでに半年近くなるが、敵駆逐艦に遭遇したのは、実にこれが初めてだった。駆逐艦がいる！　下手をすると、まったく逆に、こんどはわれわれ伊一〇潜（甲型）が〝狩られる立場〟に陥るかもしれないのである。

竹藪のような敵船のマスト

艦長が潜望鏡から目をはなすと、私は艦長をおしのけるようにして、レンズに目を近づけた。

「砲術長、のぞいてみろ」

「ウーム」思わずうめきが喉《のど》の奥から出た。それにしても、何とすばらしい船団であろうか！　船団の堂々たる姿は、駆逐艦の脅威を一瞬忘れさせるに十分だった。マストと煙突が、南海の暮れゆく水平線上に高々と立ち並び、潜望鏡の視野一杯にひろがっている。それは、まるで竹藪のようだ。

その竹藪が、本艦にのしかかってきそうな感じである。前方から後方まで、各船がきびすを接して続いており、ほとんど隙間がない。これなら、どこに魚雷を射ちこんでも、必ず当たるにきまっている。

そして私をうならせたのは、それればかりではなかった。その九隻の商船が、すべて一万トン以上のタンカーと貨物船なのである。やるべし！　沈めるべし！　私の心は躍った。

なるほど、二列の縦陣をとった船団の前と後ろに、小柄な、そして精悍そうな二隻の駆逐艦が、がっしりと船団を護っている。たしかに怖い敵だ。この駆逐艦は無言でわれわれにこういっているのだ。「沈めるならやってみろ！　必ずお前を返り討ちにしてやるぞ！」

しかし、これが潜水艦戦なのだ。現に、太平洋で多くの僚艦が、二重にも三重にも護衛された敵機動部隊に対して、攻撃を敢行しているのである。われわれは、インド洋で甘やかされていたのだ。僚艦の苦闘を思えば、この優秀船団こそ必ず沈めねばならぬ。

船団の針路は、東からやや北寄り——だいたい七〇度から八〇度くらいか。速力は十二、三ノットを出していようか。私はそういう判断を艦長に述べてみた。距離は約一万三、四千メートル見当だ。

私が身を引いたあと、潜望鏡には司令塔員がかわるがわるついた。誰も彼も「凄え船団だ」「でっかい船だなぁ」と口々にいう。

司令塔まで導かれた聴音レシーバーを、頭からかぶって聞く。ザック、ザック……。低いが力強いその足音である。探信儀室から艦底に受信機が下ろされた。こちらから超音波を出して、敵船の距離と方向を測るのではなく、発信せずに受信機だけによって駆逐艦の探信状況を知ろうというのである。間もなく、富田兵曹が、

「敵の探知音入ります！」

敵はやっぱりやっているのだ。約一分間隔で、キーン、キーンという鋭い探知音が聞こえてくるという。薄気味悪い思いが、ふたたびわが身を包む。——しかし「虎穴に入らずんば

虎児を得ず」だ。

艦長は、交通破壊戦の常道を踏むことに決意した。すなわち、まず船団の側方を追躡触接して、じっくり敵の針路速力を見きわめる。つぎに速力を増して、敵の前程に進出する。そこで潜航して敵を待ち伏せる。そして、襲撃決行は明朝の予定である。

距離五千での態勢観測

敵船団の音が次第に小さくなった。そこで艦は、夕闇の海面に浮かび上がった。低圧排水の振動が、上甲板の水滴をブルッブルッと揺すって海面へ落としこむ。明朝の襲撃を前にした、わが伊号第一〇潜水艦の武者ぶるいだ。

「両舷第一戦速！　七〇度宜候《ようそろ》」

ディーゼルエンジンがドッと堰を切って、轟音を発した。逸《はや》る駿馬に、ピシッと一鞭が入ったかたちである。さあ、追跡だ！　われわれの艦は、艦首両舷から白波を盛りあげて、夜のアデン海湾を猛然と東方に突進しはじめた。

——二時間後、一番見張り、一八センチ望遠鏡が左前方にこんもりとした黒い影を捉えた。近づくにつれ、それが一団の森となって、星明かりの水平線を背に、くっきりと浮かび上がる。

上空には雲ひとつない。奇妙な言葉だが、海上用語では晴天の暗夜と呼ばれる夜である。そして空と海とは、ときに背をそむけ合う。空は快晴なのに、海面上にはアデン海湾特有の

インド洋を西へ通商破壊作戦に向かう伊10潜艦橋で見張りに余念ない乗員たち

濛気《もうき》がしっとりと立ちこめている。

艦は敵の後方から、ジリジリとコースを右寄りに変針して進む。船団とある程度の距離を保ちながら、やがてその右正横、約八千メートルにぴったりとついた。この位置で、船団との距離と方位を一定に保つように本艦の針路と速力とを調節しながら走れば、そのうちに船団の針路と速力とがどんぴしゃり測定できるというものだ。

だが、われわれの測定をやんわりと妨げるものがあった。濛気である。八千メートルの距離では、どうしても目標がはっきりしない。仕方がないので、危険をおかして五千メートルの距離に入りこむ。そうすると、敵船の一隻一隻の姿がかなりはっきりと見えてきた。向こう側の列の船影はうすく、幻のような不思議な情感をあたえる。

さらにその向こう側には、広漠たるアラビア大陸——アラビアンナイトの夢幻の世界が横たわっているのである。私の脳裡に空飛ぶ絨毯の絵が浮かんでくる。それにバグダッドの太守たち。私は喉の奥で〝オリエンタル・キャラバン〟をそっとハミングする。

「どうも駆逐艦が見えねえや」

そのとき酒井航海長のつぶやきが、私を甘い楽しい空想の世界から、厳しい現実に引きもどした。と、たちまち不安が心の底で頭をもたげた。駆逐艦はこっそり、本艦の背後に忍び寄ってくるのではないか。あわててあたりを綿密に探したが、なかなか見つからない。不安が一層ひろがってくる。

「駆逐艦らしいもの、左八〇度」と二番見張りが報告する。

いた、いた！　敵駆逐艦はとんでもないところにいた。手前の船列の外側、それもほぼ中央付近にぽつんと一つの小さな黒影が、そ知らぬ顔をしている。つまり、敵駆逐艦は夜に入るとともに、その護衛位置を変え、船団の前と後ろから、それぞれ両横に出ばってきていたのである。

その位置で、触接する潜水艦を発見しようというわけだ。うっかり近寄っていたら、われわれは危うく、いきなり砲撃を食らうところだったのである。

「敵もさすがだね。なかなかうまい警戒をやるわい。電探で盛んに探しているんだろう」

「そうですね……。どうもやりにくい」

艦長の話しかけに、航海長はいまいましそうに答えた。

なんといっても、海上の濛気はわれわれに有利だった。そのうえ潜水艦は姿勢が低いときているから、敵からは容易には発見されない。そこで、五千メートルの距離のままで態勢観測がつづけられ、それも約三十分で終わった。潜航中に私がカンで判断したのとさして違いはなく、敵針は七〇度、敵速十二ノットという測定結果が出た。

このとき、張りつめた空気の艦橋に、見張員たちのくすくす笑いが流れた。――それは艦長が、私にこういったからである。

「砲術長のカンも大したものだね。ありゃ、絶対ヤマカンというものじゃないよ。いうなれば、ウミカンてやつだ」

戦闘には〝虚勢〟も必要

こういう行動は、敵のレーダーに対しては大胆すぎる。測定が終われば用事はない。すっと敵から離れ、十六ノットに増速、予定どおり待ち伏せ地点に先行しはじめた。敵船団の黒影は次第に小さくなり、左後方へ落ちていった。

黎明《れいめい》の襲撃までには、なお五、六時間の余裕がある。そのために、警戒をゆるめて三直哨戒にもどった。非番になった私は、すぐさま狭いベッドにもぐりこんだ。横にはなったが、目が冴えて寝つかれぬ。明朝の襲撃場面が、とかく目先にちらついてしようがない。

疲れきってはいたが、ええい、と起き上がって、前部の発射管室に出かけた。気晴らしだ。そこでは数人の者が車座になってわいわい喋《しゃべ》っていた。

「いよいよ明日、やるんですか」竹尾連管長が私の顔を見るなり聞いた。

「そうだよ。もちろん」

「砲術長、頼みますよ。お得意のウミカンでね」

みんながげらげら笑う。もう、艦長のからかいがここに伝わっているらしい。

「やあ、やられたな。――魚雷は大丈夫だろうな」

「万事、オーケーです」、元気者の若い田中兵長が「なあに、駆逐艦なんざあ商船といっしょに串刺しにしてしまいますよ」と威勢がよい。

しかし、強がりである。それは田中兵長ばかりではなかった。田中兵長の後をうけて、みんながそれぞれに似たようなことをいう。それもまた虚勢であった。そして戦闘にのぞむ者には、それが必要なのだ。ここにいる者は誰も、心の底では初めて遭遇した駆逐艦の影に大なり小なりおののいているにちがいない。さればこそ、この人々も眠れぬままに、雑談にふけっているのである。

そう考える私自身が、また一つの虚勢を張ったのだった。

「明日は今までのように、ただでは済まされないぞ。みんなさっさと眠った方がいいよ」

武政上曹がにやりとして、私の心の内を見すかしたようなことをいった。

「砲術長も、ゆっくりお寝み下さいよ」

この連中にかかっては、年若い私はかなわない。さっさと発射管室を退却することにした。夜風に当たれば少しは……と思って、艦橋にとことこ上がってみる。そこには、濛気の暗闇を見張る大島通信長以下七名の当直員の黙々たる姿があった。

晴れわたった夜空を仰ぐと、無数の星が私の不安をからかうようにまたたいている。流れ星が、すーっと青白い尾をひいて、艦首の先に消えた。ときどき、艦尾の排気孔から火の粉が噴き出す。赤い螢。その螢はすぐに闇のなかに吸いこまれる。

目が闇に慣れたのか、水平線がうすぼんやりと浮かんできた。船団の姿はもはやまったく消え失せていた。明朝、この船団には、どんな運命が訪れることだろうか……吉か？　凶か？

魚雷発射、急速潜航

襲撃五十分前。艦長が潜望鏡をのぞきこんだ。海上には朝の光がさしかけたのであろう、接眼鏡からもれる光線が、暗い司令塔の中で艦長の鼻すじを浮かび上がらせる。

潜航待敵に入ってから、すでに二時間。聴音機は先刻から集団音を捕捉している。もう船団が現われてもよいころである。

「見えてきたぞ。隊形は昨夜と全く同じだ」

やがて聴音機の推進器音が一段と高まる。感二から感三へ、底力のある行進譜を奏でている。

襲撃運動が開始された。艦長のとった襲撃運動は、つぎのようなものだった。――すなわち船団と同じ針路、七〇度でまず走る。そしていくらか船団の右側に出る。そのうちに船団が本艦に追いついてくる。とともに、襲撃距離の間合いを開くように運動する。発射距離は三千ないし四千メートル。適当な時機に敵方へ変針して、方位角七〇度〜八〇度で魚雷を発射する。

対独航船の発射距離は、千メートル内外を標準としているが、目標が一連の大きな船団であるので、この際、三、四千メートルにして射線尖端の開きを大きくし、できるだけ多くの船に一発ずつ命中させようという考慮が払われた。

「取舵《とりかじ》一杯。九〇度取舵のところ宜候《ようそろ》。両舷原速」

被聴音防止のために冷却機を止めてから、かなりの時間がたつ。艦内の温度がじわじわと上がってきた。汗がしだいに防暑服の背をぬらしはじめる。真っ暗な塔内で、計器類の青い螢光が妖しく光る。静まりかえったこの艦内。静粛を破るものは、ただ、羅針盤の立てるジージーッというかすかな音だけだ。

命中か不命中か、死か生か、サイコロを投ずる瞬間は、秒一秒と迫ってくる。ジジーッという羅針盤の機械的な音は冷たく、その厳粛な事態をぐいぐいわれわれの心に押しこんでくる。

「敵速十二ノット。方位角右八〇度。距離四千。第三雷速(三十六ノット)。これで射つ」

潜望鏡がピタリと止まった。温厚な艦長の顔が夜叉《やしゃ》のようにひきしまる。

「よォーいっ、てーっ!」

ズッシーン! ズッシーン!……三秒おきに、全発射管六本の魚雷が艦体を揺すぶってつぎつぎに発射された。この鈍いが力強い発射音には、われわれの心からの必殺の願いがこもっているのだ。

矢はついに弦から放たれた！　おそらくわれわれは、敵駆逐艦からどえらい仕返しを受けるであろう。しかしそれもよい。魚雷が命中するならば！

「取舵一杯！　潜望鏡おろせ」「深さ一〇〇。急げっ！」

司令塔の無言の祈りは、艦長の矢つぎ早の号令によって中断された。艦はぐーっと大きく前にかたむいた。深度計の針が、かつてない速さでぐっぐっと回っていく。下は千尋《ちひろ》の海底。奈落の底に落ちるとはこのことか。それがわれわれに重苦しい圧迫感を与え、しだいに、発射時の高揚した気分にとってかわる。

いらだたしい数分間

聴音のレシーバーに、六本の魚雷の駛走音と船団音とが入りまじり、耳もとでガンガンと響く。その駛走音と船団音とが合一するとき、すなわち魚雷到達の秒時はだいだい四分のはずである。

一分、二分、三分……駛走音がしだいに弱まった。四分！　爆発音は聞こえない。どうしたのか。あれだけ正確な測定をしたのに……いや、もう少し待て。

五分、まだ何の手ごたえもない。予定の駛走距離はとうに過ぎた。もはや不命中と考えねばならなかった。司令塔では、みんなが腑に落ちない顔つきで、たがいに見合った。その顔には、失望と落胆の色が表われている。艦長はじっとうつむいたままである。

六分経過。駛走音は完全に敵の聴音機に捉えられたはずだ。たとえ雷跡が発見されなくても、敵は本艦の存在を知って、撃沈しようと突進してくるのは万々確実である。敵を沈めずに、このままやられるのか……そう思うと、われわれの胸中には、不吉な黒雲がぐんぐんひろがりはじめた。

と、そのときである。ド、ドォーン。遠雷のような爆発音が船体にじかに伝わった。いうまでもない、魚雷命中だ！　当たった！　やったぁ！　われわれは総立ちとなった。命中を諦めていたときだけに、喜びはさらに大きかった。艦内にはわぁとどよめきがあがった。

五秒後、さらに、ドドォーン。

「万歳！」発令所で誰かが叫んだ。秒時計を見れば、六分三十秒。その十秒後、また爆発音が船体を揺すぶった。艦内のどよめきは一層高まる。

アデン海湾における伊10潜行動図（自昭和18年9月2日 至〃〃10月30日）

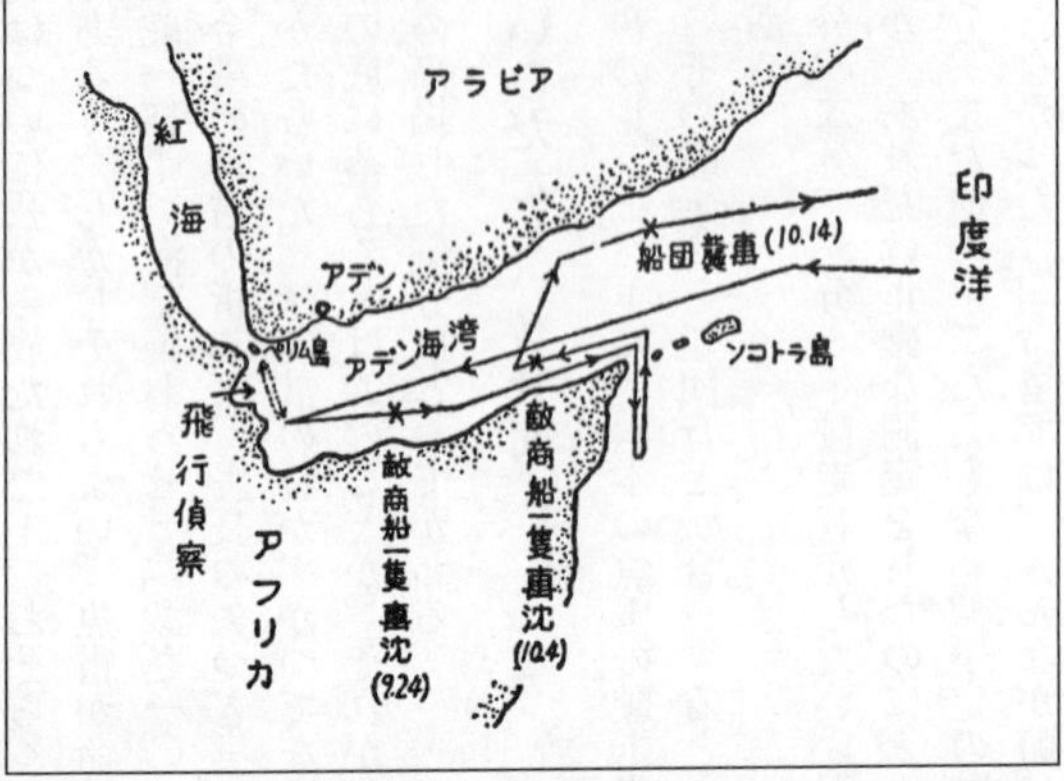

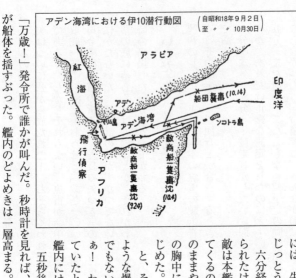

命中魚雷は三本だった。残りの三本は、船と船との間隙を、残念にもすり抜けてしまった。すぐに計算してみると、魚雷は七千メートルからの距離を走ったことになる。三度の開角で発射したのだから、射線尖端では三〇〇メートル以上は開く。

長さ三〇〇メートルの船なんてありはしない。そこで、どうしても、つぎの結論になる。その結論を、艦長が微笑《ほほえ》みをたたえてぽつんと呟いた。

「三隻に命中したんだね」

強大な水圧の恐怖

七千メートルの遠距離である。あるいは、駆逐艦には見つからずにすむかもしれない。われわれはそう思った。十分たち、十五分が流れた。駆逐艦音は聴音に入ってこない。二十分、三十分……異状なし。敵駆逐艦は多分、船団の近傍をうろうろ探し回るだけなのだろう。われわれはそう確信しはじめた。が、その考えはやはり甘かった。少したって聴音員のやや上ずった声が、そういう確信を一瞬に吹きとばしたのである。

「駆逐艦！　感三。近づいてくる」

たちまち、われわれは恐怖の青白い深淵の中に突き落とされた。来るべきものが、遂に来たのである！

「爆雷防禦。無音潜航」「面舵《おもかじ》一杯！」

艦長は、艦尾を敵に向けた。これは、探信音の反射面積を最小にするとともに、敵艦から遠ざかる策でもある。とはいえ、水中二ノット。しょせんは牛の歩みにすぎない。さりとて、これ以上増速すれば、本艦の推進器音が高まって、それこそ敵の聴音機の好目標となるだけだ。

「感五。駆逐艦は二隻」

駆逐艦は船団をやり放した。全力を挙げて二隻ともわれわれを殺しにこようとする。なんとか逃げる道はないものか。

沈黙の司令塔の中に、さらにぞっとさせる報告がとどいた。

「探知音、鋭く入ります」

竹原兵長のかん高い声が、異様にわれわれの胸を突き刺す。もう逃げられない！　爆雷！浸水！　そして沈没……つぎつぎに暗い予想が私の脳裡で渦まいた。

竹原兵長が、またわめいた。

「聴音、感一杯！」

その声が消えぬ間に、シュル、シュル、シュルッ、ガサ、ガサ、ガサ……と敵推進器音が聞こえはじめた。聴音機に頼るまでもなく、直接われわれの耳にひびくのである。司令塔内にたたずむ、すべての者の顔色がさっと変わった。さすがの艦長も沈痛な表情を浮かべている。

推進器音が、があーっと強まった。——さあ、来るぞ！　私は聴音レシーバーをはずして、爆発に備えた。喉に固いしこりができた感じだ。ごくりと生唾を呑み込んでみる。やはり固いしこりは残っている。この推進器音が弱まりはじめたとき、そのときが運命の決する瞬間である。白い内壁をじっと見つめて待つ数秒……次の瞬間、ドカッ、ドカァーン！　轟然爆発。船体がグラグラッと上下左右に激しく揺れた。深度計が大きくビリビリ震える。艦尾上方に二発の爆雷だ。

「とうとう見つかってしまったね……」落ち着いた艦長の声。それが、この際われわれの耳に、何ものにもかえがたい力強さで響いた。

「深さ一二〇」、艦はついに安全潜航限度（一〇〇メートル）を突破して、じわじわと深度を増していく。

ビシーン！　船体が異様な音を立てて軋《きし》みだした。それは、この世のものとは思われない凄まじい音である。ビビーン！　強大な水圧が、またもや船体を軋ませる。その音が私に、かつて読んだ科学小説を思い出させた。

球形の潜水器が、一人の男を乗せて千メートルの深度に入り、そこである計画殺人が行なわれるという筋である。あらかじめ潜水球の一点に、鉛筆の芯ほどの細い穴をあけ、内部から小さな金属の楔《くさび》をうちこんでおく。その楔には、千メートルの水圧ではね飛ばされるほどの強度しか与えられていない。

そして、千メートルの水圧に沈降したとき、果たして、計画どおり楔がふっ飛んだ。内部の男は死んだ。ところで、殺したのは楔ではなかった。その細い穴から射られた一本の鋭い矢、すなわち、水流が男の胸を貫いたのだった。ピストルの弾丸以上の鋭さをもって。

ビシーン！　爆雷の命中を避ける意味からは、深深度に入った方がたしかに有利だ。しかし、いったん被害を受けた場合、強大な水圧が緩んだ船体に及ぼす力は爆雷以上に恐ろしいのだ。

五体硬直のショック

ガサ、ガサ、シュル、シュルッ……。敵艦は、本艦の艦尾付近を右から左へかわろうとしている。

「駆逐艦近い！」聴音員の絶叫。息つく間もなく、ダ、ダダァーン！

二発！　私は一瞬、目をつむった。激動、振動。そして振動の余波がやみ、うつろな静けさが司令塔に立ちもどった。私は眼をひらいた。司令塔の人たちは、それぞれ、伝声管やビーム（梁）につかまって、激動に耐えている。艦は傾きもしなければ、異様な悲鳴もあげていなかった。私はまだ大丈夫か！　と思った。

しばらく敵の攻撃がとだえたが、いぜんとして聴音機には、音色の異なる二隻の駆逐艦音が、高感度で入ってくる。本艦の艦尾直上付近を右往左往して、執拗に攻撃のチャンスを狙っている。鋭い軽快なリズムが、私には獲物を襲う鷹の羽音のように、薄気味悪く響いた。

私たちの運命は、もはや完全に敵の手に握られている。脚の遅い潜水艦は、こうなったら敵のなすがままだ。この息苦しさはいつまで続くのであろうか。ガサ、ガサ、ガサッ……。三度、魔の音が艦尾方向から、本艦めがけて高鳴ってきた。その音は直上を通ろうとしている。誰かがゴクリと喉を鳴らして生唾を呑んだ。われわれは、手を握りしめて身構える。

が、こんどは敵は何も落とさなかった。素通りだ。どうしたのだろう。われわれの身構えはあっさり肩すかしを食った。いまにくるか、いまにくるかと、五体を硬直させて待ち受けるときの恐怖感……。むしろひと思いに「ガガーン」ときた方が、はるかに楽であった。

また十分ほどたった。無言の圧迫。ジリジリと生命をすり減らすような思いのなかで、われわれはもがきつづける。敵はいぜん行きつ戻りつ、追及の手をゆるめない。

突然、ガガガーン！　こんどは何の前ぶれもなく、まったくの不意打ちである。耳をつんざくような爆発音が、左艦尾方向に二発とどろいた。艦体はグラグラッと揺れ、グググーッと圧下されるような大きなショックを感じた。至近弾だ！

「こりゃ前の四発より、だいぶ近くなったぞ」艦長もさすがに真剣な顔つきとなった。

先ほど直上を通過したときには何も落とさなかった敵が、こんどは忍び足で近づいてきたのだろうか。われわれはいよいよ狭い死の鉄桶の中に追いつめられてきたのだ。
ダ、ダダァーン！　ビッシーン！　バリバリバリーッ！　世界の終わりかと思われる大爆発が、つづけて四発、右艦尾方向。私の身体は、ひどく揺すられた。艦体が下方に叩きつけられ、ビシャッと潰れたのではあるまいか。ビリビリと艦が鋭く揺れる。
天井の塗料がパラパラと落ち、われわれの頭や肩にふりかかる。いままで以上の激しいショック。艦は損傷を生じたに違いない。艦内に海水が奔流となって、いまにどっとなだれこむのではあるまいか。

ああ、すべては終わったのか！　私は深度計を凝視して、艦の姿勢が崩れだすのを待った。身体が腹の底から氷になってゆくのを感じた。が、ビリビリ揺れていた深度計の針は、一二〇メートルの目盛でピタリと停止した。ありがたいことに艦は依然と、もとのままの姿で浮いているのだ。「浸水！」の叫びもまだ起こらない。また助かったのだ。私はほっと息を吐き出した。身体に入っていた力が思わず緩む。

さすがの艦長も唸った。「うむ、これは近かったぞ」やや顔色が変わっている。そのとき、鋭い報告が、私の安堵をくつがえした。「補機室、どんどん浸水する」と、さし迫った声が聞こえてきた。最も恐れていた浸水がはじまったのだ。

じりじりと進む沈下

艦の深さがジワジワと増しはじめた。深度計が一二五メートルを指した。深深度で受けた爆圧のために、舷外弁がゆるみ、海水の漏洩がはじまった。補機室の浸水はそのためだ。

「蓄電池室はどうか」「蓄電池室異状なし！」

艦長の不安げな問いに対して、元気な声が答えた。ひとまず、やれやれと思った。潜航中の動力を供給するこの室は、艦の心臓である。ここに浸水したら、電灯が消えるどころか、大事な推進器が止まる。それに、海水が電池の中に浸入すれば、塩素ガスが発生する。そうなると艦の運命はもはや絶望であった。

一二七、一二八……。深度計の針はなお、じりじりと下がってゆく。〝針よ、ここで止まれ！〟私たちは祈った。これ以上落ちると、敵駆逐艦よりも水圧の方が、何より恐ろしい敵となるのだ。とうとうこのまま沈んでしまうのではなかろうか。

そのとき先任将校が、発令所からせきこんだように叫んだ。

「艦長、強速にして下さい！」

増速して潜横舵の利《き》きをよくし、安全深度まで浮上しなければならない。

「両舷強速」

だが、好ましくない指令である。増速すれば、艦の推進器音が大きくなり、敵から聴音されるおそれが多分に増す。しかし、事ここにいたっては、それもやむを得なかった。とにかく水圧という恐ろしい牙から逃れなければ……。「前門の虎、後門の狼」にわれわれは攻めたてられているのだ。

「三番補助タンク、排水急げっ」

発令所で藤田掌水雷長が叫んだ。が、排水ポンプは喘《あえ》ぐように空回りするだけだった。一三〇メートルの水圧に打ち勝って、タンクから海水を舷外に押し出す圧力をつくりだせないのである。潜舵《せんだ》、横舵《おうだ》とも上げ舵を一杯とって、浸水で重くなった艦を、これ以上落とすまいと、必死に支えている。

艦首が急激に上がって、仰角一五度となった。その傾斜で身体の安定が崩れる。身体と同様に、胸中の不安は、艦の傾斜とともに、ますます拡がっていく。

「補機室、浸水止まらない！」

浸水量すでに十数トンという。深度計の針は、ついに一三〇メートルを超えた。もはや重くなった艦体を、舵と速力でこれ以上支えることはできなかった。となれば、最後の浮上の手は？　先任将校はついにいった。

「艦長、メインタンクの高圧排水をしますっ！」

「小刻みに、度を過ごさなようにやれ」

この方法は排水力は強いが、ややもすると艦は軽くなり過ぎて、水面に飛び出すおそれがあった。艦長はそれを注意したのだ。

爆雷はもうたくさん！

打って返すような先任将校の号令、

「メインタンク、チョイブロー」

空気手の角田上曹が、高圧空気のバルブを徐々に開いた。ヒューッという音を立てて、一三〇メートルの水圧を押しのけて、高圧空気がメインタンクのなかへ流れこんでいく。その音は、しばらく苦しげに鳴りつづけた。

一三二、一三三……。まだ針は深い方へ、悪魔に引きずりこまれるように、ジリッ、ジリと、針の動きがしだいに鈍くなった。チョイブローがきき始めたぞ。一三四……。一三五。と動いて行く。高圧空気はなお苦しげに鳴る。

一三五メートルで針はその動きを止めた。艦の沈下が止まったのだ。ああ艦は潰れずにすんだ。

沈下は止んだが、一三五メートルの水圧は怖い。緊急に浮き上がらねばならぬ。すぐに上げ舵をとり、深度を徐々に浅くしていく。やがて艦は一二〇メートルにもどった。ふたたび速力を落として、今度は敵の聴音を警戒する。

こうして最大のピンチを免れることができたというものの、頭上にはまだ、敵の駆逐艦が手ぐすねを引いて待っているのだ。ただでさえ蒸し風呂のように暑いアデン海湾のなか、冷却も、通風も、気圧低下も、すべてその術を禁ぜられた現在である。艦内の温度と気圧は、ぐんぐんとせり上がる一方だった。この重苦しい圧迫と緊張とは、果たしていつまで続くのであろう?

しかし、われわれは脱出することができた。船団をいつまでも無防禦のままで放置することは許されないのか、二時間ほどで駆逐艦一隻が去り、さらに一時間後、残りの一隻も頭上を去ったからである。

われわれはこの十五日後、敵商船四隻以上撃沈の戦果をたずさえて、ペナン基地に揚々と帰着したのであった。だが、ある水雷下士官が憂鬱そうにつぶやいた言葉は、いまだに私の記憶の底に深く焼きついているのである。

「爆雷だけは、もうたくさんです」

海底の悲劇「伊一八三潜」を脱出せよ

竣工直後の新鋭潜水艦をおそった突然の悲劇

当時「伊一八三潜」水雷長・海軍大尉 川口源兵衛

はなばなしい戦果のうちに火蓋がきられた太平洋戦争も、昭和十七年八月、アメリカ軍にガダルカナル島への上陸をゆるしていらい、彼我の攻守は逆転し、戦局はしだいに重大化しつつあった。

昭和十八年に入ると、二月のガ島撤退、四月十八日には前線指揮中の山本五十六連合艦隊司令長官の戦死、そして五月二十九日には、アリューシャン列島のアッツ島で守備隊が壮烈な玉砕をとげるなど、悲しい知らせが相ついで報じられていた。

川口源兵衛大尉

昭和十三年に海軍兵学校を卒業した私は、その後、駆逐艦と潜水艦に勤務、ハワイ沖海戦をはじめとして、主だった海戦に参加していた。そして昭和十八年九月、伊号第一八三潜水

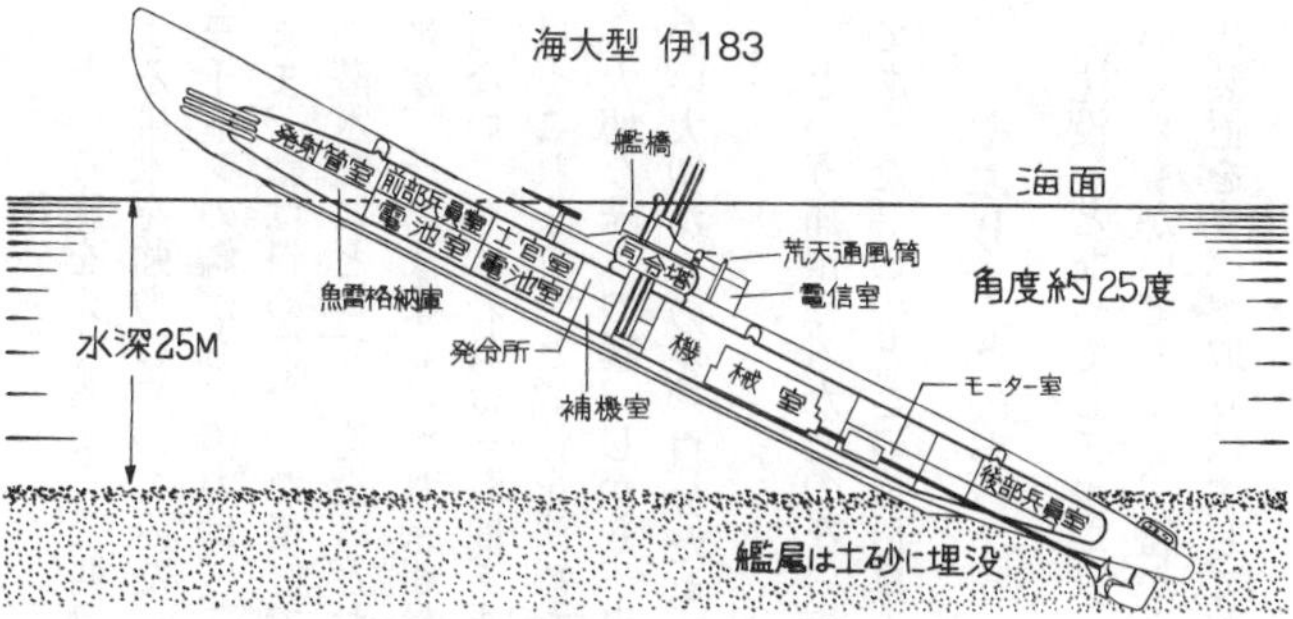

艦（排水量一六三〇トン、水上速力二十三ノット）の水雷長兼先任将校に補せられたのである。

伊一八三潜は海大七型（新海大型）とよばれる大型潜水艦の一隻で、発射管六門はすべて艦首部にあつめられていた。この九月に川崎神戸造船所で竣工したばかりの伊一八三潜は、約一週間にわたり瀬戸内海で訓練していたが、急病人が出たため急遽、呉に入港した。

病人を下艦させたのち、十月六日未明、伊一八三潜は出撃前の訓練のため呉を出港、伊予灘に向かった。艦は途中、広島湾の江田島沖で急速潜航の訓練をおこなうことになっていたが、その訓練中にあの悲惨な事故が起きたのである。

その日、予定の海域に達した伊一八三潜は、さっそく潜航訓練がはじめられた。ところが、どういうわけか荒天通風筒のバルブから、一瞬にして大量の海水が奔流《ほんりゅう》のように艦内に流れこみ、艦はたちまちのうちに沈没の危機にさらされた。潜航にうつるまえに、当然閉めておくべきはずのバルブを閉めわすれたために生じた事故であるが、

「浸水、浸水！」

という胸をえぐるような叫びとともに、応急処置をほどこし、全排水ポンプと高圧空気による排水を強力にやってみた。しかし、直径一メートルに近い大きな弁からの浸水と、水中三千トンの艦がもつ惰力は、このていどの排水ではどうにもならない。艦首を海面にむけたまま、艦は斜めになった格好で、ついに海底に腰をすえつけてしまった。

潜水艦にとって、沈没ほどおそろしいものはない。このままでは、全長一〇五メートルの艦が、そのまままわれわれ乗組員の「鉄の棺《ひつぎ》」となってしまう。何としても浮上しなくてはならない。われわれは一時間あまりにわたり必死に努力をつづけたが、ついに万策つき、「もはやこれまで」と覚悟を決めたのである。しかも、それと同時に、

「大切な陛下の艦、しかも、出来上がったばかりで、まだ一度も戦場に足跡を残したことのない大切なものを、自分たちのちょっとした不注意で、永遠にこの世から失ってしまった……」

という痛恨やるかたのない悔悟の念が、艦長はじめ乗組員一人ひとりの胸中を去来したのであった。このときの佐伯卓夫艦長の心境は、じつに複雑なものであったろうと推察される。

やぶりすてた遺書

〝沈没〟となってしまった以上、もはやわれわれの運命は決まったも同じであった。今さらいくらもがいてみても、艦から脱出できるわけではない。当時の潜水艦は、平時とちがい脱出装置をすべて取りはずしており、戦争中に完成した伊一八三潜にも、脱出装置がついてい

ないのが当然だった。

「死」を直前にして、ふと私は、かつて明治の末期に広島湾の阿多田《あた》島沖で乗艦沈没のため、乗員一同とともに不帰の人となられたわれわれ潜水艦乗りの大先輩、佐久間勉艇長が最期にのぞんでりっぱな遺書をしたためられたことを思い浮かべた。

そこで、私も佐久間艇長にならい、従容《しょうよう》として遺書を書きとめようと思い筆をとったのであるが、二、三行も書くと、もうそれ以上は筆が進まない。特別に茶目っ気が多いというほどでもないが、私には、このような深刻な場面にのぞんでも、なかなか真面目な文章が浮かんでこない。

二、三行書いては破り、また二、三行書いては破りすてた。このようなことを何回かくり返しているうちに、「いくら真剣になってみても、人なみの遺書が書けないとは、いったい俺はどうかしているな」あるいは「今さら遺書を書いてみたところで、たかが水雷長くらいのことでは」といろいろの思いがかけめぐるのであった。

「いや、待てよ。まだ、俺には死神がやってこないのかもしれない。そうだ、俺には何かまだやり残したことがあるにちがいない」

そう考え、ついに私は遺書の件は断念することにした。いや、なかば断念、といった方が正しいかもしれない。遺書を書くにも、天の配剤によって私に遺書を書かせなかったのかもしれない。要するに、私は書こうとしたのだが、書けなかったのである。

この艦の浸水個所より前方には、百名ほどの乗組員のうちの七、八十名が、何らかの上層

伊183潜と同型の伊180潜の艦橋から見た後部機銃

部からの指示を待ちうけているはずである。ここにおいて、私のやり残していることに気づいたのである。「これをやり遂げないことには、死なせてもらえないのだ」

さいわいにも艦には、たくさんの菓子類や酒類を積み込んであった。私はそれらを持ちだし、不安気な表情を浮かべる乗員たちとともに、ほがらかな談笑（？）の一刻《ひととき》をすごすことにした。

そこで、その相談をするため艦長のもとへ急いだ。そして、ラッタル（階段）から首を出したとたん、いきなり艦長から「最期はどうか？」という質問があびせられた。この質問に、私はさすがは艦長だと感心した（実際は私の聞きちがいで、艦長は「作業はどうか？」と質問されたのである）。

そこで、すかさず「最期は、何もありません」といささか興奮ぎみであったが、私はできるだけ冷静をよそおって返答した。後部の浸水はいぜんつづいており、艦内の気圧は刻々高くなる一方であった。さらに、艦内の騒音はますます激しくなり、すでに電池室では悪臭さえたちこめていた。

はっきりとは聞きとりにくい声であったが、またも艦長からおなじ質問がなされた。

「最期はどうか?」、そのつど私も「最期は、何もありません」オウム返しに答えるのであった。しかし、艦長は潜望鏡のレンズをのぞいたまま、同じ姿勢で何度も同じ質問をする。また、私も同じ答えをくり返すのだった。

そのような問答をかさねているうちに、私は艦長との問いと答えとの間に、何かしらちぐはぐで、歯車のかみ合わないものがあるように感じはじめた。そして、なおも微動だにしない艦長の背中を見つめながら、どうやら私自身が勘違いをしているように思われはじめた。そのとき、こんどは割合にハッキリと艦長の声が聞こえた。

「作業はどうだ?」

いくら艦内の騒音にじゃまされていたとはいうものの、とんでもない聞き違いをしていたものである。いささかどころか、相当にアガっているにちがいない。恥ずかしさをこらえる暇もあらばこそ、私は、「ハイッ、必死にやっております」と言ったきり、あとの言葉がつづかない。

それまで、俺は太っ腹だ、と自負していた私だが、そのときばかりは、まさに冷汗三斗の思いをなめさせられた。しかし、質問の内容がわかってしまえば、平静をとりもどすのに時間はかからない。たちどころの〝変身〟はお手のもの。再度の艦長の問いに、

「作業はこうこうしかじか、打つべき手はすべて打ちました。これ以上、なすべきことはあ

りません」

ときわめて落ちついて答えることができた。

潜望鏡に見た希望の光

艦長の真後ろでは、航海長がもう一本の潜望鏡に手をかけている。

「ちょっと、俺に貸してくれ」そう声をかけると、私は航海長の腕をはらいのけて潜望鏡にしがみついた。しかし、潜望鏡の先端は海面より下にあるため、海上の様子は何ひとつわからない。

「いよいよ本当にだめなんだなあ」と思っていると、「先任将校、これを見てみろ」といって、艦長が潜望鏡をゆずってくれた。レンズに目をあてると、自艦の状態が海水の中からはっきりと見ることができた。ハッチはすでに水につかっているが、艦首の方だけ、まだわずかに水面上に突き出している。

水面下一、二メートルのところの前部ハッチからなんとか脱出できないものかと見つめるうちに、潜望鏡に波がかぶり、やがてスッポリと水中に没してしまった。だが、先ほど見た艦首の状態から、運がよければ魚雷発射管から脱出できるかもしれない――私は直感的にそう感じた。

私はそのことを艦長に報告し、すぐに艦首の発射管室へ急いだ。そして、計器をしらべては、つぎつぎに計算をしてみた。それとともに、自艦の状態をあわせくらべてみて、どうやら発射管からの乗員脱出の可能性が、頭の中でますます強くなってきた。すなわち、発射管の先端がまだ水面に出ている、という確信をいだいたのである。たしかに、自分たちの不注意で貴重な軍艦を海底の藻屑《もくず》にしてしまったが、多くの尊い人命を無視するにはしのびない。そういった気持ちが、私の心に強くはたらきかけていた。

浸水のおそれはあったが、私は先任下士官に、発射管の前扉をひらくように命じた。ところが、予想に反して、彼はいっこうに命令に従おうとしない。私はなおもおなじ命令をくだすが、先任下士の態度はいぜん変わらない。ふだんであれば、文句なしに上官の命に服するのであるが、このような異常事態に直面すると、思わぬ現象にぶつかるものである。微動だにしない部下の姿を見つめつつ、私は人間の生にたいする執着について、深く考えさせられたのだった。たとえ一秒でも、一分でも長く生きたい、というのが万人共通の心理であろう。このような生命の危機にさらされたとき、人間の生にたいする執着心は想像以上に高まるものである。

おそらく先任下士官の頭の中には、私の命令が、即「死」につながる無茶なものとして受けとめられたにちがいない。最後はいずれおなじ運命をたどるかもしれないが、といって私の指示に従い、自らもとめて死を早めるような愚考（?）に踏みきるだけの気持ちになれなかったのであろう。

このような異常な心理がはたらいているとすれば、何としても先任下士の気持ちをときほぐす方法を考えねばならなかった。そこで、こんどは言葉をやわらげて話しかけた。

「この艦の重さは三千トン（潜航時の排水量は二六〇〇トン）もあるではないか。だから、前扉をひらいて発射管に水をいれたところで、たかが二トン前後では知れたことだ。心配することはまったくない。俺を信じてあけろ」

先任下士もしぶしぶながら納得したらしく、前扉をあけることに同意した。やはり私の予想どおり、前扉をあけても水の流れ込む様子は感じられない。前扉を閉じ、ついで発射管室側の後扉もあけたが、まったく浸水の形跡がなかった。

「ここから脱出できるぞ」

私は確信を持って、前後の扉を同時にひらくよう、先任下士官にふたたび令をくだした。しかし、その前に安全装置をはずしておかねばならない。ふだんは、前扉と後扉が同時にひらかないように、安全装置がほどこされてあるのであった。

それらのことについては、当然かれらの方がよく知っているはずなのに、どうしたわけか、その先任下士は、かんじんの安全装置に手をかけようともしない。私の命令を忠実に実行しているようで、心があせっているのか、相当に神経の平静さを失っているようであった。ただ、右往左往するばかりで、発射管の扉はなかなかひらかない。

正直いって、私のような兵学校出身者には、艦船の構造についていちおうの基本は学んでいるが、ひとつひとつの部品の細部までの知識はもちあわせていない。すべては、下士官の〝経験〟が頼りである。

相変わらずカラ舞いをつづける先任下士のそぶりを見ながら、「だいぶアガっているんだなあ」と思った。さいわいにも私は、安全装置の操作方法を知っていたので、立場が逆になったようだが、彼に安全装置の取扱方法を説明してやったのである。

魚雷発射管に託された地獄からの脱出

前後の扉が同時にあけられた。すると、それまで目には見えなかった艦内にちらばっていたチリや紙片が、いっせいに発射管をとおって外へ飛び散っていくのが見えた。艦内の気圧が非常にあがっていたため、開放と同時に内部の空気が外部へ逃げだしておきた現象である。また、その瞬間、新幹線の列車が高速でトンネルに入ったときのように、耳がツーンと鳴ったのをおぼえている。

とにかく、われわれは脱出が可能になったのである。運命の女神は、まだ伊一八三潜の乗組員を見すてなかったようである。

いよいよ脱出開始。艦が沈みはじめてから、すでに二時間以上たっている。私は清宮少尉に命じて、脱出後の指揮をとらせることにした。幸運というのも変だが、潜水艦事故を知った付近の漁船が、周辺の海域に救助のため駆けつけてきており、脱出してきた乗員を、つぎつぎと収容してくれた。

ほとんどの乗員の脱出を見とどけた私は、司令塔へもどった。そして、そこにいた信号長と操舵長（ともに下士官）に発射管からの脱出を命じた。

ところが、彼らは、「艦長が退艦されるまでは、絶対にここを動きません」という非常に強い返事がかえってきた。それも当然であった。艦長が司令塔に残っているのに、彼らだけが脱出するわけにはいかない。私自身そのことに気づかなかったのが不思議なくらいだが、彼らの返事を聞いて、やっと自分の迂潤さを知らされたのである。

さすが、帝国海軍の誇り高き軍人たちだ——私は心の中で、彼らをほめ讃《たた》えながら、あいかわらず何も見えない潜望鏡にかじりついて、身じろぎもせずに背中を見せている艦長に近づいていった。そして、くりかえし艦長に退艦をうながしたが、艦長は私の言葉に耳をかそうともしない。

私はエリをただすと、艦長の前にたちむかった。

「艦長、どうか私の話を聞いていただきたい。大半の兵員は、ぶじ脱出をすませましたが、いまだに艦長とおなじく、自分の持ち場をはなれようとしない兵員たちが、この艦内に残っております。もし艦長が、このままここに居座ろうとされるかぎり、彼らもガンとして脱出の命に応じないのです。

口はばったいかもしれませんが、艦長のお気持ちは、この私にも十分にわかっているはずです。しかし艦長、ここでもう少し冷静になってください。艦長一人のことではないのです。いまだに艦を去らない兵員たちのことも、考えるべきではないのでしょうか。後部には、まだ乗員がたくさん残っています。このままここで命をすてても、まったくの犬死にだと思います。

艦長……このさい、あなたのなすべきことは、艦を一刻も早くひきあげ、まだ残っている乗員の命を救い、修理をすませたうえで、ふたたび戦闘に参加することではありませんか。何も迷われることはないと思います。一刻も早く、ここから出てください」

私は真剣に、力をこめて話すが、艦長はますます表情をこわばらすばかりであった。そして答えは「俺は降りない」である。

そこで私はさらに、「艦長、むやみに毀誉褒貶《きよほうへん》にとらわれなさるな。虚名にとらわれるなど、もってのほかではありませんか」と語気を強めてつめよった。

「あなたの強い、強い責任感は、私たちも十分に承知し、かつ尊敬もしております。だからといって艦長……あなたには、これから先にやるべき仕事が、たくさん残されているのです。いや、是が非でも、あなたは生き残ってやらねばならぬことがあります」

筋金入りの艦長であればこそ、私はこれほどまでにお願いしたのであった。私のこの気持ちが、艦長にわからぬはずがなかった。しかし、いぜん艦長は無言のままであった。

「あなたほどの方が、どうしてわからないのですか――。あなた一人ではないのですよ。大切な〝陛下の赤子《せきし》〟を無駄死にさせて、あなたは平気でおられるのですか。部下の尊い命を救うためにも、あなたはすぐさま、ここを出るべきではありませんか」

私は必死だった。なおも沈黙をたもつ艦長にたいし、私は言葉をつづけた。

「こんなにわからず屋だとは、思いもかけないことでした。いいですか、部下のことを考えて、この場を処置してください。ただし、ただしですよ。あなたがここを退き、部下の命を救ったとしても……そのあと、かりにあなたがブザマ、フシダラ、卑怯《ひきよう》未練な態度に出られるようなことでもあれば、そのときこそは、私は遠慮会釈なく、断固としてあなたのお命を頂戴いたします」

ついに、するどい言葉が私の口をついて出た。しかし、それは決して艦長を罵倒しようと思っていったのではなかった。

その後も、私は同じような言葉を何回もつづけたが、答えはいつも「俺は降りない」であった。艦長は、頑固にも潜望鏡から動こうともしない。これほどまでに手が焼けるとは、まったく思いもよらないことであった。

命令を拒否した下士官

こうなっては、いよいよ最後の手段に出るべき時がきたようである。かくなるうえは、暴力にうったえても艦長を連れださねばならなかった。私は発射管室にひき返すと、開いている魚雷発射管から頭をさしだし、漁船に救助されていた四人の下士官に、もう一度、艦にもどるよう呼びかけた。

するとどうであろう。彼らの中には、私の言葉を聞くやいなや、さっと顔面を蒼白にする者がいた。オヤッと思い、彼ら一人ひとりの顔色をうかがってみると、四人のうちの二人まで大きなショックのあとをありありと残していた。

彼らは、ほんの数分前に救われたばかりであった。一度は死を覚悟したであろうが、いまはまったく立場が違っている。やっとの思いで死境を脱し、いまはお互いに自分たちの生存を確かめあっている最中である。そして、彼らの脳裏には、もはや二度と見られまいと覚悟した肉親の顔が、思いえがかれていたかもしれないのである。そんなときの突然の命令は、ふたたび彼らに〝死〟の恐怖を呼び起こしたに違いあるまい。これは、死に直面した者のみが知るものであった。

ふたたび艦内に入れ、という私の呼びかけに拒否反応をしめしたのも、もっともであると思った。そして、この時はじめて、人間の真髄にふれたように感じられた。

一時はこのような心境に、拒否をしめした下士官たちも、やがて事の次第が呑みこめてきたようであった。あるいは、上官の命令と観念したのか、四人はしぶしぶながらも発射管をくぐって、つぎつぎと艦内にもどってきてくれた。

「どうだ貴様たちは、これから俺のいうことを聞くか?」と私は、まず彼らの意志をたしかめた。ついで、腕ずくでもよいから、艦長を一刻も早くつれ出すことを命じた。そして、それが艦内に残る彼らの同僚の命を助けることを、こまごまと説明し、私は彼らとともに艦長のもとへと急いだ。

それにしても、佐伯艦長のなんと我慢づよいことか。艦長は姿勢を先ほどと寸分も変えていない。あれほどの私の言葉も聞こえないかのように、あいかわらず何も見えない潜望鏡に吸いついたままであった。

私はあらためて艦長に退艦をうながしたが、答えは前とおなじである。ついに私は、四人に命令をくだした。彼らはすばやく艦長に飛びかかると、腕をとり、脚を持ちあげて司令塔から運びだそうとした。これには、さすがの艦長も観念したようであった。「先任、俺は降りるよ」というと、みずから歩きだした。こうなれば、司令塔に残っていた下士官たちも、何のわだかまりもなく命令どおり、発射管の中へ姿を消していったのである。そして、すばやく艦内の点検をおえると、私も彼らにつづいて漁船に乗り移ったのである。

〝鉄の棺〟に閉じこめられた悲劇の将兵

漁船に収容されてからも、私の心には艦内の様子が気にかかって離れない。まだ艦の後部には救出を待つ乗員が、二十名ほどいるはずである。が、いまの状態では、彼らの救出は不可能であった。

何としても、これらの人々を助け出さねばならない。それには、沈艦の浮上がもっとも急がれる作業であった。もはや寸分の猶予も許されないときである。気ぜわしく何かをもとめるように、私は周囲に目をうつした。それは、不可能を知りつつもなお可能性をもとめてやまない、私の切なる願いのあらわれであった。

そのとき、私の目にひとつの希望がうつった。漁船群のすぐ近くに一隻の内火艇がとまっており、そこには「救難指揮官」と書かれた大きな幟《のぼり》がひるがえっている。そして、そのそばには指揮官の醍醐《だいご》忠重中将が、腰をどっかと据えておられたのである。

「そうだ、閣下にお願いすれば、きっと私の願いが叶えられるにちがいない」そう私は思い、艦長に頼みこんだ。

「艦長、この艦の状況は私が一番よく知っております。艦内には、まだ逃げ出せないで苦しんでいる部下がいるはず。どうか、この艦の状況報告に、私を閣下のもとへ行かせてください」

しかし、その答えはつめたく突き放したものだった。

「その必要はない。必要があれば、指揮官の方からお呼びがあるはずだ」

私はあきらめきれずに数分間、じいっと指揮官の方へ目を据えていた。だが、お呼びのかかる気配はまったく見えない。醍醐中将は、手を伸ばせばとどきそうな所にいながら、沈黙をやぶろうとはしない。かたわらに立つ参謀たちも、無言のままじっとしているだけである。

ついに業《ごう》をにやした私は、ふたたび艦長にせまった。しかし艦長は「うるさい、黙っておれ！」と私を叱りつけただけで、相手にしようとはしない。

もはや私は、それ以上の我慢ができなくなった。

「ぐずぐずしているうちに、艦内の部下たちは、冷たくなってしまう。先任将校として、それを放っておくことができるものか」

そう心に決めた私は、さらに強硬な態度で艦長に肉薄した。すると艦長も、私のしつこさに根負けし、うるさくなったのか、まるで私に怒鳴りちらすかのように「勝手にしろっ」とただ一言いうと、サッと向きを変えてしまった。

このときの「勝手にしろ」の一言ほど、私にとって嬉しいものはなかった。私はこおどりして、この艦長の言葉を「俺の指揮からはなれてしまえ」という、きわめて自分に都合のよい解釈をしたのであった。

矢はすでに弦《つる》をはなれている。私はすぐに漁船を醍醐中将の内火艇に近づけさせた。

「指揮官、私は伊号第一八三の先任将校であります。艦長にかわって、指揮官に進言にまいりました。艦は……」

私はこれまでの経緯の概略を報告し、残留隊員救助の必要性を訴えたのである。中将は報告を聞かれたのち、淡々とした口調で私に問いかけてきた。

「有難う。貴様の思うようにやってくれ。だが、どうやって彼らを助けるつもりなのか？」

「指揮官、おそれいりますが、この内火艇を私に貸していただけませんか。この艇をお借りして呉工廠に行き、艦引揚げの準備をととのえてまいります。それでなければ、とうてい彼らを救い出すことはできません。一刻を急ぎます」

「よし、わかった。すぐさま呉に引き返してくれ」

そういわれると中将は、私が乗る漁船に乗りうつられ、内火艇の使用を許したのである。おどろいたのは側近の参謀たちである。ベタ金の中将閣下が、青二才の海軍大尉の言葉に聞きしたがったのである。おどろかない方が不思議だったかもしれない。

本人の私にしてからが、そう簡単にはいくまい、と考えていたのである。それが、こうもすんなりと決まるとは思ってもいなかった。しかし、夢は現実となったのだ。私の心臓は、大きく鼓動をはじめた。

「何がなんでもやってみせるぞ」

中将の瞳には、満幅の信頼を私に寄せているのが感じられた。私は内火艇に飛びこむが早いか、呉に向けてまっしぐらに急いだ。

眼前で切れたワイヤー

艇は白波をけたててフルスピードで進む。私の心臓の鼓動は、なおも高まるばかりであった。

栈橋に接岸すると同時に艇を飛びおり、工廠に向かって一気に駆けつけた。工廠長の部屋にたどりついたとき、私の胸は早鐘のように高鳴っていた。ものすごく張りつめた雰囲気が室内にみなぎっており、私の全身におおいかぶさってきた。それは、たとえようのない一種独得な厳しさを持っていた。そのためか、そこに居並ぶ人々の顔もはっきりとは見定められないほどであった。

しばらくの時がたち、その場の空気になれるにしたがって、私の動悸《どうき》もしだいにおさまってきた。そして、室内の空気がはっきりわかるようになった。室内にはすでに大きなテーブルが運び込まれ、非常用の電話器が多数用意されていた。工廠長をはじめ幹部の人々がテーブルをかこみ、今や遅しと私の状況報告を待ちわびていたのである。

私は声を大にして事故の顛末《てんまつ》をことこまかに説明し、平身低頭して艦の引揚げをもとめたのである。各部署の長たちは、私の報告を聞きおわるや、工廠長の命令を待つまでもなく受話器をとりあげてテキパキと出動命令を流している。こうして事故発生後、半日ほどたった午後八時ごろ、待望の引揚作業が開始されたのである。

作業を見つめる私の両手は、知らずしらずのうちにかたく握りしめられ、心の中では、乗員の無事を神に祈るばかりであった。というのも私の心には、ある心配がわきあがっていた。それは、引揚用のワイヤーロープの太さであった。

「もっと太いのでなければ……」と再三、担当の造船少佐に意見をのべたが、専門家の少佐から「大丈夫」といわれては、私としては言葉をかえせなかった。心ぼそく、背すじに寒いものを感じながら作業を見まもるうち、ワイヤーは徐々に捲き上げられていく。だが、それにしてもワイヤーの太さが心配である。

「太いワイヤーに取りかえると、作業が二時間以上も遅延する」という造船少佐の言葉に、諦めるよりほかなかった。

やがて、艦が水面に達した瞬間、ブチブチという異様な音とともに、頼みのワイヤーがぷっつりと切れてしまった。そして、艦はふたたびもんどり打って、海底に没していったのである。太いため息が、あたり一面からわき起こった。何ともやりきれない気持ちが、私の心の中をよぎった。

じつに大きな時間のロスである。艦内に残る乗員の安否がますます気にかかってきた。待ったなしで作業は再開されねばならない。ワイヤーロープがとりかえられ、やっと艦が引き揚げられたのは、明くる十月七日の午前二時ごろであった。

作業中は、たえず潜水夫と艦内の乗員との間でノックによる連絡がとられ、その生存が確認されていた。しかし、ぶじに救出されたのはわずか三名にすぎず、残る十六名は痛ましい遺体となって、しずかに退艦したのであった。まことに悲しいかぎりであった。悔いても悔いても仕方のないこととは知りながら、無念の涙が私の頬を伝いおちるのを止めることができなかった。

亡き機関中尉の心意気

殉職者の中に、機関科の広部善夫中尉がいた。彼は二十二歳の青年士官であった。中尉は、なぜか部下の先任下士官を機械らしい機械の何もない部署の配置につけた。そのため、この下士官は一命をとりとめることができたのである。

広部中尉は先任下士官に妻子のあることを知り、何とか彼を助けようとしたのであろう。この部下を思う中尉の厚情に、私たちはあらたな涙を誘われたのであった。あのような非常事態のさなかにあっても、このような人間愛あふれる措置はわれわれにはとうてい思いも浮かばぬことであろう。

中尉は、あのような状況の中で部下の配置転換をしたのち、残った約十名の部下を指揮しながら、最後の息をひきとるまでモーターをまわしつづけていた。潜水艦の各室は、浸水をふせぐための厚い隔壁《かくへき》で仕切られており、扉をしめると完全な密室となる。したがって空気の流通も遮断され、時間の経過とともに、室内の酸素はだんだん薄くなってくる。殉職者の死因は窒息死ということであったが、モーター室に閉じこめられた広部中尉たちも、だんだんと薄くなる空気の中で、最後まで職責をまっとうしたのであった。

それは、さぞ苦しいことであったろう。そしてこれが最期とさとったとき、中尉は部下の中島悟一等機関兵に命じ、機械室の壁に二つの遺書を刻み込んだのである。

「天皇陛下万歳　二〇三〇」

「一同笑って死につく　二一一五」

二〇三〇――午後八時三十分である。時刻はちょうど、最初の引揚作業のおこなわれているときであった。彼はそのとき、すでに自分の持ち場を〝死場所〟と決めていたのであろう。この痛々しい文字を見るにつけても、あの作業が不成功におわったことが悔やんでも悔やみきれないのであった。いまはただ十六柱の冥福を祈り、黙禱をつづけるのみであった。

艦長としての大きな責任

この事件は訓練中に起きたものであり、実戦に参加しているときとは異なる雰囲気の中での事故だけに、艦の最高責任者である艦長の立場には、きわめて微妙なものがあったことと思われる。

しかも、その原因が不可抗力のものであれば、まだしも心の安らぐこともあったであろうが、何といっても軍艦乗りにふさわしからぬ、ささいな不注意によって引き起こされたのである。そのため、艦長はつねに無言をたもち、泰然自若《じじやく》をよそおっていたようであるが、その心境たるやただならぬものがあったにちがいない。

不祥事にたいする艦長としての大きな責任感——それは、艦長自身の生命をもってしても償いきれるものではない、と思いつめたものが、艦長をして乗艦とともに水漬く屍にくち果てさせようとして、司令塔にあくまでも踏みとどまろうとしたのであろうか——。あるいは、一人といえども可愛い部下に先だって、自分だけが艦をすてて逃げだすことが許されようか——とみずからに質問したのかもしれない。

それとも、それらとはまったく別に、心は遠く家族のもとへかえり、妻子の顔を脳裏にえがき、この世に残すわが肉親の将来のことに思いを馳せていたのかもしれない。

おそらく、それらの思いが交互に艦長の胸中ふかく去来したのではないかと推察されるのである。

呉へ引き揚げたのち、佐伯艦長は死を決意され、家族にあてて悲壮な覚悟をほのめかす手紙をおくり、死装束ひとそろえ（純白の軍服および白手袋）を届けさせようとした。しかし、その後の昭和十九年四月末、佐伯艦長は修理のなった伊一八三潜にふたたび乗艦して出撃、戦死を遂げられている。

米側の記録によると、伊一八三潜は四月二十八日、豊後水道よりサイパンをへてトラック島へ向かう途中、豊後水道西口において米潜水艦ポギーによって沈められたという。

伊一七四潜 米駆逐艦との死闘六時間の奇跡

充電中に襲われ逃げの一手に終始し生きながらえた恐怖の遁走記

当時「伊一七四潜」艦長・海軍少佐　南部伸清

昭和十八年十一月二十四日。ところは内南洋のトラック環礁。艦は海大六型の伊号第一七四潜水艦（艦長は私）。ここから、この話ははじまる。

十一月二十日、ギルバート諸島のマキン・タラワに敵攻略部隊来襲の報により、トラック在泊中の連合艦隊司令部はこの敵を攻撃すべく、水上部隊に待機を命じた。同時に航空部隊、潜水部隊にたいして、ただちに出撃を命令した。

潜水部隊（第六艦隊＝部隊区分では先遣部隊という）指揮官は、すでに出撃行動中の伊一九潜（艦長・小林茂男少佐）、伊二一潜（艦長・稲田洋中佐）、伊三五潜（艦長・山本秀男少佐）にギルバート方面集中を令するとともに、トラック在泊中の伊三九潜（艦長・田中万喜夫中佐）、内地から新造訓練を終わってトラック回航直後の伊四〇潜（艦長・渡辺勝次中佐）、呂三八潜（艦長・野村俊治少佐）にも、ギルバート方面に出撃を令した。

私の艦とおなじ第十二潜水隊（司令・小林一大佐）の伊一六九潜（艦長・当山全信少佐）、伊一七五潜（艦長・田畑直少佐）は、すでにギルバート方面に出撃していた。

伊一七四潜は、この年の五月以降、豪州東方において通商破壊戦に従事し、その後ニューギニア東部の輸送作戦に参加したあと、内南洋最大の前進基地トラック諸島で整備中であった。艦は機関の疲労度が大きいため、内地に帰投して修理の予定であったが、ちょうどその時に、ギルバート方面の事態急変に際会したのである。伊一七四潜はいやおうなく分解中の機関をふたたび組み立てて整備し、この日の出撃と相なったわけである。

――ここで、この時期が太平洋戦争中のいかなる時機であったかを見ておくことも、無駄ではあるまい。

昭和十六年十二月八日、いわゆる太平洋戦争が勃発した。それから約半年の間に、日本は西部太平洋から西インド洋の全域を席巻してしまった。文字どおり日本の無敵海軍の威力を存分に発揮した時期であって、戦史にも特筆されるべきものである。まさにジンギスカン、ナポレオンにも匹敵すべき海の快挙である。

世界地図をひろげて見ていただきたい。太平洋北部のアリューシャン列島のキスカ島から、東経一七八度の線を赤道までひくと、その線上にギルバート諸島がある。日本の委任統治下のマーシャル諸島のすこし南方海域である。ここから、ソロモン群島の東端ガダルカナル島、さらにニューギニア東端を結び（ポートモレスビー周辺をのぞいて）、豪州北岸から旧蘭領東インド（いまのインドネシア）を大まわりして、インド洋東部のアンダマン諸島とビルマ西辺をむすんだ広大な範囲内を制圧していたのである。

しかし、開戦から半年後の五月、ポートモレスビー攻略作戦を契機として珊瑚海海戦がおこり、ひきつづき六月には戦後有名になったミッドウェー海戦の失敗、さらに八月にはガ島に連合軍の上陸をゆるしてしまった。それから死闘に明けくれる半年がつづき、とうとう昭和十八年の二月には、ガダルカナルからの撤退を余儀なくされた。そして、このころから戦運をつかさどる神は、われわれの頭上に微笑を投げかけてはくれなくなったのである。

その後、連合軍はソロモン、ニューギニアを一寸きざみに北西進してきた。五月には、北部太平洋の拠点アッツ島が玉砕し、つづくキスカの撤退により前述した鉄環の一部がくずれはじめた。十月には、ラバウルはすでに孤立寸前の状態にあった。

一方、わが潜水艦作戦は、用兵上の問題もからんで、かならずしも上々の戦果をあげたとはいえなかった。が、連合軍の対潜手段もまだまだそれほど恐れるほどではなかった。昭和十七年末までには、十五隻のわが潜水艦の喪失（戦闘によるもの）があったが、昭和十八年の十月までにはおなじく十六隻であり、とくに潜水艦部隊の士気に影響するほどではなかった。

しかし、大西洋方面の情報から、対潜手段としてのレーダーの普及は相当に進んでおり、また水中測的兵器、対潜攻撃兵器も新式のものが開発されており、これにより対潜戦術も大西洋戦の経験をつんで格段に進歩、変化しつつある情況であることは、すでにこの時点でよくわかっていたのである。

いずれにしても、連合軍が怒濤《どとう》の反撃に転じようとする直前の状態ではあったが、日本の潜水艦に関するかぎり、アメリカのそれとくらべて、とくにまだ遜色《そんしょく》をみとめえない状態であった。

ともあれ、すこし難しい話にふみ込みすぎたようである。話を前にもどそう。

マキン島の夜空を染める敵の灯火

伊一七四潜は、十一月二十四日午後三時（中央標準時、以下おなじ）、トラックの南水道を出撃して一路ギルバート方面へむかった。行き先はタラワである。

途中の二十七日、ポナペ島の沖で、二十八日にはエボン島の沖で、敵味方不明機を発見して潜航回避した。遠距離で飛行機を発見した場合は、敵味方の識別ができないのが通例であるから、まず敵と考えて行動する。戦後は、飛行機でも潜水艦でも、敵味方識別の手段が進歩したが、これはエレクトロニクスの発達もさることながら、戦術上の要求からである。

タラワ進出を変更してマキン港口を扼《やく》せ、という命令により、二十九日、日出時（午前二時半ごろ）、マキン港口沖とおぼしきあたりに潜航した。

伊三九潜と交代したのであった。交代といっても、おたがいに視界内にはいるわけではもちろんない。命令どおり行動するだけである。当時、レーダーを持たない潜水艦は、夜間に浮上して水上行動により充電し、日の出前後に潜航して昼間は水中で待敵行動をする。そして日没前後に浮上して、水上行動するのが原則であった。

二十九日、日出時に潜航したが、じつは、二十八日の朝から天候不良のため天測ができず、したがって艦位に自信がなかった。とにかく一日じゅう潜航して、マキン島に接近をはかったが、なんの兆候もなかった。

三十日、マキン港口一五浬《かいり》ほどのところで潜航する。これまで二日間、天測ができなかった。日没後に浮上して、ようやく天測の結果、位置はマキン港口から五〇浬沖であることを知った。そこで夜のうちに一〇浬ぐらいまで近接して、十二月一日午前二時半に潜航した。水中微速三ノット、針路八五度で、ときどき潜望鏡をあげて観測しながら、港口にむかって接近する。が、なかなか島は見えない。

南洋の島は山が低いから見えないのかもしれないが、それにしても敵の動いている気配はない。マキン方面は連合軍の作戦が一段落しているのではないか、と思われた。ただ、昼間潜航中に爆発音五発を聞いた。爆雷あるいは陸上工事の爆破音か、とも思う。

味方航空部隊によるものか、「敵輸送船六隻発見」の報により、要撃配備を発令される。浮上して水上進撃中、ふたたび「マキン港口にもどれ」との命令があった。反転してマキン島に近づきつつあるとき島影を発見したので、一時、潜航して近づいた。

マキン島の陸上の灯火が、あかあかと夜空を染めていた。もはや日本軍の灯火ではあるまい、と思った。

たび重なる故障に泣く

十二月二日、午前二時に潜航した。潜航中、潜望鏡でマストらしいものを二本、つづいて煙をみとめた。船、しかも敵であることはまちがいないが、遠くて確認できない。近づいてもこないので接敵もできなかった。

潜航中にすこし海岸に近づきすぎたので、椰子《やし》の林が見える。水中聴音で、海岸にくだける波の音が聞こえてくる。船と波の音はリズムもちがうし、方位の変化がないので、区別が可能である。だいたい三浬ぐらいの距離であろうか。あまり近すぎたので、反転を余儀なくされる。

反転中の午後一時二十分より約一時間にわたって、遠距離に爆雷とおぼしき爆発音四〜五十発を聞いた。味方の潜水艦がやられているにちがいない。伊三九潜ではないかと思う。

夜、浮上後、本艦はタラワ東方の散開線につけとの電令を受け、伊一六九潜と交代して水上強速にて新配備点にむかった。が、結局、新配備点の五〇浬ほど手前で日出となったので、午前二時四十五分、潜航進出することにする。

潜航中は一日じゅう、敵影も情報もない。

日没後に浮上すると、また新散開線配備を令せられた。司令部は敵情を得ると、すぐに配備変更の命令をだす。本艦は今までのところわりあい閑散であるが、タラワ東方の散開線に配備されている友軍は、そうとう制圧されているようである。

たびたび配備を変更して、散開線の移動を令されても、なかなかそのとおりに動けるはずがない。司令部の作戦室の海図上では、散開線は命令のとおり整然と描かれていても、現実はバラバラになっているのである。

また、そのつど水上移動を強いられるので、発見される機会も多い。

潜水艦の武器は隠密性であり、奇襲を身上とする。攻撃後ならば叩かれても我慢しよう。だが、攻撃の機会も得られないままに、水上で動きまわっている間に発見されて攻撃を受け、沈没の悲運に泣くごときは愚の骨頂である。司令部の、潜水艦作戦の特質を充分に認識していないヤマ船頭的な指揮ぶりには、しばしばハラが立った。開戦以来の潜水艦側の意見にしてもいまだに取り上げられず、わかってもらえない点が多々あった。

それはそれとして、話をつづけよう。

十二月三日夜、浮上後に新配備点へ移動中、右舷機付属の油冷却器が故障したので、左舷機片舷で航行していた。そして右舷機の故障修理が完了したと思ったとたんに、こんどは左舷機のシリンダー内に、潤滑油の漏洩《ろうえい》を発見した。シリンダーの摩耗度が大きいうえに、さらにこの事故にあい、もうもうたる黒煙が吹きでる。

右舷機片舷航行をしながら、左舷機の修理にかかる。司令部は各艦の行動遅延《ちえん》を見てとったのか、新配備につくことを督促《とくそく》して、水上進撃せよ、と命令してくる。もちろん、本艦は故障を修理しながら日出後も水上移動していたが、このまま水上進撃をつづけることには不安があった。そこで、潜航進出することに決めた。

午前十時ごろだったか、潜航してまもなく推進器音を聞いた。潜望鏡をあげてみると、駆逐艦一隻が見える。方位角一二〇度ぐらい、距離約十キロ。

やがて、二隻となり、大きなうねりのかげに見えかくれしながら、東方に去っていった。対潜掃討をしているらしい。あとから大物が来るかもしれないと期待していたが、なんの情報もない。

新配備点にむかうべく、午後三時十五分ごろ浮上しようとしていたとき、聴音は「感あり」と報告してきた。潜望鏡を露頂してみたが、暗くてなにも見えない。感度幅は二〇度ぐらいあって、あまり移動しないようである。よく敵の大群が相当の遠距離にいる場合には、このように聞こえることがある。が、案外、魚群かもしれない。

昼間の潜航中に消耗した電力を、夜間浮上して補充しなければならないのが電池潜水艦の宿命である。したがって、潜航しても安心して自由な行動ができなくなる。とにかく、充電するため日没後も潜航しながら浮上をためらっていたが、午後五時三分（一七〇三）に決心して浮上する。

耐えるのみの爆雷攻撃

浮上して航走をはじめてまもなく、先ほど音源を聞いた方向に、移動する灯火を低空に発見した。飛行機にまちがいないようだ。潜航して様子を見ることにする。一七四二（午後五時四十二分）潜航。

潜航したあとも、前とおなじ方向に聴音の感度がある。感度三ぐらいで、大きくもならなければ小さくもならない。船団ならば十キロか十五キロぐらいの距離であろう。なんだろう。薄気味がわるい。しかし、こうしていつまでも潜航しているわけにもゆかない。電力を補充しなければならない。

二〇一五、浮上して急速航走し、充電を開始する。補助発電機も併用して、とにかく電力補充をいそぐ。それから二時間ほど航走した。二二四三。

連続行動のため、ピストンの摩耗度が大きく、心配になるぐらい黒煙が朦々《もうもう》と夜空を染めている。明澄な海気《かいき》のなかに、排煙特有の匂いがただよう。暗夜である。

そのとき、「駆逐艦、艦尾方向」と後部見張員がさけんだ。念のため七倍双眼鏡で後方を見ると、たしかに朦々たる煙のかなたに艦首の白波が見える。一五〇〇メートルぐらいだろうか。

「両舷停止、潜航急げ」と令して、艦内にとびこんだ。夢中である。「深さ七〇」を令した。

二二五〇、深さ九〇メートルにて連続八発の爆雷を受けた。以下、メモを頼りに当時の状況を再現してみよう。

二三〇五、爆雷一発。二三一六、爆雷五発。

このとき以後、深度保持がむずかしくなり、一〇〇メートルから一三〇メートルの間の浮沈をくりかえす。先任将校の増沢清司大尉（昭和二十年、伊四四潜艦長として戦死）はよくやっている。このような深さでは、補助排水では間に合わない。メインタンクのブローをくり

伊174潜と同型の伊175の艦首。艦底の円弧状の白い丸がソナー発信機で16個ある

かえすため、ツリムはいよいよ不定になる。浮いたり沈んだりをくりかえす。

そのたびに、水面上に気泡がでるにちがいない。昼間なら、この下に潜水艦ありと知らすことになるが、さいわいに暗夜で気泡は見えないらしい。このころ、「電動機室漏水」と報告してくる。

〇〇二六、爆雷一発。〇〇二六、爆雷五発。これから約一時間半は爆雷攻撃はなかった。しかし、推進器音は消えない。

ここで攻撃される側からの潜航状況を再現すると、つぎのようになる。

「右二〇度、感二」「右二〇度、感三」「敵は増速した」「右一五度、感四」「右一〇度、感五」「感度あがる、直上」

この時点では、自分の耳ですら推進器音が聞こえる。それが過ぎさってまもなく、やれやれとしていると、とつぜん水を噴きあげる音まで聞こえて、爆雷の爆発音が真っ暗な艦内をゆるがす。真っ暗であるのは電力節約のため、艦内の不用の電気をみな消しているからである。

「左一六〇度、感四、遠ざかる」「左一五〇度、感三」「遠ざかる、感三」

ここで反転してこないように祈るが、敵は執拗にまた反転してやってくる。

〇二〇五、爆雷四発。このとき聴音機が故障する。こうなると、頭上を通るときだけ推器音を聞くことができるが、あとはまったくの耳なし状態である。

敵の動静はさっぱりわからない。ただ叩かれるのをじっと堪《こら》えるだけである。そして、このような運動をする敵の駆逐艦にたいしては、魚雷の発射もできないし、反撃の手段もない。

〇二一六、爆雷二発。〇二三六、爆雷一発。〇二四五、爆雷二発。一発必中の投下をくりかえしているらしい。

浮沈をくりかえすため、空気が欠乏してくる。「残量一二〇（キロ）」の声を聞いて、九五式酸素魚雷六本を使って空気を補充する。主機械起動用気蓄器（二五〇キロ）一本も空気の補充につかう。一本は最後まで残しておかないと、浮上したときに主機械の起動ができなくなる。

電動機室の漏水がふえてモーターが水に漬かりそうになるので、乗員は素っ裸になり、缶詰などの空缶《あきかん》で浸水を手送りで機械室などにくみ出す。電動機室の温度は四十七度となり、熱射病者が二名発生する。

艦内の気圧が八五〇ミリとなる。頭が痛くなる。

○三三〇、ツリムの維持が難しく、深さ二〇メートルとなる。もう夜が明けているから、飛び出したらやられるに決まっている。
○三三五、爆雷二発。○三四五、爆雷二発。○四一九、爆雷一発。どうせやられるなら、浮上してきれいな空気の中で死にたいと思う。

死闘の果て天運われにあり

航海長（森田淳大尉）は艦長といっしょに司令塔にいる。発令所の先任将校の手助けのため、砲術長（岩沢幹男中尉）を下におろす。機関長（森鼻藤次郎大尉）は機械室でがんばっている。軍医長（松居栄一郎医中尉）は艦内を駆けまわっている。前田冬樹少尉は後部発射管室にいるはずである。私は司令塔で腕を組んで考える。浮上して決戦しようか？　いやいや、もう少し頑張ってみよう。
○四三〇、爆雷三発。まだ敵はいるらしい。が、これ以後、三時間ばかりは爆雷攻撃はなかった。
○五二〇、ツリム不良で艦橋を水面上に露出したが、敵の攻撃はなかった。もう敵は去ったのではないかと思う。しかし、聴音が聞こえないのでたしかめるすべがない。
○七二五、爆弾か爆雷か、不明の爆発音を聞く。電力も空気もゼロに近くなる。浮上しようか、もう少し頑張ろうか、と迷う。
○九四〇、いよいよ動力はアウトである。機関長が司令塔に顔をだして「放電量八六〇〇

AM／H、「空気ゼロ」と報告してきた。

どうしても、浮上以外に方法はない。最後の準備として砲戦用意をして浮上したが、天運われに幸いしたのか、敵はすでにいなかった。助かったのである。

〇四三〇まで約六時間の攻撃で、敵は爆雷を費消しつくして、とうとう引き揚げたようであった。

運よく、敵の攻撃を回避することができたのである。このような一対一の戦闘においては、攻撃の技量の巧拙とか操艦回避の上手ヘタというものよりも、文字どおり運が関係する。爆雷の爆発がもうすこし艦に近かったならば、致命的となるわけである。

さて、戦闘不能となった艦をいかにして、ぶじに基地にもどすか。艦内調査の結果、つぎのような損害があった。

一、一・二番発射管の浸水とまらず
二、九三式聴音機は感度なし
三、前部脱出筒の浸水とまらず
四、満載タンク隔壁亀裂、漏水
五、右舷軸管パッキンおさえよりの噴水、毎時一・五トン（応急処置により一トンとなる）
六、主蓄電池ピッチの亀裂、一群の九器
七、その他、各種発受信器、計器類破損、指度不正、ガラス破損など

八、電球五十二個（耐震型をふくむ）断線

戦闘の場合の生死は運命であるということは、前にも述べたとおりであるが、やはり手をこまねいていては、好運にめぐまれるものではない。「人事をつくして天命を待つ」という諺のとおりである。

その人事の中に、戦闘の場合には知識、経験はもとより、決断とか勇気とか大胆というような、精神的要素がふくまれることはいうまでもない。本艦の場合、爆雷回避の手段として、針路にたいしてつぎのような考慮をはらった。事の是非《ぜひ》、善悪をいうのではない。実行したという事実をいうだけであるが――。

敵の爆雷の性能も戦術もわからないし、その測的の精度、能力もわからないが、いちおう日本軍のものと類似しているものと考えた場合、自艦の深度と針路は一定でないほうがよい。深度は前述のように期せずして、二〇メートルぐらいから一二メートル（安全潜航深度一〇〇メートル）の間を浮沈していたのであるから、意図的ではないにしても、深度変換をくりかえしていた結果となった。

針路であるが、これは本艦は一秒たりとも直進しないように、つねに舵角一〇度ぐらいで、蛇行曲線をえがくように変針をくりかえしていた。そして主航路は、つねに敵から遠ざかるように選び、その主航路にたいして蛇行していた。対潜攻撃の場合、攻撃発動時の目標の位置にたいし、ある程度の回避を予想して爆雷の散布界を決定するのであるが、主方向は直進

の方向となると思われるからである。

さて、最後に用兵上の問題だが、これは前の記述の中で少しずつ触れているので、ここでは省略することにしたい。とにかくこの作戦には九隻の潜水艦が参加したが、六隻はついに還らなかった。

海底の密室「伊三六三潜」男の料理

潜水艦烹炊員長が笑いと涙でつづるグルメ戦記

当時「伊三六三潜」烹炊員長・海軍上等主計兵曹　塚田利太郎

昭和十八年七月、伊号第三六三潜水艦の艤装員として呉工廠に着任したのは、小宮輝次郎機関長以下十名であった。私は掌衣糧兵として着任すると、すぐにも艦営備品の受け入れや、艦内烹炊責任者として軍需部や工廠と打ち合わせなどをした。そして、揚げもの釜や炊飯電気釜、さらに厚手の俎板《まないた》などの設備をし、艦長をはじめ一兵にいたるまで満足な食事をしてもらうことが主計科の任務だと思った。

昭和十九年七月八日に竣工した伊三六三潜は、第七潜水戦隊に編入された。潜水艦の烹炊所は二人入ると狭くるしい。こうして毎日毎日、蒸《む》し風呂のような烹炊所で食事をつくるので、われわれは鉢巻や腹巻をして、飯の中に汗が入らないように注意して食事をつくった。

昭和十九年十月九日、トラック環礁をめざして横須賀を出港した。伊三六三潜は丁型といわれる輸送潜水艦で、南鳥島、トラック島、メレヨン島、西カロリン諸島などの物量輸送にあたった。

そして十月二十八日メレヨン島で、十一月二日にはトラック島で計八十二名の陸兵を乗せた。兵士たちは乗艦するとき甲板をはって、やっとの思いで上がってきた。ほとんどが重症者で、いずれも栄養失調で骸骨が皮をかぶったような悲惨な姿であった。

私は急いで軍医長の河崎直久中尉に相談し、食事は重症者には重湯《おもゆ》、中等者には三分粥《かゆ》もしくは五分粥を三日間ぐらい食べさせて、徐々に普通食にもどすようにした。しかし、私としては衰弱している人たちに、腹一杯食べさせてあげたい気持ちでいっぱいであった。毎日、「食事まだですか」とか、「何か口に入れるものがほしい」とか、「どうせこのまま衰弱して死ぬかもしれないからせめて腹一杯食べたい。この時計をあげるから」などといいながら烹炊所にくる。

私としては、食べさせてやりたいのだが、食べさせることは命をとることになると思って、大声をあげて追い返した。そんな時の気持ちは、情けないやら悲しいやらで、二度とこういうことはやりたくないと思った。心を鬼にして彼らに冷たくすることが彼らの命を助けることだと、自分自身にいい聞かせたが、後で胸が一杯になり涙があふれた。

こうして食事に苦労しながらも、十一月十五日には横須賀へ帰ってきた。八十二名の兵士のうち一名が死亡した。烹炊設備が不足していたことやバラエティに富んだ栄養食をつくるのは、むずかしいことだということを強く感じた。

荒木艦長も喜んだ握り寿司

ところで、潜水艦でのわれわれの任務は三直制となっていた。夜間浮上、昼間潜航のくり返しで、主計科も三直にわかれている。われわれ主計科が一番苦労したのは、食糧、とくに生鮮食品の保存および積み込みであった。

主計科では約三ヵ月分の献立をつくり、兵員室や通路に献立表順に野菜の缶詰および精米を積み込んでおくのである。生魚肉、鶏肉などは出港前にできるだけ調理し、冷凍室に保存する。また、生野菜などは現在の冷凍食品のように冷凍して、根菜類はできるだけ冷たい所に保存し、毎日点検、腐らないように注意した。なにしろ海中深く潜り、外の空気はもとより、海原さえ見ることのできない潜水艦乗りは、食べることと寝ることだけが一番の楽しみである。

昭和十九年十一月二日、輸送任務を終えてトラック島より横須賀へむかっている途中、楽しいことがあった。

慰問袋から粋な〝手拭いのれん〟をつくり、烹炊所の入口に『お兄さんチョット一杯やって行きなさい』など書いてぶらさげた。そして、木板には本日の献立として、いろいろなメニューを書いた。すると乗員たちは、待ちどおしいといったそぶりで〝手拭いのれん〟から顔を出し、内地のことを思い出しているようだ。私が烹炊所で握り寿司を巣籠上主と夜食用につくっていたとき、「おい主計、今日の夜食は寿司か」という声がした。

潜水艦の前部兵員室で食事中の乗組員たち

私はとっさに、「へい毎度あり、握り寿司は何人前」といいながら顔を出すと、そこには荒木浅吉艦長がいた。

私はおどろいて、従兵はどうしましたかとたずねると、「船酔いで寝てるから俺が食卓番だ。どれ、味をみさせろ」といいながら一口食べて「うんこれは美味しい」といって、各士官の夜食として持っていかれた。潜水艦では、艦長から下は上等水兵にいたるまで、航海中は上も下もないのである。とくに私の仇名は〝三六三潜グレン隊〟であった。

その荒木艦長も十二月二日、単独訓練中に右足を骨折したため、二代目の木原栄艦長と交代した。木原艦長は、前任者の荒木艦長と同じように、艦内の和ということを大切にする人であった。と同時に、われわれの腕前を高く評価してくれる人でもあった。

昭和二十年二月十八日、われわれの乗った伊三六三潜は内地の横須賀にいた。この日はB29による空襲があった。三分の二が上陸していたので、伊三六三潜は急いで海底沈坐した。そのとき艦内ではみな沈黙していたので、私は戦給品をくばった。そして、私と犬塚兵曹と二人で電信室に入りマイクをとりだした。

「ただいまより、三六三潜演芸会をやります。まず、犬塚兵曹が灰田勝彦の新雪を歌います」と放送して、犬塚兵曹が歌いはじめた。そのあと私が三亀松のマネをして明治一代女を声色《こわいろ》し、加藤隼戦闘隊を歌い、ジャワのマンゴ売りをデュエットで歌った。

すると、いままで沈黙をまもっていた士官も兵もみな陽気になって、空襲の終わるのを、艦内で元気に待っていた。

やがて空襲もおわり解除になったので、浮上して上陸していた乗員をむかえた。私は艦長に叱られるのを覚悟で〝演芸会〟のことを報告した。

上陸していた艦長はニッコリ笑って、「みなを元気づけてくれたのはよかった。塚田、犬塚コンビでやったのだろう。陸上では大雪が降ってまいったよ。それにしても艦に損傷がなくてなによりだった」といわれた。

回天搭乗員たちへの死に水

三月二十日、「回天」の搭載工事もぶじ終わった。わが伊三六三潜もいよいよ特攻〝回天〟を送りだすときがきた。回天特別攻撃隊轟隊に従事する前に熱海の寿旅館保養所に行った。もうこれで最後と思い、食糧を持参して調理場を借りた。

そして今度は網代まで足をのばし、ナマ物や寿司ネタを仕入れてふたたび熱海へ帰ってきた。調理場で握り寿司、のり巻、だて巻などをつくった。その後、士官保養所の露木旅館、

中央正面の円筒は二二号電探、乗員たちの前方左右に回天搭載用の架台が見える

昭和20年３月、光基地で回天搭載工事をおえた伊363潜の前甲板で記念撮影。

大月旅館へ私と若い水兵とが出前までした。戦時中でありながらこういうことができたのも、主計兵にめぐまれていたからだ。

なにしろ一航海を終えて港へ入港すると同時に、各潜水艦の艦長と士官たちが集まり、三六三潜の飯はうまいから昼食を食べさせろと木原艦長にいう。艦長もまた人の和ということと人の集まることが好きなので、入港のたびに昼食会が開かれた。

そんなとき、主計兵としては本当に嬉しいことであった。それとともに私は掌衣糧兵であり、海軍に入る前は日本郵船の洋食コックであった。そして中兵曹は和食の板前、笹原主長は中華のコック、巣籠上主は浅草のマグ善の息子で、握りの早さは東京一であった。

昭和二十年六月五日、人間魚雷といわれた回天五基を積み、搭乗員上山春平隊長以下四名が出撃することになった。場所は沖縄の近海である。そのとき私は五号艇の発進員であった。沖縄とサイパンを結ぶ米軍の補給路の真ん中に、水面下四十メートル付近で敵を待ち伏せた。

午前七時四十五分ごろ、艦内のスピーカーから「配置つけ、回天戦用意」の号令があった。回天搭乗員は白い鉢巻をしめていた。やがて、司令塔より「搭乗員乗艇発進用意」が下令された。私は急いで搭乗員に死に水の変わりにサイダーを一本ずつ渡す用意をして、上山隊長のところへいった。

私が担当する回天の搭乗員は久保吉輝兵曹といい、予科練出身の紅顔の少年であった。今のいままで話をしていた人間を交通筒から回天内に送り込むときの気持ちは、どう表現してよいかわからない。

久保兵曹はサイダーをのどへ流し込むと、「塚田兵曹、では行ってきます」という言葉を残して艇内に姿を消した。艦と回天をつなぐのは甲板上の架台に固縛されたバンドだけである。それをはずす任務が発進員の私であった。私はバンドを複雑な気持ちで握っていた。あとは木原艦長の「ヨーイ、テッ」という号令を待つばかりだ。

だが、その日は荒天のため発進の機会がなかった。「回天戦用意用具おさめ」という号令がかかって、私はハッとわれに返った。やや間があってから久保兵曹が回天から姿を現わして、

「また、今度行かせてもらいます。またサイダーをもらいますよ」

といった。

一本のサイダーが死に水になるかもしれないと思うと、絶対に死に水にはしたくないと思った。また、木原艦長も回天搭乗員たちに、「きみたちの尊い命は輸送船なんかと引きかえにする気持ちはない」と常日頃からいっていた。ついに彼らに出撃の機会はこなかったのである。

昭和二十年七月末ごろ、伊三六三潜は沖縄とレイディ島の米軍補給路を結ぶところに進出した。八月に入ると、ソビエトが宣戦布告したため急ぎ日本海に回航せよ、との司令部の命令により浮上した。

浮上しながら航行していると、五島沖で敵機の機銃掃射を受けた。そこで急速潜航したが、このとき後部の見張り平山三吉、右舷見張り原田惣衛門の二名が戦死した。そのほか飛行機

見張員一名が負傷、信号兵の木下広夫が右膝貫通の負傷をしながらもハッチ、ハッチと叫んでいた。私は自分の腹巻を急いでほどくと、木下信号兵の返り血をあびながら、藤田万五郎兵曹と二人で彼の足をしばった。すぐに兵員室につれてゆき、軍医長の手当を受けさせた。

この間に伊三六三潜は、右舷に傾いたまま海底にむかって急速に突っ込んでいった。艦内は蒸し風呂のようで空気が悪く、しだいに息苦しくなっていった。しかし、全員部署につき、一言も苦しいとか暑いとかいう者はいない。

烹炊所が私の死に場所か

それからどれくらいの時間がたったであろうか。少なくとも十二時間ぐらいたっていただろう。木原艦長が、

「最後の電気を使い果たし、浮上する。もしこれができなければ、お前たちの命は木原にくれ」

といわれた。つづいて浮上用意の号令が聞こえた。

私は主計科なので、どうせ死ぬのなら烹炊所で死にたいと思って中にいた。すると艦が急に艦首から浮上しはじめた。艦橋が水面の上に出てハッチが開くと同時にエンジンが掛かり、新鮮な空気がもの凄い勢いで艦内に入りこんできた。このときほど空気がおいしいと思ったことはなかった。

こうして、艦は動きはじめて佐世保に入港。負傷した木下信号兵を私と軍医長、衛生兵の

三人で病院へ入院させた。

伊三六三潜は即日の修理を終え、日本海へむかった。しかし終戦となり、八月二十日に山口県の光基地で回天搭乗員と整備員をおろし、二十一日に呉へ着いた。ここで、米軍の命令により、十月二十六日に呉を出港して佐世保へむかうことになっていた。

われわれはかつて戦艦日向が積んでいた高速艇を修理し、交通艇として使用するため、伊三六三潜と同行させることにした。艇の回航乗員には森山裕大尉、川又一曹、秋葉上機曹、戸羽一機曹、そして私の五名が選ばれた。

われわれ五人は艇で佐世保へむかった。ところがあいにく天候が悪く、豪雨の中を夢中で操艇した。艇には白いペンキの上にハートを描き、煙突にはベティの絵を描いて航行した。下関海峡を通り玄界灘の神呼島に仮泊したときには、島の人たちは米軍の船が入ってきたと思って、山の中へ逃げ込んでしまった。そのため、われわれ全員は下船してわけを話して食糧を物々交換し、宿屋にも泊めてもらった。

その翌日、佐世保港の入口で伊三六三潜の入港を待っていたところ、呂五〇潜から『伊三六三潜沈没せり』の手旗信号をうけた。われわれはふたたび呉へ取って返した。途中、下関で森山大尉、秋葉上機曹がおりて、伊三六三潜が触雷したという佐伯にむかった。われわれ三人は呉に着き、遺骨の受け入れ態勢を急がねばならなかった。

そんなおり、藤田万五郎上機曹が宮崎県宮崎郡佐土原町の長友武夫、きぬ江さんらに救助されたという報告が入った。そして、われわれは遺骨箱をつくり、サラシを切り裂いて遺骨の帰りを待った。

木原艦長以下三十四柱の戦友たちの遺骨を各遺族の方々にお渡しするとき、私がかわってあげられたら、と何度思ったことだろうか。もう二度と悲しい思いをすることのない平和な時代がくることを祈るだけであった。

伊三六三潜　メレヨン島輸送作戦の全貌

輸送揚陸用に設計された丁型潜水艦の知られざる戦歴

元「伊三六三潜」艦長・海軍少佐　荒木浅吉

昭和十八年九月二日、二式大艇に便乗してサイパン経由で帰国した私は、二日、横浜に着いた。即日、呉にむかい、九月六日には甲種学生として潜水学校（潜校）に着任した。海兵六十四期同期の川島立男、井上順一、出淵愈、岡山登が一緒であった。

出淵と私のほかは、みな結婚していた。戦争が終わるまでは結婚すまいと考えていたが、みなに刺激されたわけでもないが、学生のあいだにかねて勧められていた松木俊子との結婚を受諾した。十月十四日、のちの原爆ドームに近い広島のとある旅館でささやかな結婚式をあげ、楽々園にある一戸建ての官舎に新居をかまえた。

これがラバウルに赴任中、二式大艇とともに消息をたった級友有馬文夫の住んでいた家と知らされた。その直後、別の二式大艇で帰った私が、その家に入るとはどうした因縁であろうか。

休みのときは、クラスヘッドの川島のところに家内同伴であつまり、花札やトランプをして遊ぶのが、そのころの楽しみであった。官舎は松林の中にならび、少し遠くには瀬戸内の海が光るのどかな環境で、戦時中としてはめずらしく平安な日々を楽しむことができた。

川島はガリ勉などせず、余裕綽々と六十四期の首席をつづけて卒業した。剣道の名手でもあり、絵もよくした。官舎の欄間《らんま》にかかげた彼の「朝焼けの海」の油絵は、みごとなものであった。

昭和十五年、私が伊七〇潜の航海長だったころ、彼は伊五五潜航海長として田上明次艦長を助け、二年連続して発射戦技に優勝した。昭和十六年、私は審判官としてその襲撃ぶりを見たが、無駄のない迅速果敢な攻撃は、いまだに心に焼きついている。年間襲撃回数でも伊七〇潜と伊五五潜は一、二をあらそったものの、伊五五潜にはかなわなかった。

昭和十八年二月、彼が潜校教官のとき戦況をうれえて執筆し、校長の山崎中将から連合艦隊に提出された『潜水艦戦果発揚対策』は、司令部に国賊よばわりされたというが、これは第一線部隊の熱望によく応えたものであった。

この川島をはじめ、井上、出淵の三名とも、のちに「あ号作戦」で呂号艦長として名誉の戦死をとげた。また、岡山は終戦一ヵ月前の昭和二十年七月十五日、伊三五一潜艦長としてボルネオ北方で米軍の潜水艦に撃沈された。この伊三五一潜（石油輸送艦）には、じつは私が艤装員長に予定されていたが、伊三六三潜で訓練中に怪我をしたため、急遽、岡山が交代したと聞いている。運命というか、こうして私だけが戦後にとりのこされてしまった。

潜校甲種学生を終了後の昭和十九年一月二十日、私は呂五九潜艦長に補せられた。

われわれが潜水学校に入った昭和十八年秋から、アメリカ海軍の主作戦線は中部太平洋に指向されつつあった。しかし、当時の日本海軍はラバウル方面に重点をおき、なけなしの航空兵力を投入していた。

潜水部隊も、オーストラリア東岸の通商破壊およびニューカレドニア方面の哨戒を命ぜられ、ほとんど配備点につこうというころ、連合軍のレンドバ上陸により、反転して同方面に急行を命ぜられるありさまであった。それもわずか二隻で、多数の潜水艦は何ら戦力に寄与することのない輸送で苦労していた。

このとき、米軍はギルバート諸島攻略のため、約八〇〇浬《かいり》東方のカントン島に爆撃機基地、ベイカー島に戦闘機基地の建設を開始していた。この方面に、航空機も潜水艦も手配していなかった日本軍は、敵の企図を察知することができなかった。

敵機動部隊は昭和十八年九月十九日、ギルバート諸島を空襲し、十月六日にはウェーキ島を空襲した。十一月十九日からは、ギルバート諸島の空襲につづき、二十一日にはマキン、タラワに上陸した。米軍の中央突破作戦は、周到な準備のもとに筋書きどおりにすすめられた。

昭和十九年に入ると、戦勢はますます急迫してきた。一月三十一日、敵はクェゼリンに上陸し、二月十七日には米空母九隻によるトラック空襲で、艦船、航空機とも虚を衝かれて、甚大な被害を受けた。連合艦隊は二月十日に、トラックから内地およびパラオに引き揚げていたため、かろうじて難をまぬかれた。

ギルバート作戦においてわが潜水艦は敵の来攻にたいして待敵配備されるどころか、他の作戦行動中から長駆、戦線への急行を命ぜられた。また、トラック在泊中の四隻が準備できしだい出撃を命ぜられ、到着したときには敵は上陸を終わり、待ちかまえていた対潜部隊の餌食となって、参加潜水艦九隻のうち六隻が失われた。わずかに伊一七五潜（田畑直艦長）が十一月二十五日、護衛空母リスカムベイを雷撃（三本命中）して撃沈しただけであった。

ギルバート作戦については、第六艦隊司令部も深刻に反省し、つぎのように結論している。
一、敵の進攻地点、その時期の判断をあやまったため、潜水艦は作戦参加に時間的な余裕なく、かつ行動能力の限度近くに達した潜水艦をも、作戦に従事させなければならなかった。
二、新造艦で就役後まだ日があさく、訓練不十分の潜水艦をも投入した。
三、敵の対潜警戒が厳重な局地に、多数の潜水艦を集中した。
四、敵の対潜兵器の進歩は予想されるが、その具体的な状況は得られていない。
ギルバート作戦にひきつづき、アメリカ機動部隊による中部太平洋諸島要地にたいする空襲がおこなわれた。一方、トラック空襲後の二月二十日、ラバウル航空隊の百数十機が引き揚げたにもかかわらず、日本側は有効な対策を講ずることができなかった。

戦訓を忘れたあ号作戦

昭和十九年五月三日、ようやく豊田副武長官により「あ号作戦」が発令された。しかし、小沢機動部隊は「渾作戦」（ビアク）のため、五月十六日、主戦場から遠くはなれたボルネオ東北沖のタウイタウイに集結していた。

五月に入って、敵がマーシャル方面で攻略作戦の準備を急ぐ様子が通信諜報にあらわれたとき、軍令部情報部と連合艦隊の中島親孝情報参謀は、敵はまっすぐマリアナにくると判断して進言したが、誰もかえりみなかったという。

大和と武蔵を中心とする有力部隊をビアク泊地に突入させるつもりであった豊田長官は、このときまだ、決戦はパラオ近海でおこなわれることを予期した、というよりは希望し、角田航空部隊（第一航空艦隊）が敵機動部隊を攻撃することさえ差しひかえさせた。

三月末から四月はじめにかけて、アメリカ中部太平洋部隊の第五艦隊第五八高速機動部隊がパラオを攻撃して港内の艦船を一網打尽に撃沈したこと、さらに四月中旬、ホーランディア上陸作戦を直接支援したことは、日本海軍側の判断を大きくあやまらせたことはまちがいない。連合艦隊がサイパン方面の敵の攻撃が本格的なものであると考えたのは、六月十三日になって敵艦隊が艦砲射撃をくわえてからというから、あ号作戦ははじめから齟齬《そご》にみちていた。

五月三十日、第一二一航空隊の千早猛彦少佐はみずからトラックからナウル経由で長駆メジュロを偵察し、敵の主力である空母五隻が在泊し、二隻が出港中であることを撮影、報告する偉功をたてた。

六月九日、千早機がふたたびメジュロを偵察したときに敵はなく、これにより「あ号作戦決戦準備」が発令されたが、敵主力の行動は杳《よう》としてわからなかった。豊田長官は、軍令部のサイパンは難攻不落という言葉を過信して、マリアナ方面の第二航空集団約一〇〇機にハルマヘラ方面への移動を命じていた。

六月十五日、激しい砲爆撃ののちに、敵約二個師団はサイパン、テニアンに上陸した。タウイタウイに集結した小沢機動部隊は一ヵ月も在泊したが、米軍潜水艦にかこまれて出動訓練をおこなうことができず、対潜部隊は反対に撃沈された。

六月十三日、小沢機動部隊はタウイタウイを、大和、武蔵をふくむ宇垣部隊はバンチャンを出撃したが、とうぜん敵の上陸阻止には間にあわなかった。

難攻不落といわれたサイパンは、六月十七日には南部飛行場を占領され、七月六日には日本軍は玉砕して、南雲忠一、高木武雄両中将は自決した。

その間、空母十五隻、艦載機九〇二機のうちその半数が戦闘機からなる圧倒的な敵と、六月二十日に会戦した小沢機動部隊は、三七三機をもって敵を攻撃した。しかし、強力な戦闘機バリヤーにはばまれ、母艦に帰ったものは一三〇機にとどまり、しかも敵空母に一指もくわえることができなかった。

日本側は敵機により空母飛鷹を失い、瑞鶴と隼鷹は損傷を受け、敵潜により大鳳と翔鶴を失った。そして、第四波の攻撃機六十五機は敵を発見することができず、グアム基地にむかったが、着陸をはじめようとしたときに敵戦闘機の奇襲を受けて破壊された。

また、グアム島に増援にきた角田覚治中将の基地航空部隊の戦闘機三十数機も、同様に着陸直前に奇襲され、大部分が失われた。敵はわずかに航空機二十九機を失っただけであった。

あ号作戦において、サイパン在泊中の呂一〇九潜、呂一一二潜、呂一〇四潜、呂一一六潜、呂一〇五潜の五隻の潜水艦は五月十五日以後、トラック在泊中の呂一〇八潜、呂一〇六潜は五月十六日以降、呂一一一潜は六月四日、呂一一三潜は六月八日に出撃して、敵の来襲した中部太平洋から遠く南下して、ニューアイルランド北方海面に急行した。また、伊五三潜は五月十七日佐伯発、伊四四潜は五月十五日呉発で、同海面にむかった。

この海域には敵の対潜掃討隊だけが待ちかまえ、悪名高い十散開線についた九隻のうち、五隻が駆逐艦イングランドのヘッジホッグ攻撃により、五月二十二日以後、十散開線に縛りつけられたままつぎつぎと撃沈された。また、ブイン輸送中の伊一六潜も十九日、同駆逐艦に撃沈されている。

敵主力の来攻に応じ、呂三六潜、呂四三潜は六月十一日にサイパンを、呂一一三潜、呂一一七潜は六月八日にトラックを発し、最初はニューアイルランド島北方にむかったが途中で反転を命ぜられ、マリアナ諸島あるいはグアム南方に配された。

しかし、戦果をあげることなく、呂三六潜、呂四八潜、呂一一四潜、呂一一七潜の四隻は、駆逐艦または飛行機に撃沈された。ほとんど敵主力を見ることなく対潜掃討部隊の餌食となり、あ号作戦における潜水艦の消耗は参加潜水艦三十六隻のうち二十隻におよび、完全な失敗に終わった。かくてギルバート作戦における反省は、少しも生かされなかったのである。

この決戦段階に入った昭和十九年においても、インド洋またはオーストラリア方面で伊八潜ほか八隻の潜水艦が通商破壊戦をおこない、多少の戦果はあげていたが、戦争の帰趨に貢献するものではなかった。

キスカ島撤退後も、北東方面には三隻の潜水艦が行動していたが、伊一八〇潜は未帰還となった。伊一八四潜は五月下旬、先遣部隊に復帰してこの方面の作戦は終わった。

その後、米軍の攻撃はますます加速され、日本に立ちなおる機会をあたえなかった。台湾沖航空戦では敵空母十数隻を撃沈したと報ぜられたが、それは虚報であった。日本側は空母航空部隊および基地航空部隊の大部を消耗した。「捷号作戦」にいたっては、小沢機動部隊は艦載機わずか数十機をのこすだけでオトリ艦隊となり、栗田艦隊に空母部隊と戦わせるという常軌を逸した作戦となり、沖縄戦を前に日本海軍は事実上壊滅した。

そして、ついに特攻作戦がはじまった。神風特攻は強力な敵の対空砲火をおかしておこなわれ、攻撃前に撃墜されるものが多かったが、数の多さによってかなりの戦果をあげた。

「回天」は、ジャワ沖海戦で敵艦の艦首波で爆発してナイアガラの滝のような水柱を立てた九三式魚雷を改造したもので、浅深度発射で冷走、早発の傾向があった。回天は母艦潜水艦の数が少なくなったことと、こうした欠陥を持っていたため、所期の戦果をおさめることはできなかったが、対応手段がないため、アメリカ側には心理的に非常な恐怖をあたえた。

しかし、もはや頽勢を回天することはかなわず、特攻作戦はいたずらに多数の有為の青年を失う結果となった。

新参「伊三六三潜」の初陣

昭和十九年六月五日、私は伊三六三潜（丁型）の艤装員長を命ぜられた。約一ヵ月の突貫工事で完成され、七月八日に艦長となり、伊予灘で就役訓練をおこなった。

九月十五日、第七潜水戦隊に編入され、十七日に呉を発ち、小豆島に一泊して二十日、横須賀に入港した。この間、妻は楽々園の官舎を引きはらい、鎌倉の加納家（鎌倉市助役もした旧家）に新居をかまえた。

横須賀で戦備をととのえるが、今度はメレヨン島輸送ということである。すでに九月十六日、ペリリュー島は敵に占領され、敵の進攻部隊はフィリピンに接近しつつあった。メレヨン島はまさしく敵の進攻路にふくまれていた。

私は今度の作戦の成否は、敵に発見されないことにかかっていると思い、出撃準備のひまを見て日吉《ひよし》の連合艦隊司令部をたずね、ミッドウェー基地からの敵の哨戒図を入手した。

十月九日、横須賀を出港し、館山《たてやま》に仮泊したのち夕刻に錨をあげて南下し、トラックにむかった。敵の哨戒圏では潜航することにしたが、もはや敵はレーダーを装備しているので、哨戒機が遠ざかったあとは、昼間も厳重に見張りをおこないながら、水上航行をつづけることにした。入港予定日を調整する必要があるときは、潜航して乗員を休養させることにした。

敵の哨戒図により、予想出現時刻前に潜航し、予想方向に潜望鏡をむけて待っていると、ほぼ正確に敵哨戒機を発見することができた。敵機は毎朝八時に出発することもわかった。敵はあまり小細工をすることはない。こうして、この行動中、敵哨戒機に捕捉されることは一度もなかった。

十月二十一日午前七時すぎ、トラック環礁外で敵潜の潜望鏡を発見したが、回避して午後二時四十五分、トラックに入港して輸送物件を揚陸した。そして明くる二十二日午後、メレヨンむけの物質を搭載し、二十四日午後二時、トラックを出港した。

この間、戦勢は日ましに悪化し、伊三六三潜が横須賀を出港した翌日の十月十日には、沖縄大空襲がはじまった。敵艦隊はさらに台湾、ルソンを空襲した。呉在泊の潜水艦は急遽、出撃を命ぜられたが、その数はわずかに伊二六潜ほか四隻にすぎなかった。

十月十二日には台湾沖航空戦がはじまった。矢つぎばやのレイテ上陸を機に「捷一号作戦」が発動された。これは尋常の戦争ではなかった。十九日には大西瀧治郎中将の要請により、神風特攻隊が編成された。戦争にとり残されたトラックの島々は閑散としていた。

十月二十三日、比島戦域では、栗田艦隊はパラワン水道で待ち伏せしていた米潜二隻の攻撃を受け、旗艦愛宕および摩耶を撃沈され、高雄は航行不能となった。栗田健男中将は駆逐艦岸波に助けられて大和に移乗した。

二十四日、伊三六三潜はトラックを出港して、メレヨン島にむかった。この日、戦艦武蔵は敵機の攻撃を受けて沈没した。そして二十五日、関行男大尉ほかの神風特別攻撃隊が敵護衛空母三隻に突入して壮烈な最後をとげ、その後ぞくぞくとこれにつづく特攻の口火を切った。そして十一月二十日からは、潜水艦により回天攻撃がはじまった。

当時は断片的にこれらの情報を傍受しながら、伊三六三潜は十月二十八日午前三時半、メレヨン島に到着した。

私は戦後、朝日新聞社の発行した『メレヨン島、生と死の記録』を読んだ。また、この本が発行された昭和四十一年六月には、日本テレビで「死者への手紙」が放映された。目の前に、ふたたびメレヨン島があざやかに映しだされた。その美しい島の深い椰子林の根もと、あるいは海岸のマングローブの根のあいだから遺骨の断片を拾い集めているのを見ながら、思わず涙がこみあげた。

この絶海の孤島には、昭和十九年二月、数度にわたり上陸した海軍部隊および軍属三五〇〇名と、四月十二日に北満から移動してきて上陸した混成旅団の将兵三三〇〇名が守備していた。フララップ島に零戦用の飛行場があったからである。ところが、米軍は蛙飛び作戦によってメレヨン島を放置した。

しかし、この島は敵の主作戦通路にあたっていた。敵機は帰途にはこの島に銃爆撃をくわえ、日本艦船の近接を許さなかった。秀吉の高松城水攻めにまさる巧妙な作戦である。日米両軍に見捨てられたメレヨン島は孤立無援となり、激戦のまっただなかの台風の目のような真空地帯となり、真っ青な南海の太陽の下で凄惨な飢餓地獄が展開され、終戦までに爆撃による戦死者をふくめ五二〇〇名を失った。

この島に接近することができるのは潜水艦だけであった。そして私の伊三六三潜が、この島に入港した最初の潜水艦であった。桑江良逢中隊長の日誌を見てみよう。

『十月二十八日晴天。夜が明けて見れば沖には潜水艦、待望の輸送潜水艦は朝日に輝く姿を悠然とメレヨン島沖に現はしたり。涙にうるむ歓喜の眼をみはる兵の姿、何処からともなく起こりし「君が代」の歌に全員合唱す。只々眼を疑ふ許りなり。嗚呼、陛下は遂に吾人を見捨て給はざりき、予は心より兵に言へり。「大元帥陛下を信じよ」と。……午前中、中隊全員に家郷への書簡を書かせたり』

極限の島メレヨンの惨状

この島がきびしい飢餓状態にあるとは聞いていたが、慶大出身の中野嘉一軍医少尉の日誌によれば、この頃は朝夕は水のような粥《かゆ》、昼は芋で飢えをしのいでいたという。

糧食を受けとるため、舷側に横付けした大発には、痩せおとろえた兵隊たちが立ちならんでいた。これでも、わりあい元気なものが選ばれたのだという。この中に中野軍医少尉もいたらしい。軍衣もよごれて、ほとんど見分けがつかなかった。二、三人が、暗い潜水艦の甲板を這《は》うようにしてこぼれた一粒一粒の米をさがす姿は、思わず眼をそむけさせた。

やがて甲板に揚げられてきた重症患者はいずれも栄養失調で、まさに骸骨《がいこつ》に皮をかぶせただけの恐ろしい姿をしていた。

ここで潜水艦乗員に深い感動をあたえたのは、ある兵士が潜水艦では野菜類が少ないと聞いて持ってきたという、珊瑚礁の痩せ土でそだてたたった二本の細い大根であった。

連絡将校の話によれば、この島ではネズミやトカゲはご馳走で、「隊長殿にあげてくれ」と兵隊が持ってくると、涙が出るほど嬉しいといっていた。真水は湧くものの、飲むとアミーバ赤痢にかかった。そして、毎日のようにどこかの島で、栄養失調や病気による戦病死者の埋葬がおこなわれているという。

戦前どこかで会った顔見知りの陸戦隊司令の志垣中佐も、お礼に来艦された。若干の食料を持って連絡に上陸した木下信号長は、家族への手紙をたくさん持って帰った。彼は日本に帰ってから、丹念に家族のところへ送りとどけた。肉親の手紙は将兵にとって最大の慰めになったが、このころは本土も沖縄も激しい空爆にさらされ、前線銃後の区別はなく、肉親からの手紙を読むこともなく死ぬものが多かった。

極限の状態では人間の本性があらわれる。桑江良逢中隊長は戦後、自衛隊に入隊された。その日記を読むと、この極限状態のなかでよく部下を統御され、その心服をあつめていた。他部隊に先んじて自給自足体制の確立をはかり、のちには他部隊に野菜の種や苗を配付するまでになった。

それでも上陸時一〇〇名の部下は、昭和二十年六月十八日には十七名に減少した。そして、この日で日記は終わっている。十七名の部下は自給自足体制を確立し、毎月一キロも体重を増加し、終戦のときは体力を回復していた。

中隊長が、どうしたら一名でも多くの部下を生存させるかと、寝てもさめても念願していた目標がなくなったとき、日記をつける意欲を失ったと、本人が述べている。

このように立派な中隊長がいたかと思えば、その日記の昭和十九年十月四日には、伝聞として次のように書かれている。

『一昨日の晩、某少尉の小屋へ部下が手榴弾を投げ込みしも発火せざりしを以て、銃剣にて某少尉および連絡下士官の胸部を刺し、直ちに某大隊長の許に自首せり。幸い両名共《とも》大した瑕《きず》はなく生命には別条なかりきと。

某少尉は小隊員の上前をはねて特別食を作り、兵の二〜三倍食べありしとのことにて……。犯人は営倉の中で舌を噛み切り自殺をはかりしも死に得ず苦悶しありしを以て、隊長某中尉が拳銃にて介錯を行へりと』

このようなことも、一、二はあったらしい。野菜畑の芋やカボチャが盗まれることは日常茶飯事で、その見張番自身が犯人であった例もすくなくなかった。

メレヨン島の将兵はよく手紙や日記を書いた。北村勝三旅団長が遺族への手紙に書いたように、体力の消耗を避けるため、きびしい訓練などがおこなわれなかったせいもあった。太平洋の戦場で、このように細々といろいろのことが書かれた所はない。

本艦入港後の中野軍医日誌によれば、十月三十一日の夕食は多種多様の豪華版で、シチュー、こぶ煮牛肉、お頭つきの魚、福神漬、牛肉コプラ入りパン、これに米飯食器の山盛りで満腹した。夜ひさしぶりに早く寝つき、ぐっすりよく眠れたという。また、十一月十三日には、待望の潜水艦、甘味品、角砂糖、ゴムサック入り羊羹《ようかん》がわけられ、蟻のようになめた。

まったく嬉しかったとある。

しかし、メレヨン島の実情についての一部が、遺族から終戦当時の文相の安部能成に伝えられ、これをもとに「メレヨン島の悲劇」が、文相みずからにより昭和二十一年に雑誌『世界』に発表されて大反響をよんだ。メレヨン島生還者、とくに将校にたいする非難が高まり、復員局法務調査部は捨てておくわけにもゆかず、事情聴取をはじめた。

結論としては「違反者に対してとった刑罰手段は不当ではなく、また違法性もない」というものであった。また、最後の復員業務にあたった下村定元陸相は『偕行』昭和四十一年三月号に、次のように寄稿している。

『GHQから次のような通報があった。「北村旅団は厳正な軍紀の下に秩序整然とメレヨン島から撤退した。軍需品引渡しの際には全員をもって二回も島内を隈なく踏査し、一銃一物も遺漏なきよう努力したごとき、その一例である。同島に派遣されたアメリカ軍当局は深くこれに敬服し、輸送間にも懇切丁寧《こんせつていねい》に旅団の将兵を待遇したる旨報告してきた」――』

『このとき私は、直ちに拝謁を願い出で委曲を奏上したところ、陛下は日頃の沈静な御態度に似合わずお顔を崩してお喜びになり、「アア、よくやってくれた。私が深く喜んでおることを早速旅団長に電報してもらいたい」と何回も繰返し仰せられた』

遺族にたいする懇篤《こんとく》な手紙から見ても、北村旅団長はりっぱなお人柄と見うけられるが、同氏は陛下の御言葉にもかかわらず、昭和二十二年の終戦記念日、長野市水道貯水池のかたわらで、古式にのっとる割腹自殺をとげられた。高松城の清水宗春にも似た、高い澄みきった心境にあられたことが拝察される。

メレヨン島には、司令部付衛生下士官であった山本二氏（ホトトギス同人）の指導で「景楠会」という俳句会があり、北村旅団長をはじめ多くの人が作品を残している。将校、下士官兵が一堂に会しての句会は、旅団長ばかりでなく、みなが本当に心安らぐひとときであったかもしれない。当時の情景が惻々と迫ってくるのも、俳句の持つ力であるかもしれない。俳句ばかりでなく、私の潜水艦に糧食を受けとりにきた中野軍医少尉の日誌には、多くの和歌や詩が書かれている。のちに日本現代詩人協会員となられ、『暦象』を主宰されただけに感性豊かに歌われている。

私には、メレヨン島のことはそっと伏せておいた方がよいという気持ちもあり、いままで発表したことはなかったが、メレヨン島俳句会のこともあり、自衛隊俳句誌『栃の芽』の平成八年十月号に紹介したところ、意外な反響があった。

これも俳句の縁で、大元周史氏のおかげで桑江良逢氏と連絡がとれ、やがて福山市のメレヨン会会長の田口快三氏、東京メレヨン会会長の浅井得二氏とも電話でお話できた。浅井氏によれば、メレヨン島慰霊訪問はすでに十回を越えているという。これもひじょうに珍しいことである。

これにたいする島民の協力も涙ぐましく、当時のことを恨みに思うどころか、涙さえ浮かべて再会の喜びを示したという。戦争当時、島民は飛行場のあるフララップ島からもっとも遠い、安全なフラリス島に移住させ、小関中隊の一個小隊が警備と保護にあたった。小隊長以下の島民にたいする取扱いが非常によかったらしい。貴重な食料やタバコ、砂糖の交換、女性の歌や踊りの慰問もおこなわれた。

最初の慰問団にたいしては、族長が貴重な鶏をつぶし、パンの実をコプラで煮たものや、カツオを煮てご馳走してくれたという。今度の戦争で原住民の虐待がいまだに方々で問題とされるなか、住民のあたたかい歓迎を受けて、今もなお慰霊の旅がつづいているのは、このメレヨン島だけではあるまいか。

小関氏は最後に次のように書いている。『幸い今のメレヨン各島にはカソリック教会が建っている。朝な夕なに鐘が鳴り響き島民は敬虔に平和の祈りを捧げる。我々にはメレヨン全体が霊域のように思えた……』

さらば見捨てられた孤島

ガダルカナル作戦がはじまったのち、私は伊一七六潜水雷長として名艦長田辺彌八艦長のもとに日本の潜水艦としては最初の輸送作戦に成功していらい、幾度も死線を越えて九回の輸送作戦をおこない、メレヨン輸送は十回目であった。戦争中の潜水艦輸送は作戦の邪道であり、拙劣な作戦指導の尻ぬぐいであって、戦争放棄ではないかと怒りさえ覚えていた。

しかも海軍は、魚雷も持たぬ戦力なき輸送潜水艦を十三隻も建造した。その他の潜水艦の多くも輸送作戦に投入され、そのために喪失した潜水艦は二十隻におよんだ。メレヨン島への潜水艦輸送は、われわれの後、昭和二十年一月二十五日、二月十六日、五月七日と細々とおこなわれたが、将兵は救いの女神のように待ちこがれた。

私は戦後に『メレヨン島』を読んでから、輸送作戦についての考え方がかわった。どうせ駄目な戦争なら、多くの孤立した将兵に生きる希望と勇気をあたえ、その生還に寄与することができたのは、神の導きだったのかもしれない。


輸送物品を揚げ終わった伊三六三潜は、昭和十九年十月二十八日午後七時五十分、夜の闇にまぎれてメレヨンを出港し、トラックにむかった。

私は戦争中いつも新造潜水艦で作戦したが、そのときは優秀な調理員と見張員を探すことを第一に考えた。その他のものは訓練できたえられるが、この二つの配員はだいぶに天分に左右される。乗員の融和と体力の維持なくして長期行動はできない。

伊三六三潜の烹炊員長塚《つか》田《だ》利太郎兵曹も優秀なコックで、戦後は厚木ゴルフ場の米軍士官クラブのシェフに招かれた。他人の世話見もよく、メレヨン島で収容した栄養失調の人たちの面倒をよくみた。また、軍医長河崎直久中尉は塚田君と協力して慎重な介護につとめ、患者はしだいに生気をとりもどした。しかし、一人はいつのまにかお粥を食べすぎたらしく、途中で死亡してしまった。河崎軍医長および塚田兵曹とは、いまだに親交をかさねている。

トラックには十月三十一日午前九時半に入港した。十一月二日、便乗者八十二名を収容して、午後三時にトラックを出港して帰国の途についた。メレヨン島では、帰途に必要な最小限度の食糧を残し、個人の嗜好品までも提供したので、節食には十分に注意しなければなら

昭和20年８月、回天搭乗員たちと共に多聞隊の一艦として出撃する伊363潜水艦

ない。

帰途も計画どおり、一度も敵に接触することもなく、昭和十九年十一月十五日午後一時、横須賀に入港した。鎌倉の家に帰った私は、たまたまこの日、父が病死したことを妻から知らされた。五十七歳であった。今でも私は、父の死は私の身代わりと信じている。

伊三六三潜は横須賀に帰ってから、次の作戦にそなえて東京湾で訓練にあたっていた。

捷号作戦は悲惨な結末に終わって、米機動部隊も引きあげ、戦争は一時、小康状態にあった。捷号作戦では十隻の潜水艦が比島東方海域で作戦したが、伊二六潜、伊四五潜、伊四六潜、伊五四潜の各潜水艦はついに帰らなかった。その戦果もほとんど見るべきものがなかった。戦争は最後の段階を迎えつつあった。

そして十二月二日、いつものように訓練中、不覚にも私は潜望鏡操作中に右足首を骨折してしまい、ただちに横須賀海軍病院で手術を受けることになった。父の死後まもなく、なんとなく虚脱感があったのかもしれないが、自分らしくもないことを恥じた。

負傷直後は、艦長をやめることはあるまいと思っていた。しかし即日、横鎮付発令の手続きがとられ、急遽、六十六期の木原栄大尉が艦長に補せられた。

そして伊三六三潜は、旬日を出ない十二月十日、木原艦長指揮のもとに横須賀を出港し、南鳥島輸送の任務についたのである。ろくに申し継ぎもできず、ただその無事を祈るだけであった。

伊三六三潜は十二月十七日、南鳥島に補給の後、二十六日に横須賀へ帰投した。

その後の伊三六三潜水艦

昭和二十年に入ってからは、横須賀にも連日、空襲警報が発令されるようになった。

一月九日、ついに米軍はリンガエンに上陸し、米機動部隊は東シナ海まで入って傍若無人に暴れまわった。そして、敵機動部隊の猛烈な砲爆撃ののち、二月十九日朝、硫黄島に上陸した。

ガ島飛行場争奪戦では、日本陸軍は突撃をくりかえしては、そのつど敵の強力な火砲の前に全滅したが、さすがに硫黄島の栗林忠道中将は防備を厳重にして、敵に大損害をあたえたものの、しょせんは敵すべくもなかった。三月十七日までもちこたえ、辞世の和歌を遺して散華した。

伊三六三潜は三月五日、横須賀を出港して、ふたたび南鳥島にむかった。三月十三日に補給を終えて、二十日には帰投した。

その後、戦勢逼迫《ひっぱく》のため回天作戦に転用することになり、伊三六三潜はその搭載工事を横須賀でおこなった。そして内海西部に回航し、五月三日には光に入港した。ここで回天作戦の訓練をおこない、特攻隊「轟隊」の一艦として五月二十八日に光を出撃、沖縄南東五〇〇浬に作戦した。

しかし、回天使用の機会はなく、雷撃により輸送船一隻撃沈を報告して、六月二十八日、内海西部に帰投した。ちなみに、この型の潜水艦は建て前として魚雷発射管は装備しないことになっていたが、私は艤装のとき強硬に要求して艦首発射管二門を装備させた。

伊三六三潜は八月八日、内海西部をたってパラオ北方五〇〇浬にむかったが、ソ連参戦により日本海に配備を変更され、八月下旬、呉に帰った。

私は昭和十九年十二月二日、横須賀病院で右足首の手術を受けた。骨折部がほぼかたまったあと、熱海伊豆山の横病熱海《あたみ》病舎で療養していたが、昭和二十年一月二十五日から自宅療養となり、鎌倉に帰宅した。そして全治したあと、三月二十五日付けで横潜基付となった。

海空よりする壮烈な特攻攻撃も、圧倒的な兵力による怒濤のような進撃をとどめるすべはなく、敵の進攻速度はますます加速された。四月一日にはじまった沖縄作戦は、三ヵ月にして悲惨な結末を迎えた。戦艦大和をはじめとする最後の水上特攻部隊も四月七日、敵機動部隊攻撃機の餌食となった。事実上の海軍の終焉であった。

私は六月八日、伊三五二潜艤装員長に補せられたが、完成を見ることなく終戦を迎えた。私の不注意のため退艦せざるをえなかった伊三六三潜が、木原艦長のおかげで無事に終戦を迎えることで、肩の荷をおろしたような思いをした。

ところが、予想もしないことが起きたのだ。米軍の指示により伊三六三潜は、他の残存潜水艦とともに佐世保に回航することになった。

伊三六三潜は十月二十七日に呉を出港、同日、平群島に仮泊した。二十八日に平群島を出港、深島に仮泊して、二十九日に深島を出港し、豊後水道を九州東岸寄りに一戦速で南下した。宮崎県宮崎郡広瀬村の沖約一〇浬を航行中、天候が悪化し、豪雨をともなう風浪がきわめて激しく、視界が悪くなった。

荒天にそなえて、艦橋ハッチ以外のハッチは閉鎖されていた。当直士官は航海長泉《いずみ》邇大尉であった。十二時四十分ごろ、突如として艦橋後部付近に轟音を聞くとともに船体に激動を感じ、瞬時に浸水がはじまった。士官室にあった艦長はいそぎ艦橋にあがって指揮をとったが、浸水が急速で約三分後には艦首をあげて水中に没した。

艦橋にいた木原艦長、杉山機関長、泉航海長、信号長、藤田上機曹および艦橋付近の乗員は沈没の渦にのみこまれたが、しばらくして海面に浮上した。けっきょくは視界不良のため、艦位測定ができないまま、宮崎県沿岸の機雷堰に入ったものと思われる。

当時、伊三六三潜の前方視界限度付近には時岡艦長の伊三六七潜があったが、おりからの豪雨雷鳴のため、僚艦の触雷沈没に気づかなかったようである。伊三六三潜の乗員は、激しい雨の中でさかまく荒波と戦いながら海岸をめざしたが、寒さと疲労のためつぎつぎに力を失い、広瀬村海岸にたどりついたのは、上機曹藤田万五郎ただひとりであった。

なお、このとき先任将校の森山裕大尉は艇員四名をひきい、関門経由で交通艇を回航中のため、奇禍をまぬかれた。また、潜航長の表田繁喜少尉は特命により陸路佐世保にむかいつつあり、生存者は七名であった。したがって、艦と運命を共にしたのは四十二名であった。

この事故について、私は何もコメントしたくないが、せっかく戦争を戦い抜いてきたのに、苦労をともにした戦友の多くを失ったことが口惜しかった。ずっとのち、伊三六三潜が揚収されたときのテレビが放映され、江田島で解体中、氏名不詳の二遺体が発見されたという。

私は伊三六三潜で負傷退艦したのち、特攻基地の特攻長として特攻隊員の教育訓練にあたることを幾度か勧められたが、伊二四潜で特攻隊に参加し、酒巻和男君を捕虜第一号とした苦い思い出、黒島亀人参謀が強烈な特攻マニアで、緒戦いらいの連合艦隊作戦計画を立て、潜水艦を特攻につかい、また作戦の実施にあたっても山本長官の趣旨を徹底することをさまたげ、作戦を失敗させたことを知った今、特攻作戦に参加する気持ちはなかった。どうせ死ぬなら潜水艦長として死にたいということで、ことわりつづけた。

山本五十六長官が戦死の直前、「黒島をかえて、戦さのやり方を変えたい」といわれたのも、このあたりに真意があったのではなかろうか。

トラックで沈坐した伊一六九潜水艦悲し

空襲をうけて急速潜航したまま浮上しなかった潜水艦

当時 第六艦隊司令部付・海軍兵曹長 槇 幸

日本の軍隊で兵曹長が中佐艦長の代理をつとめた、といっても誰一人として本当にする人はいない。平常なら、そんな変則があるはずがないからである。日本海軍には実にきびしい規則があって、未だ一度も破られたことのないものであった。つまり兵科のエラさを誰からも脅《おびや》かされることのないように作られた、兵科士官の役得であった。

槇幸兵曹長

そうした日本海軍にあって、太平洋戦争末期の昭和十九年四月四日、予想もしないことが起こった。誰も望み進んでつくったものではなく、それこそ青天の霹靂《へきれき》、なんら対処する間もなく結果はできあがってしまった。つまり、一瞬にして天と地がひきさかれてしまった。

空襲と同時に、潜水艦は潜航することになる。「潜航急げ」の号令で各ハッチが閉鎖され、急速潜航する。その際であった。どうした手落ちか、荒天通風筒のバルブが開いていた。潜水艦は艦の重みでどんどん沈下する。物凄い圧力で海水は通風筒から滝のように飛び込んできた。手の施しようがなかった。こうしてまたたく間に、司令塔、発令所、機械室と潜水艦の心臓部は海水で埋まってしまったのである。

しかし、手馴れた乗員は持ち場の防水扉をすぐに閉鎖したので、その室は真っ暗でも生き残った。艦の心臓部には、各部の指揮官が全部配置についている。だが掌水雷長のみは前部発射官室が配置なのでこの室におり、浸水の難は逃れたが、さあ大変。のちほど上級士官が一人も生存していないことに気がついた。

つまり、これが運命であった。伝声管で司令塔と連絡をとろうとしたが、すべて途絶えてしまった。どうなってしまったのかを考えようがない。気がついたときには水上艦艇との連絡もとれない、孤立した海底の見放された潜水艦になってしまった。

誰にすがることもできない。海底に百余名の生命をあずかる艦長の職責を、今から代行せねばならないのだ。つまり、この大きな艦の責任者を彼がやるほかなくなったのである。哀れである。掌水雷長・井川祖助兵曹長の全身には、地球よりも重い責任がのしかかってしまったのである。それが伊号第一六九潜水艦（海大六型）であった。

悲壮なハンマー音による応答

昭和十九年四月四日午前九時、伊号一六九潜水艦は他の艦船とともに次期作戦準備のため、トラック島の港内に投錨碇泊していた。折りからB24の空襲があり、これを避けるため約四十三メートルの海底に潜入、沈坐した。空襲が終わり、水中信号によって他の潜水艦は浮上したが、独り伊号一六九潜水艦だけは浮上しなかった。

これを見て、潜水艦隊司令部はただちに救助艦を出動せしめ、救助作業にとりかかった。潜水夫が水中で状況を調べた結果、司令塔の通風筒のバルブが三インチほど開かれており、これより浸水しての事故であることが判明した。

なおも物凄い圧力でなだれ込む海水を、乗員たちが必死になってくい止めたらしく、各区画の防水扉が閉ざされ、その小区画の中に生存者のあることもわかった。しかし、潜水艦の心臓部である司令塔と発令所に満水されては、まったく潜水艦の機能は停止し、施す術《すべ》がない。司令部はさっそく潜水艦を見捨てても、生存者の救命に全力をあげることになった。

艦底の二次電池（蓄電池）に浸水すれば、猛烈な塩

昭和10年竣工の伊169潜。ハワイ、ミッドウェー海戦やキスカ輸送、ブイン輸送等に従事

素ガスが発生する。艦内の電灯はもちろん消えて暗闇となり、電気関係の機器は一切稼動せず、灼熱、湿気、鼻をつく悪臭、しだいに欠乏する酸素、充満する塩素ガスの中で、ただただ死を待つのみとなる。そんな乗員の苦労をしのびながら、私たち（当時、私は潜水艦隊司令部付）は気をもむばかりであった。

沈没中の潜水艦との連絡は、司令部からの一方的な水中信号によって通達されるだけで、応答の設備はなかった。司令部からは、「乗員は至急脱出せよ」と連続呼びかけを行ない、救助作業員は沈没艦の上方、または風下に船を配置して、乗員の脱出浮上をいまかいまかと待ちかまえていたが、ついに一名も浮上しないうちに日はしだいに暮れてきた。

内部の状況は何ひとつつかめない。何か手段はないものかと、本部も種々術策を練ったが良案はなく、ついに日は暮れてしまった。空襲を避けての作業は夜間の方が容易である。しかし、照明は使用できない。手探りの作業は一層困難であった。

「吊上げ作業を急がねばならんが、港務部の手はずが進まない。内部との連絡がとれまいか」

悲痛な顔でそうつぶやく参謀の姿が、すぐ近くにあった。

そのとき上司の青木大尉が「小型聴音機を下ろしてみてはどうか?」といわれたので、私はさっそく陸上の司令部にもどり、倉庫をかきまわし、小型の「ボン」と呼ぶ粒子製のマイクロフォンを持ち出し、水中捕音器に組み立ててみた。旧式ではあるが、振ってみると感度はある。各部を調べ防水用のナットを締めつけ、ふたたび海上にもどり、四十メートルの海底の潜水艦まで下ろし、艦内よりハンマーによって鉄壁を叩かせ、モールス信号によって応答するよう応急の交信策を講じてみた。

天候は急変し、風雨が強まり、波が荒れてきた。その中でやっと解読した信号は、『全員脱出せよとの命令はわかった。しかし、国家の御艦を見捨てることはできない。浮上させ、再起奉公できるよう生存者、全力を挙げて努力する』

つぎの信号には、『中央部は浸水、後部にも生存者ある模様なれば、外部よりメインタンクに高圧空気を送り込めば、浮上は可能である。どこそこのバルブを開けるからこれにつなげ』という意味のことがわかった。

さっそく気蓄器が運ばれ、潜水夫が中に潜り幾度か送気したが、思うようにならない。その間、雨の中でも空襲が繰り返され、そのつど作業は中止を余儀なくされた。そして、この送気作業は失敗に終わり、ワイヤーロープを艦首・艦底に取り付け、クレーン船によって引き上げる作業が開始された。

さしもの太いワイヤーロープも張りがくるたびにキリキリッと音を発し、ねじれ目よりジワジワと油のにじみ出るのが見られた。浸水した巨大な潜水艦は山塊のように重かった。しばらくしてやっとロープが巻き上がり、艦首が海底より離れるのがわかり、救助作業員はかたずを呑んで慎重に、そして注意深く、ジワジワと巻き上がるワイヤーロープに注視した。

やっとの思いで一メートルほどロープが巻き上げられたころ、艦内より『勇気百倍す』らしい応答があり、全員ホッと安堵の胸を撫でおろした。しかし、そんな間もなくまたも敵機が襲来、爆撃が開始された。そこでふたたび艦を海底にもどし、作業を中止した。残念なことであった。

その後、再開したが、今度はロープがはずれ、またも海底に着底してしまった。そうこうするうちにも艦内の状態はますます悪化し、乗員の疲労は増大するばかりである。『眠たくなる。互いに揺すり動かして、眠らせず』らしい応答信号があるが、その槌音は力なく、重たく低く、途切れがちであった。

その後も風雨と波浪と闇夜の中でなおも作業が進み、約三メートル艦首が引き揚げられた。その時、大きな横波がクレーン船の横腹に叩きつけられた。船はグラグラッと大揺れした瞬間、キリキリッとロープがきしみ、異様な予感にハッと身を引き締めたとき、「プツッ、ビユーン」と鋭い音響をたててロープが切断された。クレーン船はまたも大きく揺れ、切れ残った太いロープは暗闇の空間を「ビユーン、ビユーン」と何度か引き裂いた。

再三、脱出を呼びかけたが、もはや生きるだけが精一杯の努力なのか、脱出は無理らしいかすかな応答があった。そして最後に何かを訴えようとしたのか、思い出したように弱々しい槌音が、それも信号にならぬ間隔で数回あったが、その後ついに槌音は途絶えてしまった。いかにその槌が重たく辛かったであろうと推察するだけでも、胸の張りさける思いであった。

十三名の遺体を収容

その後もしばらく受聴器を耳より離さず、聞き取ろうとしたが、ついに応答なく、叩きつける雨としぶきは容赦なく流れる涙を振り払ってくれた。私は伊号一六九潜水艦の最後の脈を看取った一人として、いまなお当時の模様が脳裡より離れることがない。

その後、乗員の遺体収容作業に従事したが、激しい連合軍の空襲にはばまれ、わずかに十三名の遺体を収容しただけで、一応終止符を打つほかなかった。

トラック環礁の海底深くに眠る伊169潜水艦

収容された遺体の中に掌水雷長（兵曹長）がおられたこともわかった。掌水雷長は防暑服のズボン（半ズボン）に遺書をしっかりと結びつけていた。水に濡れても字が読めるように、つまり防水策として小さな木片のように固く巻き、それを紐で結び、筒にして腰のバンドに結びつけてあった。

それには、司令長官届けにて、沈没時より全員死にいたるまでの状況が克明に記録されており、『陛下（国家）の御艦を沈めては申し訳がない。如何なる困苦にも耐えて浮上させ再起奉公に努力する。乗組員一同は指示に従い終始沈着に、そして持ち場を守り立派に働いた』という意味のことが書かれてあった。

私事については一字も見られず、

実に佐久間精神に徹し、従容として死につかれた様子が、一字一句に滲《にじ》み出ていた。

沈没潜水艦の中で、いかに責任の重大さを感じたことであろうか。部下の安否を気づかい、戦況が悪化するなか、一隻の潜水艦の損失、刻々と悪化する艦内の状態のなかで長時間、沈着、冷静に事を処した有様がありありとわかった。

遺体はトロモン山の山中において荼毘《だび》に付された。その後、伊号一六九潜水艦は防諜の意味をもって、残存の遺体は艦もろとも爆破するとのことであった。しかし、司令部は内地に移動することになり、私は伊号一六九潜水艦の爆破を確認することなく、後ろ髪を引かれる思いで一足先に日本に帰還した。

私は、伊号一六九潜水艦は哀れにも跡形なく爆破され、当時の悲惨な光景は一場の悪夢として忘却され、トラック島の港内にはふたたび南海の色とりどりな珊瑚礁の花に埋もれる美しい天国にもどっているとばかり信じていた。

それが、かつての上司・青木正義氏より送られた、米国『スキンダイバー誌』二月号により、事故沈没のまま、貝殻と赤錆に朽ち果てながらも、多くの戦友の遺骸をしっかりと抱いたまま約三十年間、海底に巨体を横たえていたことがわかった。痛ましい戦友の遺骨と破れし艦の哀れな姿がカラー写真で掲載されていた。

しかし、幸いなるかな、著者であり発見者である米国人の温かい人間愛が、「この潜水艦からは何かを持ち出すようなことはしなかった。われわれは伊号一六九潜水艦乗員たちに対し、心から冥福を祈った」とのことであった。

私は感謝の念でいっぱいであった。何らの手も加えず、荒らさず、そしてハッチを閉ざし、そのままにしておいてくれたという。これは何を意味するものだろうか。米国人の国民性がそうさせたことはもちろんであろうが、それとともに海底に眠る英霊は、日本人の手によって揚げてもらいたいと思っているのではないだろうか。

スキンダイバーの人たちは、世界の海を探索して沈船を発見し、冒険と驚異に充ちた撮影を数多く行なってきたそうだが、「伊号一六九潜水艦を発見したときの経験は、決して二度と味わえない、生涯のうちで最も興奮した出来事であった」という。

ともあれ、いろいろな紆余曲折があったが、厚生省（当時）によって遺骨収集が実施されることになった。昭和四十八年九月二十四日、これら遺骨、遺品は二十九年ぶりに、飛行機で祖国日本へ帰ってきたのである。

日本海軍 名潜水艦長列伝

戦史研究家　伊達　久

伊六潜・稲葉通宗艦長の幸運〔空母サラトガ大破〕

太平洋戦争の開戦時、わが機動部隊がハワイ攻撃を開始するに先立ち、連合艦隊潜水艦の全精鋭二十七隻からなる先遣部隊が、昭和十六年十一月二十日前後に呉、横須賀を出港した。

その先遣部隊の任務は、わが機動部隊の攻撃で討ちもらされた米艦隊の撃滅はもちろんのこと、米本土よりの増援補給を遮断して、ハワイ作戦の徹底を期することにあった。作戦当局としては瞬間的な航空攻撃の戦果よりも、むしろ持続力のある潜水艦戦に、より多くの期待をかけていたのであった。

稲葉通宗艦長

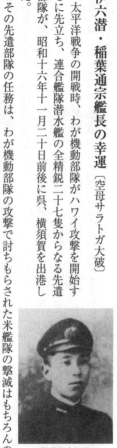

しかるに潜水艦のハワイ作戦は全く予期に反したもので、敵艦を攻撃できたのは、二十七隻中わずかに一隻にすぎなかった。その一隻が伊六潜（艦長稲葉通宗少佐）であった。

昭和十七年一月十二日の朝、捜索列の占位位置についた伊六潜（巡潜二型）は、敵哨戒機からの避退潜航を繰り返していた。そして日没後十一分に、空母サラトガを右三〇度、距離二万五千メートルの位置に発見した。

方位角は左九〇度ぐらいだ。あの特異な煙突とマストの上端だけしか見えなかった。伊六潜はもちろん急速潜航したが、態勢は決して有利なものではなかった。伊六潜の魚雷は八九式（雷速四十五ノット、射程七千メートル）であり、方位角九〇度、距離二万五千メートル、速力十四ノットという敵艦のデータでは、水中速力六ノットの伊六潜に襲撃の可能性は皆無と言ってよかった。

ところが、日没後四十二分に突如として、サラトガが内方に大変針した。方位角が三〇度になった。艦長は「魚雷戦用意」を発令し、魚雷発射の準備を完了させた。サラトガは次第に近づいていたが、方位角八〇度になっても、距離は四三〇〇メートル以内にはならなかった。

艦長はこれ以上の接近はないと判断し、開角を三度に調整し、前部魚雷三本を発射した。四三〇〇メートルという距離で、三本の魚雷だけで命中を期することは不可能だというのが潜水艦乗りの常識だった。艦長は初めからあきらめていた。

魚雷発射後、伊六潜は敵の爆雷攻撃に備えて深深度に潜航した。発射後三分あまり、聴音室から「魚雷命中」の歓声が上がった。

　魚雷命中から七分後に爆雷攻撃がはじまり、強烈な爆発音が艦体をゆるがせた。そして攻撃を受けてから三時間後に浮上したが、敵艦の姿は見えないので、撃沈と報告した。

　伊六潜が攻撃した空母は撃沈確実と判断され、開戦以来、はなばなしい戦果がなかった潜水部隊にとっては朗報であった。米側資料によれば、サラトガは昭和十七年一月十日、真珠湾を出港してウェーキ島攻撃に向かっていた。その途中、同艦に魚雷一本が命中して損傷、真珠湾に引き返している。修理には五ヵ月を要したとのことである。

伊一六八潜・田辺彌八艦長の決断〔空母ヨークタウン撃沈〕

　ミッドウェー作戦に従事し、特別任務を命ぜられた伊一六八潜（艦長田辺彌八少佐）は、昭和十七年六月二日の未明、ミッドウェー環礁の北西方に到達した。以後、同島周辺で行動し、敵情偵察をつづけていた。

　六月五日、わが機動部隊の攻撃により、ミッドウェー島では重油タンクが爆発して全島が黒煙につつまれ、火炎は天に冲した。その夜に浮上した伊一六八潜（海大六型）は第三潜水戦隊司令官から、

「わが航空部隊の攻撃によりヨークタウン型空母一隻がミッドウェーの北東一五〇浬《かいり》に大破漂流しつつあり。伊一六八潜はただちにこれを追撃し、撃沈すべし」

との命令電報を受けた。

六日午前一時、ようやく白みはじめた東方海上に一つの黒点を見つけた。目指すヨークタウンである。念じていた時刻に、しかも理想的な相対位置で捕捉できた。敵の空母は明るさを増す東の空を背景にして、その存在をだんだんと明確に浮かばせつつあった。付近には警戒艦らしい小さな黒影が数点見えはじめた。田辺艦長は見つかっては一大事と潜航した。水中速力三ノット、伊一六八潜は静かに敵に近づいていった。

今までの数回の観測で敵針、敵速がほぼ推定できた。敵の陣形は空母を中心に一〇〇〇メートルないし一五〇〇メートルの距離に警戒駆逐艦を配している。その数約七隻であることも分かった。敵に発見されないように、無観測聴音潜航をすることにした。

敵空母は、昨日の友軍の攻撃により二十度近く左に傾いている。推進器に損傷を受けているようだ。一刻も早く戦場から離脱しようと必死にもがいているにちがいない。潜望鏡を上げて見ると、彼我の距離は一万メートルに縮まっていた。警戒駆逐艦の厳重な警戒ぶりが手にとるように見える。

やがて敵の探信音が聞こえはじめた。艦内に「爆雷防禦」が令せられ、深度計や応急電灯の準備がされて攻撃準備はととのった。艦長は最初、傾いている左舷側から襲撃しようとしたが、現在の位置と速力では時間がかかりすぎるのでこれを断念し、右舷からの雷撃を決意し、思い切って右に出た。

なお、敵の警戒網を突破するために、作図と聴音を頼りに無観測進出をとった。敵駆逐艦は伊一六八潜の直上を何度も往復している。

午前九時三十七分、神に念じながら上げた潜望鏡に、なんと距離わずか五〇〇メートルに二隻の駆逐艦に曳航された敵空母が見えた。これでは近すぎて、魚雷が敵の艦底を通過するおそれがある。この警戒厳重な敵を仕止めるには、一回で成功させなければならない。失敗してもやり直しはできない。それには八〇〇メートルから一〇〇〇メートルの間合いをとることが必要であると決断し、非常に危険な敵前での三六〇度の回頭をはじめた。

いままで鳴りひびいていた敵の探信音がピタリと止んだ。いまこそ襲撃のチャンスだと思いながら、潜望鏡を上げて敵情はいかにと観測すると、距離一二〇〇メートル、しかもこちらの注文通りの位置にぐっと回頭してきた。

田辺艦長は「発射始め」、つづいて「用意、射て」と叫んだ。一回目が開角二度で二本、つづいて三秒後にも開角二度で二本と、一撃必殺を期して四本の魚雷が通常の散布帯でなく、二本ずつの散布を二つ重ねたかたちで発射された。

一秒、二秒と時計の針を見つめる。発射後四十秒、命中音が烈しく艦をふるわせた。引きつづいて重苦しい大爆発音が海をも裂けよ、とばかり耳を打った。乗員の魂をこめた四本の魚雷は全部命中し、三本はヨークタウンを沈没させ、一本は横付けしていた駆逐艦ハンマンを撃沈したのだった。

その約一時間後から敵の爆雷攻撃が開始され、電池破損などの被害が生じた。しかし午後三時五十分、離脱に成功した伊一六八潜は十三時間におよぶ苦闘を終えた。そして、損害修理のため帰途につき、六月十九日、呉に帰投した。

田辺艦長はその後、伊一七六潜（新海大型）艦長となり、昭和十七年十月六日から、ソロモン群島南東方面海域行動中の敵機動部隊を捕捉攻撃する作戦に従事した。

十月二十日、伊一七六潜はサンクリストバル島の南南東一三〇浬にて敵戦艦二、重巡二、駆逐艦数隻を発見。目標をテキサス型戦艦にさだめ、魚雷六本を発射、二本が命中した。攻撃から三時間、敵駆逐艦四隻の爆雷攻撃を受けたが、被害はなかった。米側資料によれば、重巡チェスターに魚雷が命中し、修理不可能なほどの損害をあたえたという。

伊一九潜・木梨鷹一艦長の殊勲〔空母ワスプ撃沈〕

昭和十七年八月七日、米軍がガ島に上陸したことにより、同海域では陸に海に空に日米両軍の血みどろの戦いがくりひろげられていた。伊一九潜（艦長木梨鷹一少佐）は八月十五日、横須賀を出撃してソロモン海域に向かった。ガ島へ進出してくる敵部隊を捕捉攻撃するためである。

横須賀を出撃して一ヵ月たった九月十五日午前九時五十分、潜航中の伊一九潜の水中聴音機が感度三を報じた。

「集団音だ」

敵大艦隊と思われる。艦長は深度を浅くして潜望鏡を出した。ぐっとあたりを見まわしたが、何も見えない。十時五十分、ふたたび潜望鏡を出して見ると、今度は見つかった。敵の機動部隊だった。空母一、重巡一、駆逐艦数隻が伊一九潜の右四五度、距離一万五千メート

橋本以行艦長

田畑直艦長

木梨鷹一艦長

ルを航行している。

しかし、まだ距離は遠い。伊一九潜は静かに敵の方へ向かって進んでいった。ところが、戦運はわが伊一九潜に幸いした。敵は西北西に針路を変更し、さらに十一時二十分、南南東に変針、しだいに接近してくるではないか。幸運中の幸運である。しかも待望の米正規空母である。

艦長は、なおもしばらく隠忍自重の肉薄をつづけた結果、彼我の距離は九〇〇〇メートルとなった。ついに最適の射程距離内に入った。方位角右五〇度、絶好の射点を得て、魚雷全射線六本が発射された。ときに午前十一時四十五分。

発射された魚雷は三本がワスプに命中した。伊一九潜は深度八〇メートルまで潜航し、敵空母の航跡の下に隠れた。魚雷命中から六分後に敵の爆雷攻撃がはじまった。それから合計八十五発の爆雷を受けたが、幸い被害はなかった。

米側の記録では、ワスプに魚雷三本が命中しているが、残り三本はワスプ隊の東方約一万メートルを航行していた別の機動部隊まで到達し、一本は戦艦ノースカロライナに命中、もう一本は駆逐艦オブライエンに命中した。オブライエンはのちにこの損傷が原因で沈没しているので、空母、駆逐艦各一隻撃沈、戦艦一隻を損傷させる驚異的な戦果をあげたのである。

木梨艦長はその後、伊二九潜水艦長となって、昭和十九年七月にドイツからの帰航途中、バシー海峡で敵潜水艦の攻撃を受け、艦と運命を共にした。

昭和二十年四月二十五日、連合艦隊司令長官より「ワスプ撃沈、大型船七隻撃沈、要地偵察等」の殊勲が認められ、全軍に布告されて二階級特進した。同日、彼のほか二名の潜水艦長が連合艦隊司令長官から全軍に布告された。

その一名は第三四潜水隊司令松村《まつむら》寛治大佐で、開戦以来、伊二一潜艦長として大型船十一隻撃沈、要地偵察、交通破壊戦に従事していた。

昭和十九年九月、第三四潜水隊司令として、伊一七七潜に乗艦、パラオ方面作戦に参加した。ペリリュー島南方において敵艦船を攻撃したが、報告するいとまもなく敵の攻撃を受け、艦と運命を共にした。

もう一名は、伊二七潜艦長福村《ふくむら》利明中佐であった。彼は昭和十八年二月以降、四次にわたりインド洋交通破壊戦に従事、大型船十隻を撃沈、二隻を撃破したほか、要地を偵察し全作戦に寄与した。その功績大により全軍に布告された。

伊二七潜は昭和十九年二月十二日、アデン湾において英国船団を攻撃、一隻を撃沈したが、護衛艦の攻撃を受けて沈没した。

話はそれたが、以上三名が日本潜水艦の名艦長として二階級特進の栄誉を受けている。

伊二六潜・横田稔艦長の危機〔空母サラトガ大破〕

伊二六潜（艦長横田稔中佐）は、昭和十七年八月三十一日、ガ島東方洋上にて、空母サラトガを中心とした敵機動部隊を発見した。そのサラトガに対し、方位角正横から魚雷六本を発射した。その瞬間、潜望鏡の視野を左から右に、駆逐艦マグドノーの艦首がサッと遮断し、伊二六潜（乙型）に覆いかぶさってきた。

あわや衝突か。横田艦長は「潜望鏡おろせ、深さ一〇〇、急げ」と命じた。身の縮まる一瞬であったが、激突は起こらなかった。

マクドノーでは、艦首三〇フィートに潜望鏡を発見し、全軍に警報を発した。ただちに爆雷攻撃がはじまったが、伊二六潜は攻撃前に一〇〇メートルまで潜ることができ、猛烈執拗な爆雷攻撃にも被害はなかった。

空母サラトガには魚雷二本が命中し、フレッチャー中将以下十三名の負傷者を出した。サラトガは巡洋艦で曳航され帰投したが、修理には三ヵ月かかった。サラトガは二度目の被害であったが、いずれも沈没はまぬがれたわけである。

その後、十一月十三日、伊二六潜はガ島東側サンクリストバル島との間の水道を監視中、第三次ソロモン海戦で生き残った敵の部隊が南下するのを発見した。横田艦長は重巡サンフランシスコを目標に魚雷三本を発射、命中音一を確認した。

命中したのはサンフランシスコではなく、並列して航行していた軽巡ジュノーであった。

同艦は瞬時に沈没した。

伊一七五潜・田畑直艦長の安堵〔護衛空母リスカムベイ撃沈〕

伊一七五潜（艦長田畑直少佐）は、昭和十八年十月十六日、ハワイ湾口の敵輸送ルート破壊作戦のため、トラックを出撃した。その後、十一月中旬に帰投命令を受けたので、ハワイからトラックへ向けて航行中の十一月二十日、「米軍がマキン、タラワに上陸を開始した」との報告を受けた。

このため伊一七五潜（海大六型）はただちにマキン沖へ急行し、二十五日未明、マキン島西方五浬の地点に到着した。午前一時（日本時間）ごろ、やっと海上が明るくなりかけたころ、艦長は潜望鏡で一隻の空母と数隻の輸送船を発見した。

ただちに襲撃運動に入り、午前二時十分、艦長の号令で前部発射管から四本の魚雷が米空母に向けて発射された。それから数十秒間、乗組員は全員祈るような気持ちで命中音を待った。間もなく、三つの大音響が伊一七五潜の艦内に響きわたった。魚雷を受けたのは空母リスカムベイであった。リスカムベイでは飛行機用爆弾が誘爆したため、船体が切断され、乗組員九百名のうち六百五十名近くが死んだ。

伊一七五潜は攻撃後、爆雷を避けたので、潜航できる最大深度一〇〇メートルまで潜り、無音潜航に入った。夜明けと同時に米空母を撃沈したため、日中の丸一日、駆逐艦の攻撃をかわさなければならなかった。

午前四時半ごろ、シュッシュッと音がしたと思った瞬間、艦は突然はげしい衝撃で上下にゆさぶられた。電灯は消え、棚から物が落ち、艦内は一瞬にして真っ暗となり、様相が一変した。しかし、幸いにも紙一重の差で、この至近弾は艦を沈めるまでには至らなかった。応急修理によって破損箇所からの浸水をくいとめることができ、艦内電灯も修理によってふたたび点灯された。

米駆逐艦の執拗な爆雷攻撃は七時間あまりつづき、伊一七五潜は三十数発の至近弾を受けたが、ついに沈没はまぬがれた。午後二時ごろ、米駆逐艦のスクリュー音は次第に遠ざかり、やがて日没をむかえた。

艦長の「メインタンクブロー」の号令により艦はゆっくりと、前後左右に傾くこともなく浮上しはじめた。夜の海上に浮上してハッチを開き、一昼夜ぶりに乗員は艦橋や上甲板に出た。おどろいたことには、艦橋の厚い窓ガラスがすべて割れていて、上部構造物の鉄板に多数の穴と傷があった。よくメインタンクが無事だった、と乗員一同は感心したのだった。

九死に一生を得た伊一七五潜は、十二月一日、トラック島に帰投した。

伊五八潜・橋本以行艦長の戦果〔重巡インディアナポリス撃沈〕

伊五八潜（乙型。艦長橋本以行少佐）は昭和二十年七月十八日、人間魚雷回天六基をのせ平生基地を出港した。二十八日、やっと捜しもとめていた敵のタンカーと駆逐艦に出会うことができた。その敵艦に向けて回天二基を発進させたが、激しいスコールのため戦果を確認することはできなかった。

明くる二十九日、雲も多く、夕闇がせまるにつれ視界が悪くなってきた。敵と出会っても攻撃ができないので、月の出る午後十時過ぎまで潜航することにした。

午後十時二十分、艦長は夜間潜望鏡を上げたところ、敵影を発見した。艦長はただちに浮上を命じた。信号員長、航海長が艦橋に上がる。艦長は高く潜望鏡をあげて周囲を見まわし、レーダーも敵を探索する。突如、航海長が「艦影らしきもの左九〇度」と叫んだ。艦長は艦橋に飛び上がり、航海長の指さす遙かな水平線上に双眼鏡を向けた。

まさしく艦影が月光にはえ、水平線上にはっきりと認められる。艦長は間髪をいれず「潜航」と叫んだ。完全に潜航状態になるや、「魚雷戦用意」「回天戦用意」を発令した。ときに午後十一時八分。しだいに大きくなる敵らしき艦影は敵か味方か、このあたりの味方は潜水艦しかいないはずだ。艦影は依然として真っ直ぐにこちらにくるようだ。

〝爆雷攻撃にくる駆逐艦か？〟丸かった艦影はしだいに三角形になってきた。橋本艦長は「発射雷数六」と同時に、「回天六号艇用意、および五号艇乗艇待機」「爆雷防禦」を下令した。

戦闘準備は完了した。三角形の艦影はしだいに大きくなり、間もなく三角形の頂上が二つに分かれた。〝しめた、敵の大型艦だ〟距離約四千、回天から何回も発進号令の催促がきたが、この程度の月明かりでは回天による襲撃は困難であると判断した艦長はそのままにした。

敵艦は、しだいにその全容を現わしてきた。前方に砲塔が二基かさなっていて、そうとう大きな艦橋がはっきり見えてきた。夜間で白波が見えず、敵速十二ノットと推定された。午後十一時二十六分、「発射始め」を下令した。もう一つボタンを押せば魚雷は走り出すのだ。

回天からは「敵は何か、なぜ出さないのか」としきりに発進を要請してくる。「方位角右六〇度、一五〇〇」絶好の射点である。息づまる一瞬、潜望鏡の中心を敵の艦橋に合わせて照準した。「用意、射て」と同時に魚雷発射ボタンが二秒間隔で押された。

六本の魚雷は、扇形に敵艦に向かって突進していった。潜望鏡で素早くあたりを見まわしたが、他には何も見えない。魚雷がとどくまでの一分たらずの時間の長いこと。過ぎゆく艦影を見ていると、気が気ではない。

一瞬、艦首一番砲塔の前に水柱が上がった。つづいてその左一番砲塔の真横に水柱を見るや、パッと真っ赤な火炎が発した。さらに第三の水柱は前艦橋の前に上がった。三本の水柱は火炎にはえてマストより高く林立した。

「命中、命中」と艦長は叫んだ。しばらくして魚雷の爆発音が三つとどろいてきた。敵艦は艦首を海面に突っ込んでいるが、なおも浮いている。命中音より大きい誘爆音が四回つづいてとどろき、さらに十ばかり響いてくる。

止《とど》めを刺すために次発魚雷の準備を急ぐ。回天からは「敵が沈まないなら出してくれ」と再三言ってくる。有効な反撃をこうむらないように、次発準備中も深くもぐる。やっと魚雷二本の発射準備が完了し、深度を浅くして海上を見まわしたが、何も見えなかった。

橋本艦長は写真集で艦型を検討したうえで、「アイダホ型戦艦一隻撃沈」と報告した。戦後、これが広島に投下された原爆をテニアン島に輸送した直後の、重巡インディアナポリスであることがわかった。

※本書は雑誌「丸」に掲載された記事を再録したものです。
執筆者の方で一部ご連絡がとれない方があります。
お気づきの方は御面倒で恐縮ですが御一報くだされば幸いです。

単行本　二〇一三年四月　潮書房光人社刊

NF文庫

伊号潜水艦

二〇一七年七月十二日　印刷
二〇一七年七月十八日　発行
著　者　荒木浅吉他
発行者　高城直一
発行所　株式会社潮書房光人社
〒102-0073　東京都千代田区九段北一-九-十一
振替／〇〇一七〇-六-五四六九三
電話／〇三-三二六五-一八六四㈹
印刷所　慶昌堂印刷株式会社
製本所　東　京　美　術　紙　工
定価はカバーに表示してあります
乱丁・落丁のものはお取りかえ
致します。本文は中性紙を使用

ISBN978-4-7698-3019-1　C0195
http://www.kojinsha.co.jp

NF文庫

刊行のことば

第二次世界大戦の戦火が熄《や》んで五〇年――その間、小社は夥しい数の戦争の記録を渉猟し、発掘し、常に公正なる立場を貫いて書誌とし、大方の絶讃を博して今日に及ぶが、その源は、散華された世代への熱き思い入れであり、同時に、その記録を誌して平和の礎とし、後世に伝えんとするにある。

小社の出版物は、戦記、伝記、文学、エッセイ、写真集、その他、すでに一、〇〇〇点を越え、加えて戦後五〇年になんなんとするを契機として、「光人社NF（ノンフィクション）文庫」を創刊して、読者諸賢の熱烈要望におこたえする次第である。人生のバイブルとして、心弱きときの活性の糧《かて》として、散華の世代からの感動の肉声に、あなたもぜひ、耳を傾けて下さい。